AMINA

NZƐKKƐRAWO (COMMENDATIONS)

Aminadə kaiya kəjigain badijin kuru suro awowa zauzau waazainyedəman kalkallo yejin. Təmangəna adə shima nəmngalwonzədəwo. Kiaya kəji adə gərgatə zau adə təraindəman dawarzəyi
Fatema Mernissi

Mohammed Umardə shima kəla hakkiwa kəshanawa Afrərikabe kalkallo kənjoben ruwoma burwobero gotin. Umarbe cidanzədə adab Naijriyabe zamanbedən runzəro culuwo dalil nəmadal jamabero mbəltəma fuwuye nanka.
Journal of the International African Institute

Kitawu adə kamuwa Məsələm dunyabe rangataro təma suwudəna.
Alqahtani, Arab News (Saudi Arabia)

Futu ajabban bəlin ye masku yero fəlango-
Ziauddin Sardar, Books of the Year (2006) Newstatesman

Shawaro təwugatə, hawar dunoa ye shawa ye daji kəratənzə mbu-
Aminata Forna- Zande Ruwoma .

Kawuli duwo suro kitawu adəbedə dunyaaram ye jiddəm ye. Kamuwa ummawa-a adawa-a gaden dawunadə awowa bayentənadə kuwamison sorin. Təmatəna zamanwa fuwun isaindən, dunyadə faltin kuru kitawu adə bab gargam am tussuna njokkunotainbero waljin- .
Triena Ong, President, Singapore Book Publishers Association .

AMINA

Mohammed Umarbe

First published in Great Britain 2020
Salaam Publishing
London
www.salaampublishing.com
salaampublishing@gmail.com

ISBN 978-1-912450-50-3

Hakki Kəngantibe
Kitawu adəbe fotobinzəma, futubin yaye,
izuni kamfani baksənadəbe baro baktinba
2020lan Bakta Badiyada

Kəla Kitawu Ləptəmaben (About the Author)

Mohammed Umardə Azare kərye Bauchi lardə Nigeriaben katambo.
Ilmu jeridabe-a kimiya razəgəbe siyasala-a kərazo kuru Londonlan karga.
Mohammed Umardə 2009lan shara Caine Prize for African Writingbero
walzəna, kuru shima 2010lan gaska Muslim News Award for Excellence
in Artsbedə zuwo. Fasari Marathibedə shima 2012lan shimtiti Kitawu
Fasrari Shiro Ngalwo Baye zuwo. Aminadə shima kitawunzə burwobewo.
Kitawunzə kənindimidə- The Adventures of Jamildə 2012lan bakkada

Kəla Fasarimaben (About the translator)

Translated by Dr. Kaka Gana Abba (PhD. Kanuri Studies) a lecturer in the
Department of Languages and Linguistics, Kanuri Unit , Faculty of Arts ,
University of Maiduguri .

Kitawu- Aminadə Dr. Kaka Gana Abba Kanuriro fasarzə. Shi Jamiya
Yerwaben (Maiduguri) Kərye Bornoben, Naijeriyan, Nasha Ilmu-a Kimiya-a
Təlamwabebedəye fellanzə Təlam Kanuribedən kəra gulzəyin. Ilmuwa Fasari
Kanuribe-a Kalma Kunkuntə-a Ajami Kanuribe-a Dulwuwa Kulashibe-a
Kamus Ləptə-a gulzəyin. Shidə Dəgərinzə Gangərandə (PhD) - kəla Ilmu
Təlam Kanuriben kərawono.

1

Kausu dawu kuru kəngaldə cintə samin sokkudən amidawa indidə hangallan nuwaza bunaram kamuwabe jamiyabedən colowo. Deya matowa sulsulando dazainladən Marsandi bəl laaro gəretaa daza səmananza ngai loktu gana laaro codo. Daji falnzaye zawanzə beret kimedə kundulinzə ngawananzən kalkaldəro kəjizəgə, ti faldə ye dankwalinzə casha.

'Nyiga tusshiya rukin.'

'Insha Allah.'

Amina naptəram ngawoyedən napkono sokku duwo sulsulandodə hangallan jamiyadən suluwu suro bəlabero hapkatənadən, wujir fanzəbe fuwubedə takcinnaro. Wujir kwanzəbe dawarjin adə gaden gade dalilnzədə kəlele kamuwa basbe. Kəla kənasar səwandə Majilas Kəryebero gawona nanka. Kusotowadə kamuwa dawua-dawua bəlabe-kamuwa Majilasku beso, kəntəwowu kura-kura gumnatibeso, cidawu kura-kura gumnatibeso, konturoktawuso, kurawa askərbe-a darebe-aso, kamuwa kasuwumaso gapsənanzasoa. Kamunzə Amina bəlinno nyiyazənadə tima ya wujirbewo. Biya adə kəlelenzə. Kwanzəbe tiga dawu kamuwa naro nazaanabesoro nzəkkoro dawarrano.

Sulsulandodə maaranta Sakandərebe Ferowabedə kamzə kozə, wofilaro kalaktə, diwal kura bəlinno kalo fizanadəro cukkuluwo. Sa hetkwata askərwabedə kamza kozainladən dərebadə kasonzə fuluwono, daji dulro kalakkatə, cidaramwa laa gumnatibe kamzə kozə daji dawu bəlabero najiwo. Diwaldə tuskano, sulsulandoso, baburso, baskurso, am shibeso, yelofifadəye mukko hapsənadən samma gəm daada. Sa jezainladən Amina gəlas sulsulandobe təməsdəmbedən lottuwu kantiwa kasuwu kurabedəso, gurdomaso karenza sapsainso, luwayawu lezaiso curo. Foto fal diwal faldən jama tərəm laa alewua, laa zawa salabea Mashidi bəlindən sala duwarbero isana.

Yelofifaye waltə mukko hapkononya, dərebadə giyaro səkkə hapkatə. Amina napkata kəleledə takcin. Kusotowa kapsəyiya koza leza naptəramnzan napsa zandenza kwa sandiram sadində takcin. Tandidə kamuwa galiwuwa ye, sua ye bəlabe. Tima daryenzədə falnzaro waljinro nozəna, kasuwu ngəmnzəbe badizə, galiwuzə kazəmu zauso, dinarso, liwulaso zau-zau, sulsulandoso… wanee kəryedəma kollumiya lardədəman kamu tiro galiwuwo baro waljin. Sokku kəleledə dajiya tiga dawu jemi dawuabero kawuskearo rəpsaayin.

Sulsulandodə təgalisə baaro dawu bəlabe Bakarobero isə fuwu shoro samibe kəmbaram india ngurodəman shi gənyiga bayen dawono, fato Alhaji Harunabe. Tiga memezain nozəna nankadəro Aminaye sa sulsulandodən zəpsənaladən dankwalinzə fuwuro zujiwo. Nuwatə badiwono. Karapka duwuwaye sabisoro kor cinnadəben təretərezaində tiga yoŋoro badiyada, nəmngəlanzə-a nəmshawanzə-a manazain, "kənjo dano Alaye Alhaji Harunaro cina." Aminaye ci məməssə kuranzadəro naira 500 bəlin cai ngərəgənzən gozə cono.

Daji njimnzə shoro samibelan, Aminaye kusoto duwo tiga jejindəye tiga ajapsəgənyi. Kuludə kamu katiwu hukuma ganabe, kasuwulan her səwandəna, kuru Aminabe koinzə. Kamu amida, datə rakka, ngawo farakka, sabisoro kazəmu zamandəbe səmuna. Lewata. Kuru Aminaga banazə kazəmunzə somnobedə linzə bəlawus bəl fok dinarlan zayegata-a jene bəl-a dankwali-aro falwono. Sokku Aminaye kulumwa dinarbe-a mukkoramwa liwulabe-a səmoram daimunbe-a kazəmunzədəro kəlzəyindən Kuluye tiga ndara lewonoro cuworo.

"Jamiyaro Fatima dotəro lewoko."

"Fero faida baa, batti adə." Kuluye nzokkono.

Aminaye manazəyi, Kulu-a Fatima-adə taraanyidəro nozəna, amma tafakkarnzədən awo tiga səkkəna gənyi. Sadən ti-a Kulu-a fuwu kuturamben gəreta dazana kazəmunza wujirbega lawarzain duwo kusotowa burwobedə kasho, daji Aminaye zəpsə sandiga kapciwo. Sokku kamil kusotowa kaptəgəbewo: darjaa, shawa, kuru sandəna. Fatima-a ferowa gade indi-a jamiyalan isa nanzəro gəmzaa duwo gana laa hai fangano, kuru alamaramzə jirero faltəna nankaro ci məməskono.

Sa kusotowa ngəwuso isanadən, Kulu zəpkono, rokkonzən Alhaji Haruna. Kuluye cidanzədə ndusoga təganasro kapsəgə, kuru Alhaji Harunaga dozə manatə. Sa manajinladən, botowunzən dazəna, kuruwu, zadəa, tidəmaga datən kozəna. Kəlanzədə ferrata, ngəmnzədə fangal-fangal, kənzanzə ferrata, kuru ci kundulinzə kəmgata, kulwunzə bəl fəska gərəsan kəliye fuwu-a a ngawo-ason fiyatadə shiga sasana. Zawa kime kori koksəna, kuru suno tərməs yiryirajin səkkəna.

Sa Kuluye shiga yitagatsəgənadən cizə shitilan dazə, kowo hangallan kəratsə daji kulwunzə casha. Kəma Mai Alaro akərzə, Shi duwo shiga banazə, shimozə, kuru kusotowadəye dotənzəga adarzana nankaro asngarno. "Futu nonuwadəgai, adinde Islamdə andiro amari kamu degə nyitəye sadəna. Aminadə kamunyi kəndegəmi." Tayenyidə, "kənasar bəlin, kamu bəlin." Foforau-foforau kulwube-a nuktə-a dawu amben fangatə. Dayingataro amsoro ci məməsshiwo. "Sokku bana Kəma Mai Alaben saa kada kozənadən sətok rotama gumnatibero walngənadən kamunyi burwoye nyiyawoko." Kuru bana Alaben sa wuga akawu cidaram kungənabe kəryebero sadənadə kamunyi kənindimi nyiyawoko. Sa Alaye diwal kasuwube fələsəgənan kamunyi kənyakkəmi nyiyawoko. Kuru kərma, bana Alaben, kuris Majilas Kəryebe bukkənan kamunyi kəndegəmi nyiyawoko." Aminaga kalkalro surinlan wono. "Nyidə kamunyi kəndəgəmi, daryebe amma daryeram gənyi. Kusotawa laa koli yellada, laa ye ci məməsskada, laa ye kasudu gowada, Alhaji Harunaye jezə kədək codonya naadəro kəljiwo.

"Futu kaidawa adin Islambe gulzənaro ngəlaro kəngayon, nandiro tawatkəgəkin kamuwanyi samma kalkalro raakəna."

Ngawo kawulidəben kusotowadə kərwu kərwuro sapta zande tamtammaro badiyate. Sa Amina suro jamaben fomjinladən, am soga lewatain, tiga aduzain, səmanawa laa kəla awowa laa noatayen kəlanzaro kadio-kənasarwa siyasabe karəngəbe-a kənasar ba-a fuye razəgəbe, ndu konturokbi səwando, ndu sulsulando au karewa kannu latərikibe zamanbe səwando.

Fatodə səmbəliuna, kuru fatomaso kusotowasoro lemunatiso, biskilso, da febe-a da kuwuibe-a warrata-a kayegata-an sotoada. Sokku Aminaye na sawawanzə fuwurawa bero lejindin Fatimaye, "shidə zambama." sə fangono. "Nda yim shiga cida kura laaro karrada au galaadaya wo? Daji kamunzə faldə dəpsə gade nyiyajin." Sa nadəro isənan Aminaye ci məməssə, kuru sandi laaga falfalro zandeyada.

Ngawo kəleledə dazənayen, son yaye Aminaye sapsə yinzə samiro tusuro jiwa. "Askəra Alaro awodə kənasar," sə kəla diyalnzə kurabero cukkurowo. Suro bozənayen tafakkar kəla njimdəben badiwono, telbinjin-a bidiyon-a fəriji-a radio kaset-a kabot suron fəletwa launu-a laa kura-kura laa sənana-a wadərob suron kazəmuwa wujir gadegadero dawartəna-a. Tiro kəmbu lashabe sawudə, kuru kazəmunzə bunebe cimo.

*

Tuskononya Alhaji Haruna gawo cinnadə kokowono. Diyaldən napsə sunonzə linzə, alama darye takkonogairo wono, "Amina, suro kəleledəbən njessənge wurmangənyi kəla nyi kamunyidə fato-a cidi gana laa-a halalnəmdəro. Kuruson Baturega ku kəla kəlnyenadə karəngən nyiga təmazəna wono."

Aminaye shiro askərzə, haiyamaro nəmkərenzə adəye tiga sətaajapsəgəna. Kənjo adəgai təmazəyi, kwanzədə shi ronzəa ye ləmanzə yedə abi yaye dunya adən səraanaga səwandində tiro tawattəgədə kurwowunzə fanjin. Kannudə cezə shiga diyallan najiwo. "Fatodə na adəga karəngə. Cididə yaye adəgaima. Botku kəmaduwubedən, maaranta badiyarambedəga wutain."

"Askərngəna," waltə Aminaye gullono.

"Aladə ajabba," Alhaji Harunaye wono ngawo kəm sədənayen," kəntagəwa laa kozana adəlan notende amma ku andi kwa-a kamu-a. Sələm yaye nəmshawanəmdə rukin. Falfaljin."

Dunya waanonya Amina daten fazə salanzə suwabe salizə. Kazəmuwanzə sandiro ngalwowo badə səmu sa mewulan fato kollono. Deyalan sulsulando Renjiroba liwula sələmye tiga jejin, sa nadəro nazəgənalan kam laaye cinna tiro fərəmzə, tiga gəlagəlajinna. "Wuga fato Baturabero yade," sə sa cinna zaksəyindən dərebadəro guljiwo.

Fato Baturbedə ngawo bəlaben. Sulsulandodə fuwu cinna shubedən dawono, kuru Aminaye takkanzədə gana laa səsawu, wono. "Amina Haruna, kamu, kura jamia kufu ngəwua Majilas Kəryebebe, Bature suriya səraana." Mai gadiye radiwonzəro manazəgə, cinnadə katə daji na sulsulando datəramdə kadugada. Nadən mai gadi faldəye Aminaga sordəgə kusur kəskawa sarratadə zaa fatodəro gəmjaa, cele kambibe-a faraskəram dekkel dalimebe-a kamza kowada.

"Wu-a nyi-a kəla kəltaro kurnotəkəna." Batureye Aminaga ci cinnaben kapsəgə. "Martəgəne are gaye fannəmgairo dəgai." Tiga suro njim kusoto-rambero səkkə, kuru konga laa ye napkata, daji tiga ngodozə loktə ganalaaro suluwu kamdəga wujir laa tamozaindəro. Shi-a kamdə-a walta səmananza badigada. Darye duwo Aminaye kamdə sunzə Muhammad Idrisro fangono. Ti səmananzan tamtamnzə ba, amma sokkudən njim duwo cidinzə kau mabəlbe-a kannu candəliyabe-an zauro zayegatadə lawarjin.

"Babanəmbe zar duwo fizəgənadə tamanzə sukkurugəna," wono Batureye.

"Wu awo duwo bankilan gapsənadənde tamtamnyiyawo." Muhammadye wono.

"Kungəna duwo babanəmga banange gənazənadə ngəli ngəwuro gotinba. Shiro showori kada yikəna kuru shidəma karzo. Nyiro kakkadə gədima mukkonzə səkkənadə fələgəkin. Suro saa mewuben ci findin lukko uwun bas gonəmin."

"Amma miliyenzə kada mbeji…" wono.

"Ngaidənga kungənadə kaanzə, amma zahirdəroga ndumaye, shi kəlanzə ronzəa yaye ci findin lukko uwunna kozəna suro saa mewubedən gojinba." Batureye bayengono.

"Asungəyi . Maananəm kungəna adə rangnye Naijeriyaro zuwanyenba?"

"Awo gulləmadə kalkal. Dəmmaro mowonzə kungəna adə fatoro kudəmba!" Batureye Muhammadga kalkalro wujinnaro wono, "Amma kərmadə wu zauro manyiwunyia. Tadanyiye nyiro bayenzəyin. "Lucas, Lucas," sə bowono." Martəgne shiga gone lene shiro futu kasuwudə cidajində bayengəgəne. Ngawo shiga salamzənayen Batureye na Aminabero kalla baan sawartəgənaben halnzə fallatə. "Wushe kənshero. Martəgəne wuga gai. Nyi-a kam laa-a kəlngiya raakəna." Aminaye Baturega zəga cele kambibedəro lewono, nadən nasara bəl kafiyalan bowata. Kumil wupcin. Aminaye zauro kəjinzə fanzəyi, foto kalaktəm kuruyema nozəyi amma Batureye wono sunzə Paula, maləm fulofa-a kəska kəli zayerambe-aye, Londonlan karga tiga təganasro kəla kəlele kənasar Gumna Kəryebebero kərmai kare bəllabero waltaaro fulofa nadən sartəro tiga cawudo.

"Wu-a nyi-a kəla kəltaro kurnotəkəna," wono Paulaye manzarnzədə cutu-luwo. "Lardəndo-a amndo-adə sandiga raakəna. Am ajabba. Am zauro ngəla ye. Lardə adəlan fuwuye kasuwube kada." Wono Paulaye awonzə wupcin-naro. "Futu fangənadə nyi ye kasuwu dimin. Adə dama ba. Wanee wu-a nyi-a rokko cidanyen."

"Kuwami yaye hangalnyi na fallo səpkəgəgnyi," Aminaye kalakciwo. "Son yaye, kəla kəltaro kurnotəkəna."

Sa Batureye Aminaga njim kusoto mowobedəro sadə tadanzə-a ti-a kəlzə kolzənadən hai fangono, tadadə ye kusoto burwobedəga ba salamzəna. Lucasye nji amusu kalwa indi-a kopwa gəlasbe-a mazə sawudə, daji isə botku Aminaben napsə kopwadə cimbəliwo. "Futu babanyiye gulzənadəgai andi-a nyi-a kasuwu diolan tamtanyia," wono, dawarnowa-a kakkadəwa-a kəla tewurbedən sarjinnaro.

"Nyiro cidawandedə bayengəgəkinba wa? Caman kungəna asəmatəso, amsoga ndaro kungənanza yikkoro sandiro showori kənjoso. Amsoye Nasararilan fato casawiya saraanaga sandiro taman zauro ngəlalan fanden. Liita kuru-a batalla dawartə-a duliro maarantawa ngalwo matə-a samma diyen." Ngawo kəla kəlnza loktu ganayedən tiro dawarnowa-a kakkadəwa-a kada kəla cidawa gadegadebelan co.

Aminaye shiro askərzə. "Ngawo karewadə wungənayen waltəke isəkin," wono.

Lucasye babanzəga bowozə, isə wayanzə mukkonna karawo. "Nyi sawa Fatimabe ada," wono, sa cizəna lejindən. "Wanee wuga bananəmin. Kəntagəwa gana laan bəlawurongin. Tiga rumiya tiro gulle wuga gashiptəro jamiyaladən dozənadə isəkin. Sa waltəkiya yitafangəgəkin, kasadəyia, kuru gashiptəro dawartəkəna." Sa tiga sordəgəna na sulsulandodəbero sadinladən ci məməsta ariyaye cido, kuru Aminaye kəjinzə fanzəyi, amma Lucasdə kam karəgəa.

2

Magə kada kowono. Aminaye sabisoro sala-a kəmbu-a kənəm-adə suro lewayen
sədinna karga, kuru kəndəganza nəmsəlwaiye amma kəji adə tamtamnzə
fanjin. Dalil kwanzə galiwu nankadəro, awo səraanawoso səwandəna, kuru
dalil kəla kəndəganzə adəyen awo kallaro gozanna ba tidə kamu suro nyama-
ben. Adəson zaman adə nanzən kotəma, loktu lejiya awo gade tamtamye
hangalnzəga gojin majin.

Səbdə kausua kəji laan Aminaye samno Karapka Kamuwa Majislakube
kərtəro yikkoye adarzə. Kor Majilasbedən codo, hatta kusotowa jamiyanzəbe
laa asuzəna. Ngawo samnodə dazənayen tiga Banama Katiwu Kurabero
kargada, daji karəgənzə kəjia fatoro lewono. Ti tilonzə njimnzəlan, cinnadə
kokozə, bəlawusnzə linzə fuwu kuturambero lezə zadənzəbe nəmshawadə
lawartəro dawono-adə sabisoro halnzə. Fəskanzə sulsuldə lezə, "Alaye wuga
shawaro alaksəna nankadəro Shiro askərngəna. Siffawa kamube məradəzəna
samma wulan mbeji. Wudə kamuwa samnodəbe sammaga nəmshawaan
kongəna…" Zandenzə adəga kam laaye cinna baksə təgaskono. Naadəro
bəlawusnzə səmu cinna kawono. "Wushe Gəmsu. Abigai?" Kuluye cuworo,
cinzə ngəlaro məməsshinnaro.

"Kəlewanyi, nyi duwo?" sə Aminaye kalakciwo, kusotonzəga njimro
dozəgə.

"Ngəla zauro. Ngəwuro napnginba. Nyiro Nasarariro lengində bas
gultəgəro kadiko, kuru lardə Bargaaro Umuraro kongin."

"Nyi saa," sə Aminaye ci məməsshinnaro."

"Kanfaninyi bəlində babro sakkəna."

"Ndaso?"

"Kamfani Bəlawurobedə, kərmadə kasuwudə zauro riwaa, alama haji-
wuso Saudi Arabiaro lezainga." Kuluye kəm cido. "Təmangəna nyiga Lardə
Bargaaro nzatəkində nyesənəmina?"

"A'a njesəngənyi. Sa dawartəkiya nyiro gulləgəkin." Sokku duwo Aminaye
tusuro majindən, Mairo, kamu kənindimi maləm Arawi -a Luwuran-abe
suwa isə karawo. Tidə kamu gurzam, kalla ngəwua, shinzədə gurangea, tiga
'Radiwo Bakaron' bowozain, kəla tidə sabisoro hawar zəmzəm fəl nanzən
təwandin nanka.

"Nyidə kamu saa," Mairoye badiwono, ngawo kalkalro napsənayen.

"Futubin?" sə Aminaye cuworo.

"Kamuwa gadero wungəgəmiya nyi kəndəga kəjin kargam."

"Adə kadaru Mai Alabe," sə Aminaye jaapkono.

"Jirenəm….Larai nonəma wa?"

"A'a. Ti ndu?"

"Ya kamuye ngəli ganaa loktu ganaro liitarin bozəna. Yembonzə burwobero tiga kəntagəwa gana laaro rowada. Yembolan malaya sana. Kərma kwasa ferowa ganalan sasambiya tandiga sətaində zamzəna." "Abi awo adəro wuga səkkə?" Wono Aminaye gəraataro. "Abima gənyi. Ti-a kamuwa jilinzə-a njimalngo. Ngəwunzaso ngəlinzaro suro kəntalaa-a basari-an dawin. Təmanyidə nyi kamu gana ye kuru kəraata ye wanee kəndəganzaro zəktəminno."

Mairoye Aminaga zauro hapciwo. Amina zəktəyi. "Wu adəgai gənyi. Andi samma kəndəgaramnde-a kadarunde-a gadegade wu gənyi sandiga mbugəke ngəli ganalan nyiya codo. Wu liita gənyi, kuru kəngaliwu sandiro njistəgəye takənyi. Lene Mai bəlabe au Gumna Kəryebe rui au am dawua gade rui."

Mairo səmbarimba. "Sandidə samma kongawa kwasa adəye nəmkurwowunzədə asuzainba." Sə dunoaro bayengono.

"Abima range dikinbawo. Adə kadaru Alabe."

Mairoye nzəraksə lamarwa fatobe gade kokkono. Sa duwo Aminaye tiga nadawuaro kərənzənaman, daji ti lamarwa kausubedəmaye tiga səkəmbarəgəna tusshiya səraana sə, daji Mairo hapkatə. Sa Aminaye kurnotinnaro kəla feto badiwononya, kowo nowata fatodən fangono. Sawanzə, Fatimaye Abdullahi tada kamu kurabedə dujin. Shiga faitədə səraana, sabisoro suliro shiro kwanzə amajama shin. Sa shiga botowu ya gofabe dawu fatobedən sətanadən, Fatimaye fetero wono. "Nənganəm gade ba illa nyiyasəmin." Abdullahiga kollononya fero saa yakkəa, Jamila fero kamu kənindimibega gowono, fəskanzə yindazənaro dədəksəyinnaro wono. "Nyidə shawa, daji kamu kəraminyibero walləmin," wono.

"Adə Gambo, tada kəska saltəmabedə wa?" Fatimaye kamu fatobedəga cuworo, tada saa uwua gurangeadə səraa.

"Aa," yanzəbe wono."

"Adə shimadiya kura lardəndebe fuwube," sə suliro gullono.

"Adə mowonjinba," yanzəbe wono ci məməsshinnaro. Fatimaye samiro zəwa njim Aminabero lewono. "Andi suro jamiyaben zauro cidandea," daataro gullono dalil tiga ziyarazənyi nankaro kanadi njoro. "Karno karapka fuwurabe karəngə adəmaro codo, kuru wuma banama kazaadalabewo." "Barga!" Siyasasodəman tamtamzə ba yaye, Aminadə jirenzəro sawanzəga aduwono.

"Nyiro askərngəna," wono Fatimaye. Kurisdən napsə zawanzə beretdə mbəksə kundulinzə kuruwudə ngawonjelzə ciyero.

"Wuga bananəm kəlayi kərnəmba wa?"

Aminaye sawanzəga cuworo. "Kuruson, kəla awowa laa ganayen zandenyeiya raakəna."

"Adə ngəla, loktuyi mbeji."

Fatimaye sədiro zəpsə gədəwa gozə kəladən naptaro. Tusuram deyabedəro colowo, kuru Amina cidin fuwunzən napsə daji Fatimaye kundulinzə fangal-fangallo yekkono.

"Amina," wono. "Karnowadə tamtamma, kuru darasə ngəwu likəna."

"Kərənne," Aminaye mananzəga kamjiwo, "nonuma wudə tamtamyi ba. Siyasaro ringəna ye wangəna ye."

"Kasatnəmmaga kasatnəmiason kamwoso siyasama. Dimin au dimbadə nyiro kollataa. Nyanəm kəla awowa nyiga lazənayen kəntəwo fəlenəm notumbaga am gadeye nyiro sadin."

Abdullahiye tusuramdən fəlongonzəye sandiga təgassəna. Nonguzənaro Fatimaro goro cono, kuru shiga bibimben səta botowunzəro cuwudo. Kamuwa fatobedə sədiyan lawarzaindəye kasudu gowada. Abdullahiye mbəltə təmowo səgaso.

"Daji nyi ndaro kardəgam?" Fatimaye cuwuro. Aminaga yangro cido, kuru shegəaro kalalciwo. "Wu range nasha am dawua-dawuben gulngin." Fatimaye kunduli Aminabe səta matkononya Aminaye kalla gowono. Kanadi shiro cinnaro, son yaye Fatimaye kaime farnzədəga dawarzəyi. "Nyiro gulnzəgəkin siyasalan dawudawu ba, firtəm napta ba. Nyi kəndəga kərmabedəga raama au wanəma. Ngawodə tamin au futu ngalwotəgəye taknəmin."

Amina kədək. Fatimadə zauro siyasaye tiga gozənadəro nozəna, kuru awowa kadaro kəla lamarwa siyasaben manajin, kuru mana badijiya tiga rangnəm təgasnəmba. Adəson, Fatimaye nəmfashenzə-a nguljingulji banzə-adə Aminaye səraana, kuru mananonginzəye səkke raksə tiga koljinba.

"Kəla kərnəma adə nyiga waltə shawaro cido. Nyiga haiyaro sandəna," Fatimaye wono ngawo fangal daryebedə tamozənayen. Cizə dazə tangatə.

"Wuga faitə kolle."

"Fainzəkinba. Ndu yaye shimzəadə nəmshawa jilinzə ngəwu ba adəga surin. Kəmbu yaye fəskanəm lejiya ngaidəma guljin. Son yaye, nəmshawadə məradəwanzəbe nasha fal. Hangal ngəwu-a kəla-adə ye məradəzəna."

"Kəlayi kərnəmadəro askərngəna." Aminaye sə Fatimaro lemunati amusu cono, sadən kəlanzə kərgatadə fuwu kuturamben dazəna lawarjin. Aminaye kəla awowa yakkəyen Fatimaro manazəyiya sərawo amma zanzədən Fatimaye maarinzə awowa kamma lezənayen manaye ba, adə nankaro wuzəyin sə showorratə. Susudəro cuworo:

"Ngəla. Kəndəgaram kamuwabedə fuknəm wartə məradəzənadəro kasanne, abi tədin?" Sokkudən fəska Fatimaye farakkono.

"Awowa ngəwu tədin," wono Fatimaye kurnotənaro. "Baditəro am naro nazaanadə ci sakkin."

"Ngəla, kwanyiro manaakin, kuru Majilas Kəryebedə raksə kəla kəndəgaram kamuwabe adən awo laa sədinwaro korəkin."

Aminaye kasatkono.

"Adəmadə suluwu." Fatimaye wono. "Dəmmaro sədinba."

"Amma wuga səraana." Aminaye tawatciwo.

"Aa, nyiga səraana, amma awo tamtamzəama səraanawo."

Fatimaye kəm cido. "Foto gaden, Karapka Kamuwa Majilaskubedə faidatə kəndəga kamuwa ngəwube ngalwotəyin. Abigai tartiptəndo."

"Erm, karapkandedə kuwami yaye bəlin, kuru futu kwandesoro njistəgəye zandenyen, kəndəgaram kəjiro Nguro Majilaskubedə fandero mbəlten, kuru awo gadeson kunten. Samno fuwubedə na adən tədin, raamaga kəla masalnəm adəyen hangal membawa gadebedə gərngin. Wanee kwandesoga gallapnye walawa kəndəga kamuwabero faidaa koksain."

"Kərənne, dəmmaro suro tiloaro awowa faltə badizainba." Fatimaye wono. Ka cinzəbe cidiyabedə timin səta waltə tafakkarrono, wono. "Dalil fal duwo kamuwaga njokkunozaində nəmjahilndə nankaro. Maarantawa ngəwu-a ilmu wajib de sulye feroworo kənjo-adə məradətəna, amma adə fasal fuwube. Kawudəro dawarno təganasbe ilmu lonkosabe dawartə nəmjahil gərtin."

"Abi maananəm?"

"Burwon kamuwaro futu ruwo-a kəra-a yikkəliobedəro, daji hakkiwanza lardəro-a hakkuwa adamganabe-a futu faitənzabe-a təkkəliwu. Kamuwa ngəwuso Islamdəma asuzayi. Awo sandiro kwanzaso, yeiyanzo au am gadeye gulzaana gozain, kuru adawa kaduwube-a Islambe-a tuskazain. Kamuwasodə sandiro ilmu fərtəbe kalkaldə gulzaainga umma-a naptəramnza-a ngəlaro asuzain. Kəlanzəman nguron, Fatimaye manajinwosoro Amina ye tamtamnzə tərain. Mananzəga kasatsəyi au asuzəyi yaye Fatimaga darajazəna, kuru raayinzəga mbəltə zəgain. Sa jamiyilan kəla kəlzana saa indi kozənadən, kuru njim fallan dawunadən tiro sawa ngəla ye jirea yewo ba. Mana ritə baro manatənzəye yim laan tiga ayewuro səkkin yaye nduso kəla nəmrogananzə-a suro tilonzə-adə mangərzəna. Dəmmaro tiga nonəm kuru nəmfashenzəro lolotəgəmi mowonjinba, kuru nasha siyasaben kam zauro hakki adamganabe-a nəmadal-aro jamiyadən cizə dazənadəye falnza.

Aminaye sadən tiga cirawo yaye futu ngəwulan tiga siyasoro gərnəm yikkoro majin duwo Aminaye wawono. Yim faldə, kaime-farnzədəye tiga citonya njimnzəma faljinsə badizəna. Adəson tandidə nəmsawanzadə dunoa, kuru Aminadə ngawo jamiya tamozənayeman tandi rokkodəro kurnotəna. Raayinzadə burwomaro gadegadewo.

"Abi nankaro kamuwaye ilmu məradəzain?" Aminaye dunoaro cuworo. "Wuga wusəne, wu kəraata yaye, wudə kamu. Amsoye ilmu kamubedə faidanzə ye ba kungəna basartə ye saində yasarakəna."

"Ilmu faidatəmba nankaro kamuwa ilmu məradazayi gənyi. Nyi faidanəm ba gənyi, nyi biya mukko dunoro figəm napnəma. Rangnəm faidanəmin, kuru faidanəmin duwo."

Aminaye izunu mazə dawartə salanzə daryebe salaro. Ngawo salizənayen, kəla bəji salaramdən napkata tajiminzən maduajinnaro wono. "Bəne letədə tajirwa, kawu letyinno fatoro naane!" "Wande zəktəmi kəlayi mowokin." Fatimaye tawadə cono. "Range na kam kamu dunon matama au barwu yayeben kəlayi mowokin. Dambe judo-a karet-alan belnyi sələmmadəro nonumi wa?" "Nongəna." Aminaye wono kəlanzə gəzəkcinnaro. "Alwushir, fato Baturebero lengənadə wono nandi indi gashiptədə kasattsəna." "Kəla abiben?"

Fatimaye ci məməssə kəm sədənan bayengono. "Baturedə shiga loktu laaro nongəna. Shi babanyidə sawanzə linta, adə nankaro fadəla adəye faidatəke kəla awowo kada fuwurawa dəro faidajinmayen andi indiye zandenyen. Adə nankaro showori adə cuwudəko, sharaye kənasarmadə bayenjin. Nana kafe sabanabedə tiga Batureye gashiptə ilmuben wobsəyiya kəlanzəro fuwun beret koktədə məradəjinba. Wuye wadə gongəna mananongidən yukkuruki yaye, cotto cida am rannawube dikin. Amma Bature cukkurowoga siyasawudəga yikkəke fərsənawa siyasabe kolzain, kuru kungəna biyaza fuwurawa laa leza kərazain. Maana, kəntəwonzə-a ləmanzə-a sutuluwu amso faidatain. Gashiptə adəro dawartəkəna, kuru isənama ngalwo. Darasə laa liminno tawattəgəkəna."

"Nda awowa gade ye kəla Batureben gulsəgəne. Jirero kəlanzən awowo ngəwu nongəyi

"Ndaran badijin?" Fatimaye wono, kuru kəm sədə ci məməskono. "Baturedə zaman kəriwu Biyafəraben kadio naptə askər agəriben. Am lardədə yektəmasodə banajin duwo am kurawadəga zaadə Kemerunmben lardədə kollono. Ngawo kəntagə kadayen waltə Naijeriya   ro isə shiga showorima kəla lamar askərbero gowada, amma kəndenzə kənindimi adəlan kərigə sədəyi . Tulumasodə shiro ada sa nasartiya shiro nasha arzəgi kəndagə feturbedə mukkonzəro sakkin. Waltə na tulumasobero kəltəgə shiro cida balimiwa-a karewa dunoa radiwobe-a kudoye codo. Yim kərigə Umafiabedən zau fanzə shiga burwon Abəri Kosro cado, kuru waltə bərnyi kura Nasarawabe laaro codo. Shi nadən duwo kərigə dawono. Ngawo səmerənayen Naijeriyaro waltə isə konturoktama abisobero walzə, kuru Gumnati Lardəbero showorima kəla waltəm gar-a lardə gar-abero wallano, kamfaninzə Fortune International Limiteddən

"Nənaganzəye səkkə fadəlawosoro rəptəgə nyama kəndagə feturbedəye shiga banazə am kurawadəro cidawa kada sədo. Karnu 1980dən lardəwa gade Afərikabe yen cinzə mbeji, Mobutu Sese Seko-a Jonas Savimbi-a rannawu gana laa-a adə sawawanzə karəngəye. Kərigə Angolabedən shi showorima tulumasobe. Ziyaranzə faldən askərwa Kubaye sandiro bətərəm təmzaa batanzəlan am kada casanə laaro zau gənazaa, kuru shi sa sədə shiga sata liitari Luandaben roada. Bətərəm laa askərwa kərmai launu katigəbe gayirtəma adəye bəne fal təmzaa shiga kadulan samowu Afərika Anəmbero cado. Adəma nankaro shiga rannama ngəmnzəben bowoko!

Aminaye sawanzəye lamar dunyabe kəskero rotənzədə tiye gana laa nozənadə tiga ajapsəgəna. Tiga lawarrono, abiabin Fatimaye ilmu adə cuwandoro ajapsəna, kuru zauro hangal gənazəgəna. Fatimaga gənazəgə lawarrononya dunyadə təmjin yaye, ngəli gananzəga asuwono, kuru kazəmunzədə kadawu ba ye tiga sandəna ye.

Awo tiye gulzənadə, wono: "təmangəna kuwamidə fatoro lenəmaga ngəlawo."

Fatimaye tiga martawaaro rozəna. "Amina wuro jiredə gulle. Suro karəgənəmben kəndəganəm nəmsəlwai-a nəmkam kəlanəmbe-adə ardinəma wa? Nyi adə ngəli ganaa, kəlewa, kuru ragnəm faidanəmin, amma kam laaye nyiga fanzən rozəna nyiga faton naptənəm səraana, nyi kamunzə nanka, dalil shi kwa nyi kamu. Adə wa awo manəmində?" Zəktənzə adəye karəgə Aminabe səsangi, amma Fatimaro shim bas fizəgəna. Fatimaye sapsə yingono. "Wuye nyiro showorinyidə ngo, "Kamuwa kor adəyedə dawarne. Tandiga kəla abisoyen allamnowo. Shimzaga fərəmne dunya duwo dawunadəga fetero soru." Kam laaye wono, 'Kam adə raksə kərajinga abadanro shi kam be.' "Rangnən tandiro kəndəga ngəla-a kəlewa-a kəji-a fələgəmin. "Amma kərənne, Amina." Fatimaye sapsə yinzə, "kawu awowa anyi laa au samma dimində shimnən kanəm, ilmunəm zukkənəm, gananzədə ngəlaro kərane. Futu nyiga nongənadəro wungəgəmiya, nda nyiga galange jirero, ngəlaro kəranəm, kəlanəmga cidaro yikkəmiya, suro njimbe adəlan de naptadəmaye nyiga cejin."

Fatimaye cizə hangallan botowu takka zakkatabedəro gərratəgə. Dazəna kokodə fələjinnaro.

"Nyi rinəba wa?" Aminaye cuworo.

"Abiro ringin?" Fatimaye cuworo, sawartinnaro. "Adəma awo yasarakənawo. Təmangəna kəndəgaram kamubedə nagalwotəyin, kuru haiyaro jarabtəro ringənyi."

Kəm cidonyo, hangallan manadə gozəwu kowono. "None wuga nyiyazana, kuru jili nyigairo karako. Kwanyi dinadə zauro galiwu, kuru lardə deyabero tusu nəmlorusabero lenyena. Kəntagəwa gana laa rokko dəgaiyenadə bargaa ye kəji ye, amma zaman tal, zaman tallan awodə zahirnzə asuwoko. Wudə kamunzə kənyakkəmi. Sa isəke nəlado-a nəmzaləm-a njokkuno dano-a sanam-a nəmbutu-a de napta-a awowa fuwuro yikkəkənaro asuwokonya, fatodə kolloko. Aa, feronyi gonge culuwuko. Dəptanyidə karəgə kəjiaro cimowoko. Adən jamiyaro wallatəko na duwo kəla kəlnyenadə. Awo rukkəna adəye səkkə lenge kəndəgaram kamuwabe kərange nongero nyiawoko, kuru ngənəptəkə laadarnyiro falngin. Adəma səkkə ilmu loyabedə badiwoko, hakkinzaro mbəltəke kuru yikkaakin. Wudə dawu na am dawuaben karako amma kəjinzə fanginba. Kanadin nanyi wuga sandənaro wallatəko. Kəndəgara jami talaawabedən tamtamnyiawo."

Fatodən kalla gana fantin, ngawodən taptawi shibe kəmbaramdən zəwain, daji hangallan kol wono. Alhaji Harunaye ci məməsshinnaro karawo. "Nandi adə kamso faruwinna dəbdogau," wono ngawo lewanza səmowunayen.

"Zandenyen," Fatimaye shiga casa.

"Kamuwaso sawarin, kongawaso zandezain" kasudu gojinnaro wono.

"Ngəla, daji abiso zandenəwin?"

"Lamarwa kamuwabe," Aminaye jaapkono.

"Maananzə, kəndəgaram kamuwabe, futu sandiga umma adəlan konga-waye lapsana zawin kuru ranzana, "Fatimaye bayen cono."

"Abi gəle," Alhajiye dadatə baaro cuworo. "Kongasoga kərmai sonotəro casambo, abima rangnəm fałəmba awo Alaye kadarzənadə."

"Təmangəna loktuyi letəye sətəna," Fatimaye wono, cizə dawono.

Təmazəyin Alhaji Harunaye Fatimaro napne wono, dalil tiro manazəyiya səraana nanka. Səmanadə yanzəgana Lamido Dan Bakaro maləm jamiyabedəro kalakciwo, shi duwo jeridalan ruwozə jemia kərmai sunotindəga zorzə shiga dangairo kolzaana. "Lamidoga kolzaro nyian kempen dimin. Amma wu yanzəgana, range shi fərsəna siyasabe gulnginba, shidə zaləm lardəbe."

"Lamidodə hakkinzə nəmkam lardəbe fəlejin bas. Shi ayewubima sədəyi . Shi awo waajində bas bayenzə: karno karəngəbe adə ndallada, nəmlusur-a, dur banatə-a bozobozo-a kəryedən mbeji. Ndusoye nozəna! Shi ilmuma siyasabedəga cidanzədə bayen-a fifiltə-a…".

"Adə Naijeriya," sə Alhaji Harunaye ci cikko. "Abiro, ndu hangalnzəndəye jemia kərmai sunotindəga zorjin. Abiro yaanaye jemia yanzəganabe zorjn?"

"Demokəradiyalan nəmbe tafakkar-a mana-aye mbeji."

"Amma demokəradiyadə maananzə bərzəm ba-a kattəwu-a gənyi." "Kakkadədə kərangəna kuru abima waata surodən rukuyi. Daji ndu yaye nyi-a jamia kərmai sunotin-adə zorjiya shiga dangairo koluwumin?" "Aa, wuga tadanyiye zorshiya shiga dangairo zuwangin. Layatenzədə sai tawatkəgəkiye.."

"Sabi Lamido kolzain?

"Nadən dəgain illa təpciya."

"Amma shiga adəgairo rotədə wala takkazəna diya."

"Wu duno walabe kongəna," Alhaji Harunaye wono, kasudə nəmmangərye gojinna.

"Abi kəla Dan Habuyen gułəm?" Fatimaye cuworo, shi duwo yaana Alhaji Harunabe shiye səkkə shiga rozanadə."

"Shi zaləm Lardəbe jemia kadaro kempen cido, kuru cokkurowo. Kasatsəyi wono daji shiga azawatədə wajibkono. Wala- wada-adə mbejima ngəlawo."

"Amma kasada ba adə wala takkazəyi."

"Adə kasada ba adə futu siyasa tədində." Fatima cizə dawono. "Təmangəna loktuyi letəyedə haiyamaro sətəna." Sə hangallan njimdən culowo.

3

Aminadə magəwa fuwubedə njimnzən runzə long karga. Ngai karga watəwoso bikanzəgai. Kokorizə kəndəga gota bəlinmibe nəmsəlwaiyedə səlin sə badjiji yaye, de napta-a karuruti-aye tiga zəkcin. Son yaye kalla gozəyi. Adəma kəndəgəram kamuwa ngəwusoye umma adəlan, tandiga allamzaiya kamudə cidanzəbe kəla kuradə kwanzə-a yalnzə-aro njissəyində sasarana. Kwadə shima kəma fatobewo, shi kamudəga rozəna, kuru awo sədin-a sa sədin ba-aso shima showori sədin. Fasalnzədən, kasuwu sədin yaye sai tadanzə burwobe sambiya duwo. "Suroro naptən səta tadanzə raknəm fatolan koltə sətində alama saa indigai," dəli nəmbutuben awo adəga takkono. Awo laa dim kəndəganzə jili fal adəro katəro yindazəna.

Yim fal jili kuttu adəlan Amina njimnzən abima nowata laa takcinba, kuru Isaro bikkezəyin, Alhajibe tada kamunzə kənyakkəmibe, daji Fatima kadio. Futu notənadəgai abiman zayetəyi. Kazigilan karga.

"Abi waazə," sə Aminaye cuworo, ngawo lewanzə nowatadə lewatanayen.

"Awowa ngəwu. Karapkandedə wurzana, kuru am kurawande arakkə jamiyalan yokkada- Danbaki-a, Aremu-a Jibril-a Bagu-a Rachel-a sawanəm Muktar-a. Aminaye karapkadə nozəna- Karapka Fuwurawa Kəlafuwunnabe. Shi tilodəma jamiyadən karapka abiso fuknəm wartəmadə su. "Abi gəle dimin." Sə tiga hangallan cuworo.

"Abima rangnye diyembe, illa hukumasodə zornyen, kuru ngənəptə karapkadə dunoagəgəyen."

"Nyi rinəma wa?"

"A'a! Abiro?" Fatimaye dayingataro jaawu kalakciwo."

"Wuma kura karapkadəbero walngo, kuru karapkadəro cidayinro wadə gongəna.

"Alaro askərne nyi gənyi yoksa. Abi nankaro fujiwo anyi kasatnəmin?"

"Wudəma sa fitənadə badizanadən ca wu suro jamiyabenro wollokoga kuwa wuga yoksana," Fatimaye kasatkono, kuru loktu laaro kədək napkono. Waltə mana tafakkarraro badiwono. "Abi dimin yaye fujiwo gonəmiga nasartəmba. Lamardə diyenmaga dawarnyenba." Alama kowonzədəma rizənagai. Fatimaye doiro Aminaro sawartəgə. "Kərənne, raayi laa fandəkəna." Tiye karəngəro gərratəwo, ngulondonzəsodə sawulezəna fəska farakkaro ci məməsshinnaro. "Membawa kamuwaye laa yim Səbdəa awwa gana laaro suro njimnəmyen samno sadin. Andi gana laa, arakkə au wusko amarnəmma wa?"

"Aa," Aminaye wono, shiwoltənaro.

"Abiro? Andiga duza karaaro sakkəna. Martəgəne andiga banane," Fatimaye langurotəwo.

"Awowa ngawodə zagaindəro ringəna," Fatimaye wono, kowo njialan.

Fatimaye kəjinzə fanzəyi amma ngododə wazə koljinba. Aminabe shim wujinna duwo bayenjiwo. "Awwa fal au indi diyen. Abimaro kəlanəm yikkəmba. Tadawadə nanza gaden saptain. Nzəliwowuro gulzana, kuru suro jamiyabedən andiga ninizan. Fasallaro walnyen. Martəgəne Amina."

"A'a! na adən gənyi," Aminaye nanajiwo." "Ringəna."

"Ngəla," Fatimaye kowo lawaskataalan wono, kundulinzə kuruwudə lejinna. "Adəmaga, isheiya andiga dune au dare bowone." Ngərəgənzə gozə cinnadə nganzawono. "Nyiro yim Səbdəa sa mewu suwayen takkəgəkin. Fajerra sai yimdəa."

Aminaga zauro kəndəga zəgəsəro səkkə lewono. Tiga koltəro waji, kuru njimzən sammonza ngulta sadin adə asuzəyi. Awo waajinma nozəyi yim duwo kwanzəye karapka lamarwa samma faltəro majin, kuru raayi abiso fuknəm wartaye wurmazəyin adəga kəla kəlzaində nojiya.

Yim Səbdəa , Amina yim səlinadən burwonno fawono. Kasam amusu binəmbedə lam cinnanzə-a takkanzə-ambedən fuzəyin, kuru zaktəram gədədəpdən zaktə diyallan loktu ngəwu laaro bozəna. Daji kasaltə, njimnzə fərazə, kuru hai fangono dalil kwanzə Abujaro lezənadə nanka, bərnyi kura Naijeriyabe. Takkadə fərəmgononya nur kausu bebe njimnzədəga waskono. Ngawo sa mewuben kallan zəkkataro takkadəro wallatənya, ferowa arakkə Fijo bəllan zəpsana fanzə kaduzain curo, karegən dakdakkaro sədiyaro zəpkononya, ferowa indi rokko Fatimabedə asuzəna: Faldə fero tiga kawuskedəro sordəgənadə, faldə ye Bilkisu, fero Banama Gumnabe, kuren maaranta sakandəre-a jamiya-ason ajinza tilo. Sa Amina-a kamuwa gade fatobedə-a lewazanadə ci məməstə cirawo gənyi məməssə tandiga kapsəgə, kuru dulidəa bikkegada. Kazəmu kambai samuna, alama ziyara gənyigai.

Njimnzən samilan, Aminaye kusotowanzəro shayi-a biskil-a co, Fatimaye samnodə badiwono. "Aminaro askərngəna dalil andiro amari samnoye cinadə nanka. Dalil samno adəyedə kəla kəndəga kamuwa yala Naijeriyaben zandenyen. Nonuwa fero umma adən dəganadə, nasha Naijeriyabe adən dəganadə tambunalan tiga salamza, kuru tiga katkunno sorin, faidanzə kamu fatobe-a ya-aro bas. Yanzəganawa kongawabedə tiga kozanaro suro tiga sargaliyinben surin, kwanzə kəmanzə, kuru kongawadə shiro ngalwo. Fuwutənzə ngəmnzəbe-a kəlakəlbe-a indisoro tiga dapsana, tiga zaləmzanaro fanjin, kuru awowa indin fal karjin- kadarunzə kasatcin au angərjin."

Kəla manabedə Aminaro bəlin gənyi, sa sandi njim fallan dawunadən ngəwuro kəladən zande jilidən zandezana. Am gadeso ye zandedəro bananaza sadəna.

"Kuruyidən," Bilkisuye ci cikko, "futu Naijeriyalan kamuwa njokkunoza gayirzanadə zauro ngəwu. Sa kamga kəndəgaramde nəmzaləmbedəye njokkunojiya rokko maiwande batti faida baa adəyen kəndəgadəmaga faida baro sadin."

"Kuttulan gayirtə ba," Fatimaye mamariya cikko.

"Wande andiga njiye gozəyi. Kongawama kuttu sorin."

"Amma kamuwadə kongawaga kozənaro kuttu sorin," Bilkisuye kambigəwono. "Kamu yafalu Naijeriyabedə kəndəga zauro kuttulan karga, tiga mbuzaa lezə ngənəptədəwo kəlanzə-a dulinzə-adə rojin. Kəndəga adən andi kamuwadə danəm lawartəro mowonjinba, futu maiwandeye andiga galasaində, dalilnzədə nəmzaləm duwo razəgəndero sadindəye andiga zamzəna. Kəndəgaramdə bui yeiyema andiro dapsana. Andiro kəndomasodə-babandeso, yeiyandeso, kwandeso-sandi duwo sabisoro sandiga cidan duzainsa wusazain, kuru fatowu kəladowa anyibe sabisoro cidinza samoyin."

Samnodə fuwujiwosoro Aminadə aziyatin, zandedə futu təmatənadəro waljin. "Nənga-a kamkəmbui-a maiwandebeye səkkə sandiga kəskelan asu-tin." Fatimaye wono. "Ndararo lenəmi yaye, cida batti-a riswa dano-a, hayin siyasabe-a, kuru nənga batti-adən galine, karno karəngəye adə ariya."

"Məndədə fəramma," Guloriyaye wono, shiwoltənaro. "Kəmndə adə wanee kəna mbeji, kuru am ngəwu sonin, təgənasmaro duli. Sokkudən galiwuwadə sulsulandowa shawa-shawa njuwo-a, fatowa zauzau gar-a, bəlawuro kəla notənyiya lardə deyabero kəndo-a kamuwa nzərra-a. Təmangəna galiwuwadəma ayewu adəro kəntabewo. Lardəwa fuwuzanadən sandiye bana muhimmin banaza lamar razəgəbe-a lamar siyasabe-adə ngalwozaana, kuru amsodə sandiro nəmbe duwo bananza ummaga bananəm fuwutəgəye sadəna. Kuttunzədə Afərikadən wofilanzə. Galiwu nəndəlia fal ba. Sandidə səlwai ye, burwoa ye, jahilwa ye, jire baa ye, ro kuraa ye, faida baa ye. Nadin suwuli fuwutəye samma tutsa. Susudəro raayi ngawotəye wurmazain."

Aminaye yilaan sandiro zəpsə kannuramdəro lezə masana Hauwa cidamanzədəye dejində wutaro. Sa bafunan kalwowa tulurro fijiwo, daji Hauwaye tiga banazə samiro cado. Nadən samnodə kambigəro wallano , nduso manajin. Aminaye sandiro kəmbudə dawartənasə nji cuwudo. Futu sabiso ngaidə ajapci, ndan dunoa-a kasadə-a səmana adəye cawandoro, kuru ngawo kəmbu zawunayen, waltə sədiyaro fəletwadə tultaro zəpkono. Hauwaye doiro tiga banaro zəpkono, kuru sawasawaro cidazain duwo Kulu isə məjet-məjet karawo. Lewalewatain duwo njim Aminaben kasudu radəgai fangada. Kuludə shiwollatə. "Fatima-a sawawanzə-a," sə Aminaye bayengono.

"Wai, kuruson tima diya," Kuluye gozəgənyiro gullono. "Nyiro karəngən Kanoro lengində gultəro kadiko. Karewanyi laa faraskəram maara sambibedən samowunaro asungəna. Daji təmangəna Londonro sawurro bəlawunrongin, kuru Səwizalan yero batalla binəmbe kori laaro lengin.

"Adə dama ba." Aminaye karaskataro gullono.

Kuluye gəraataro ci məsməskono. "Niye kərma kasuwunəm badinəm, daji wanee gaska diyen wande ferowa samibe anyiro njiskəgəmi, hangalnəm kasuwuro ye. "Daji, Kuluye azallataro lewono.

Samiladən, samnodə datə karəngəzəna. Fatimaye sandiro gaska nəmshawa-a kazəmu fəleta-aye jamiyalan kajiri sadində gulzəyin, letə yileye gaskawudəye lezaində ngangajinnaro.

"Gaamiya, shegənyi baro bumin," sə Bilkisuye risshiyo.

"A'a, tidə gaska kazəmu fəletaaman ngəlawo." Guloriya   ye showori cono.

"Gaamin wa?" sə Rebekaye cuworo.

"A'a awowa jili anyiro loktuyi ba." Fatimaye ngawo kəm sədənayen jaawu kalakciwo. "Wanee! Adəgai ferowasodə tigə ngəla-a fəlfəl ngəla-a məradəzana."

Sandi samma sa letəro cizanaladən kasudu gowada. Suro fatobedən, Fatimaye njilaksə Abdullahiya ngawomben cita. "Wuye darajanyi-a marta-wanyi-aro kwanyi Mallam Abdullahi nandiro wurmaakin," ferowadə-a shi-aro guljiwo. "Wu nyiyadəro dawartəkəna. Wune, sawanwanyi ngo mbeji. Nyi dawartəma wa?" Abdullahidə kədək kuru nongəzəna. Ferowadə kasudu goza fatodən sarta colowo.

"Abiro Fatimaye wu kwanzə shində?" Abdullahiye Aminaga cuworo.

"Nyiya səraana nankadəro."

"Amma wuga ngəlin kozəna, zauro kəmurso....Tiga raakəyi. Shi farau zauwa, kuru ndaran yaye ti adə kamu kutəramaro waljin."

"Tiro gulnge halnzə faljin," Aminaye wono ci məməsshinnaro.

Suro njimbedən Fatimaye kitawuwa-a kakkadəwa sənana-a kəla diyalbedən fizə kolzənadə curo. Gərratəgənya, warak cilla laa kitawu Abubakar Tafawa Balewabe Shehu Umardəro tərtaana curo: "Nəmmangər am gadero kəndoye gayanzədə kam kənjiro kənta." Karnuwa kadaro ummawa Afərikabe kənjiro gərzana, razəgəwanza ye ndallada, bəlawanza-a bəladeyawanza-a tarrada, fuwutənde dapkada. Fanonye yim laa wono, 'zamanwoso suro ngulmenzayen soluwu awo nganzanza asutadə mbu, imma asəlatain imma angərzain.' Kawu awodə nganzanyenadə asəlanyenno, hangalndega bero diyen. Abubakar Tafawa Balewaye kazigi adəga kəmbaltəgəro zande adə ruwowono. Təmangəna kitawu adəye banazə hangalnəmga yitabezəyin. Fatima."

4

Aminaye suwazə ciwono. Kəndəga dunyabedə fallatə, kuru tənyi dunyadə gətkono, adə nankaro njimdə kəliwuaro wallano. Takkadə fərəmgononya kasam suwabe amusu laa karawo. Diyallan tigənzə reta zakkata bowata, kuru samno duwo nyimzəlan tusshiya sadində takcin. Samnodə gaden gade, kuru tiye rəptaadə mbu, amma abi zandezain? Suro ummaben hakkunza kamuwa majilaskube….Wush! Kamu majilasmabedə kuwami yaye kamu kamma.

Samnodə sa fallan baditin amma membawadəma sa indi retaa duwo kənde badiyada. Asabe, kura karapkadəye kuru kamu Kura Majilas Kəryebedəye tima burwon isə. Tidə kəlama Aminaye, kulum jili-jili ngulondon kuru dawuram je kada dawuro fiyataa. Dayingataro njimdəro isə karawo, meme-wono amma abima gulzəyi, tiga kurnozə gənyi yaye. Samnodə badiyadanya Asabeye kəla hakkuwa-a cidawa-a kamu majilasmabeben badiwono. Aminaye zandedə kutturo fangono, amma kədək napsəna kərənjin.

Loktu sotoyedən Asabeye Aminaga sədiyaro səmanaro dowono. Aminaye kasatkono, son yaye awo laa Asabelan səraayi mbeji. Ro kura la yile? "Asabedə ti zauro kamu majilasmabe sə ro kuraga," karəgənzən gullono, sokku Asabeye na kafiyaa majindən. Asabeye sapsə yinzə wono, "zauro kawudoa dali kəndaga katigə kimetəgəye faidatəkin nanka, kausədə rang-inba." Aminaye manazəyidə səmananzədə gozəgə kowono. "Rukindən na adə kəjinzə fanəmi. Nəmtilo raama. Wu nyimaga, Alhajiro gulnge wuro GRAlan fato garjin au agərijin. Abi wo, shidə galiwu kuru rakcin, amma nyima manadə koknəmin. Wu GRAlan kargako, wuga yasarai, awodə ajabba. Nadə tokkata, sərin ye, Alabe ye, kajirjiya na karapka golufbero nuwange lengəyi yaye, suro kəskawabedən fomngin." Tussə njerangnzə sasa manadə gozəgə kowono. "Kokori Circle International Clubbe dalaminzə kamuwabedə koktaye diyen. Shara Kura Kəryebe kuru shima Majistəredəbe kamudə nəmkura karapkadəbero dajin, wudə katiwuro dangin, kuru Kulu ye banama kuradəbero dajin. Amma kamu Komishina Darewabe Kəryebe-a, maləm laa jamiyabe-a na dangindən dazain ada. Karapka kamuwa galiwuwa-a am dawua bəlabe-a bas. Nəmmembadə zatəyin, kuru Majilaskube gana laa donye isain. Nda nyidə? Awo laaro datə rangnəmma wa? Raamaga kempen badinye au mukko kəlle."

"A'a, askərngəna," Aminaye ci məməsshinnaro shiro jaawu kalakciwo.

"Adə ngəla." Asabeye wono, kurwowu laa kəlanzən haptənagairo. "Nyidə tawadəro membaro walləmin, dalil nyi kəraata ye fuwuyea ye nankaro daira surobedəro donjen." "Abiro karapka adəgaidə məradəgaiye?"

"Ngəla, rumma gənyi wa andi kamuwa galiwuwadə sədiya laima falben daji məradəwande andiga wuzənadə liwuyen ye fainyen ye. Shimben kek nuwande fanden, kuru talawadə ye bananyenna."

"Asungəna, Jenge rukin."

Sa samnonzadə dazənan Amina njimnzən tilonzə, awo adəga fuwurawa maaranta bero rataljiwo, samnowa burwobedə kəla kazigiwa ummaga wuzənayen manaza am gade fatobea tamtammaro cado, amma kamuwa Majilaskubedə awo tandiga wuzənan managada, kuru andiron gəretaayi. Asabeye tiro fatodə kolzəmaro showori cina. Sa Alhaji Haruna nozəyin gawonadə zuwulu taidazəna karapcin.

Aminaye naadəro ngərəngərəmzə lewawono. Kwanzəga magə kadaro surunyi. Kuru Abujalan isənaman, Fatowa Majilaskubedən karga. Lewanzə kalaksə gənyi, kuru gərrazəna, kuru tiro njissəgəyidə tiga zəksəna. "Abigai bəlawuronəmdə?" sə himmaaro cuworo. Manazəyidə, waltə cuworo, ngulondonzə sarwaljinnaro. "Awo laa zauro muhimmi kəladən wu-a nyi-an ci kəmobe duteiya raakəna," wono Alhaji Harunaye fəska kərrataaro, "amma kərmadə loktuyi ba." Ritə laaye tigənzə hamzəgə lolotə badiwono. "Wande ndamaro lenəmi sə tiro baritəgə sak cinnabero sawargatəgə.

Aminaye halnzə bəlin adəye tiga ajapsəyi, kuru samno ashirye fuwurawa bedə bas takso. Amma ndumaye kərənzəyi. Wanee hawardə jamiyaro tartəgəna, kuru shiro gulzaana sə karəgənzən gullono. Zəwutso kazigin karga, kuru karəgən dak-dakka. Kajiri duwo Hauwaye awo fatodən manazaində kəlakəlamben fanzənadə tiro guljiwo: Bala dərebanzədə Aminaga majin ada. Ka cinzəbe sədiyabedə timin sətanadə bu luwo karənga, kuru kəlanzə təksənadə gəzəkkono. "Abiabin dunya adəlan wuye awo adə dikin sə takcin?" sə cuworo. Baladəga notəman nozəyi. Ndu gəle mana batti adə manajin. Kuru abiro? Jummaiga kəlanzəro kadio, Alhajibe kamunzə kənyakkəmidə. Fetero zaadənyi yaye, karəngən Jummaiye tiro alama watəye fəlezəyin. Awo adəgaidə fato kamuwa degə na fallan kasaruben təmatin, kuru Aminaye awo adə kasatsə tiga shiwolzəyi.

Amma kərmadə jilibiro hawar adəye tiga shiwoljində, darajanzə-a martawanzə-a suro yalnzəbeman nguron, hata lardədən lejin. Na Bakarogaidən hawar jili adə kwaragairo dawu kamuwaben tartəyin, kuru shegə baro kat-tuwu kada kəladəro tərain. Futu Alhajiye awo adə kalaksəyində təmajin: Tiga dəpciya ndara lejin? Na ndubero? Kəndəgabin dəgain kəndəga zorzana adən? Loktudə lejinwosoro, napkata zuwulu karapcin, alama ayewumaro howum kamzaaingai. "Ngəla Kəma Mai Aladə letcinba. Wuga banashin." Kəlanzəro gulzəgə abisoro salamtəgə.

Bəne sa kozənalan Alhaji Harunabe kamunzə kurabe shiga ziyaragono. Kamu ngəlia adə shiwoltəna, kuru kəla hawardəyen abi kalaksəgəro cuworo.

"Awo adə asungəyi. Kattuwu sələm fətək," Aminaye datə baaro gullono. "Aladə wu jirenyia ye ayewunyi ba yero nozəna.

"Karəngən tilonəm luwuma wa? "sə kəmurso adəye tiga cuworo.

"A"a. Baladəga ndumaro nongəyi .

"Daji kattuwu diya," sə kamu kuradəye gullono, kəla gəzəkcinna. "Futu nonumadəgai wu-a Alhaji-a ngəli ngəwuro dəgaiyena, kuru nyiro gulnzəgəkin Alhajidə karəgə zaua, kuru nəlado fəlejin. Shidə zauro kəndali. Ya Ala, ngəlinde gana burwobedə durwanyi kongawabero manaakinma kasatsəyi."

Sa Alhaji Haruna kamzəna kojindən sandi indiso ngərəmngərəmgada. Shimzədə kime. Dawu njimben dazəna duwo waltə Aminaga nəmbatti adən zorwono. Shiga lawarjin, shimnzə shimaloro suwaltinnaro, kattuwujiwo. Aminaye shiga səkkə ayewu banzə sasarain guljiya shi cotto jananazə manadəro kərtəyin. Sa Talaturo longurotəgə mana adəro ci səkkəsənadə, kamu kura adəye shiwoltəna amma manazəyi, kuru Alhajiye tiga njimdən duwono. Tiye kasatkono. Səmo Aminabe wofilabedə ngəlaro sətta surodəro yiljiwo, "bali kam laaga letəgəwuin fangiya nyiga ronəmro njeskin. Fanəma wa?" Aminaye kokorinzə kəla dunoaro gəzəkkono. Shimalonzəbe tiga ləpsəna səmonzə wofilabedə səta rozənaro, waltə shiro mamara cikko: "kam gade luwapnəmma fangiya, kərmayedəgairo njimalnzəkinba. Nyiga waramzəkiya duwo laidəro təmbalnzəgəkin."

Ngawo lezənayedən Aminadə kəla kuris sofabedən napkata muskowanzə kəlaro gozəna datəbaaro səngetcin. Kərawo-a faitə-a mataro kairo, kuru duno duwo shilan dayintənadə ba lezəna.Taidazə awo waazənadə kalakalaksəyin, tiga kərawo-a tamtam-aye fətsəna, kuru wono tilonzə ye, kuru kəlanzədəmaro gərrazəgəzəna.

Wazənanzəa, karəgənzə kurwowu, kuru kəlanzə dərijinnaro faano. Kam laa tiro manatəgəye, ashirma ye kaalama ye yitanyettəgəma ye, kamlaa tin karəngən duwo tiro jire gultəgəma ye, tadfakarra ye, majin. Kam laa duwo tiro wande kaime fartəgəmi shin, kadaru Alabe gultəma, kuru Kəmalan yasarai gultəgəma majin. "Wai! ca yanyi ronzəaga, tima galamanyi kurawo." Aminaye kəlanzəro cikkərin. Kazigiwanzə-a kuttunzə-a samma yirzə karəgənzən hai fanzənaga səraana. Diyallan zəpsə takkadəro lezə lottəwn curo, amma abima suruyi. Karəgə zanzəsodə tiga kaimegai zaazain, ndaro sawartiyaye. Daji Fatimaga takkano. Shimalonzə cetsə, kazəmunzə səmu Hauwaro tiga jamiyadəro sordəwu sə ciwono.

Aminaye suro sulsulandobedən Hauwaga kolzənadə kəngaldə sami fowoma badən rerejin, ti ye njim kamuwabedə nganzawono. Cinna Fatimabedən kawuli: SURO MINTI MEWUBEN WALT□KIN. MART□G3NE JENE- FATIMA lungataa. Balbaldən alama sa falgairo dawono, kəlanzə ye dərijin, kuru dondi ye duwo hatta Fatima kadio. Suro karəgə kuttanzəbedən yaye Fatimadə shimnzə ye kime, kuru kasəmbanzəa yedə asuwono.

"Nyiga kuruyi daryebedə ku saa" Fatimaye ajapsənaro gullono. "Abigai kəndəganəm?"

"Batti," Aminaye wono.

"Abiro?" Fatimaye cuworo, shiwoltənaro.

"Napne. Abiso nyiro bayengəgəkin."

Aminaye fuwu Fatimaben napkono, shimnzə shimaloye səmbəliuna, mukkowanzə lolozain, kəla təkkata, kuru awo waazəna samma gullono. "Ala Kambodə nozəna, kuru Shima shadanyiwo, wudə ca-a kərma-asoro jire-a kəngayo-an dəgakin. Awo dikinma nongəyi sə səngetcinnaro tamowono.

Fatimaye gana laaro kədək cido, amma sa manazənadən, kowonzədə kanjimaliye. "Koitanyi Amina," wono. "Nyiro shiwoltəki, amma cine kəlanəmro daane. Showorinyidə naadəro babanəmmo yitafangəgəne. Awo nyiro waazəna notədə mbu. Shima kam duwo raksə Alhaji Harunaro kakalnzəro manazəgə kuru kəlanzəro gayində."

Ngawo ziyarabedən Amina gana yitanyetkataga fatoro wallatə, amma son yaye karəgə kuttua. Tiro showori sadəna amma kazigiwanzəro sulwuzəyi, kuru adəgaidəma dəgairo asuwono. Səmbarəna ye dunonzə ba ye, kuru kəmbu buro badiyanna maarinzə ba. "Ya Ala!" sə njimnzən tilonzə kairo. "Wuga banasəna! Ala Kambo martəgəna wuga səkkaye!" Shimnzəro kənəm isəyi, kuru rizəna adəgai duwo kəngal katambo.

5

Ngawo kəntagə kadayen, Aminaye jamiyaro gashiptə kate Fatima-a Bature-abe kərəntəro lewono. Datezə lewono ti-a Fatima-a təmamzə səmanaye mbeji nankaro, kuru naptəram fuwubedən napkono. Suro napsənayen Lucas Danfulani curo, tada Baturebe, saknzəro ci məməsshinna ishin. "Ngəla waltəm nyiga kururo", wono, daji bowotənzən napkono.

"Kawu lenəmaman fantəgəyende, kəlewa gənyi wa?

"Kəlewayi. Askərngəna."

"Nyiga rukiya raakəna kəla babanyiben showori laa nyiro gultəro."

"Jirero, abi adə?"

"Kokorizə gumnati kəryebedəga səkkə kamfani duwo razəgə sədiya cidibe notomaye nyima Manaja Kuraworo koktəro. Dunyaro dalil duwo kamu Məsələmbe raksə cida nəmkuraye sədin fəletagəro. Kərye adə razəgənzə sədiya sədibe mbeji, kuru təmandedən fuwuye duwo razəgəwa anyiga notəminye mbeji".

Awo adə Aminaga yitarizəyi. "Adə awo ajabbe. Təmangənyi nənganyi-a mundunyi-a cida adə kəndoye mbejiro."

"Abima ba nyiga shimoyin. Nyiro showori yikin duwaro kos NBAyero gaye. Sa kos adə tamonəmiya kamfani adə koksain."

Tafakkar kəla showori adəyen sədin duwo Lucasye cizə lezə babanzə kururo, shidə njim samnobedəro gayin. Sokkudən Fatima ye kadio, kuru tamtammaro Aminaga lewaro kadio. "Gashiptə adə tamtamnzə fanəmin. Awo Batureye guljində hangal gənaane. Luwali faldəro walnəmiya raama wa?" "A'a!" Sə Aminaye kasudu gowono. "Duwan lenge kumbu Alhajibe dengin."

Sa tartiptəma gashiptəyedəbe, Taj Rahman, Shehu Ilmu siyasabeye cizə dazə kədək sədə jezənadem nadən kəm codo. "Wuye kangurnonyi duwo nandiro Mr. John Kingfisher, kam duwo Baturelan nonyenadə yitagatkəgəro fələngin. Kawu Yingəlan isənason fuwutəgə lardənzə gozəna adəbero taidazə ngənəptəna. Banazədə ngəwu, amma nduso gənyi nizamwanzəga kasatsəna. Ku Fatimaye shiga gashiptəro lezə jaawu majin. Luwaliwa am ləgarye ndu zuwuro showortain. Burwon Bature manajin."

Bature sa cizə dazənadən amso kədək codo. Njimdəga shimmin zəga curo, daji təganasro jaawunzədə sak Fatimabero cido.

"Lardə adəlan saa fiyakkəga kozənaro karako- kənənganyi ngawo nawu-laaben ngəwuso-lardə adən, takngin, zungu fingin, kuru ngalwotənzə nankaro awo adə karegənyi zuwin, təganasmaro citə bəlinmisoye kasadəyi ardizayi. Tuhumawa duwo Fatimaye wuro sədəna anyi dama sandiga kərəntaye fandena. Shiga korəkiya raakəna. Abiro wuga waskam? Kənasar-a ləman-a su mata-a rumma nankadəro wa? Au lardəwa Nasarawabe wakilngənadəro wa? Kuru abiro lardəwa Nasarawabe waam? Launude nankaro wa? Nzundunde nankaro wa? Nəmbende nankaro wa? Adinde nankaro wa? Abigairo diki yaye abiro fotonzə battidə rumin?"

Bature ye Fatimaga kawulinzə gultəro jejin. Fatimaye shiro dawartəna.

"Bature awo adə kamma lezəna gənyi amma siyasa. Nyi kəlanəm kamdəga wangəyi. Lardə Nasarawabedən dəgakəna, kuru nəmbendonso darajangəna, kimiya-a nzundu-a mangərngəna. Tannyi abiyema abinəmman ba. Launu katigənəmbedə kuttunzə fangəyi. Awo wangənadə nizam zar takkobe-a futu am dunyabe lapsa zawin-adə wango. Təganasmaro lardəwa Nasarawabe-a maiwande-a ci kəlza nəmbe duwo nandiye raawaadəga andiro daptədə wango. Futu duwo nandiye maiwadəga zaizainəu adawandega falfalmben wurnəwinda wango, kuru ada riswa-a fitəna-a fuwugəwuin, nizam kamma lapnəm kəmbubega yita fuwugəmin, adawande wurnəwuin; gananzədə, kərmu-a banna-a nəmfakkar-a kuduwuin...."

Dr Taj Rahman ye Fatimaro napne sə, daji Bature waltə cizə dawono

"Fatima kərənne," wono, "burwo sawullin nizam zar takkomadə badaltəmanzə ba" Shatarədə hangallan amma farakko gullono, "ZAR TAKKOMA BADALT□MA BA! Adə loktu raayi nashintəye gənyi. Jiremaro fuwunəwuiya raauwamaga, diwaldə fal long, daji diwaldə zar takkodə."

Fatimaye kasada baro cizə dawono. "Badaltəma mbeji." Wono. Batureye kasudu gowono. "Wu tamtamnyi badaltəma adə notəye mbeji. Lardə Afərikabe ndaso yaye fuwujiya səraanaga, Shartəwa Hukuma Lamin Kungənabe Dunyabe-a Banki Dunyabe-abedə ngəlaro təgain. Adəma diwal duwo nyama suro loktu kuruwuyen fondobewo."

"Adə nəmmunafuk! Abiro shartəwa anyi lardəwa Nasarawabero gənazaayi? Kurwundə nizamdoro zauro cim wa?".

"Na adəlan nəmmunafuk ba. Kwasawoso kurwunzə gade. Nizambin yaye laa zawin laa sokkuruyin. Kurunəmdə shitifal. Afərikalan galiwuwa mbeji, babanəm-a kwanəm dina-a. Lardəwa Afərikabe shimonge fuwutəgə maanaa sawandəna kuru shimongindəma duwo. Kazigi Naijeriyabedə, lardəwa Afərikabe sammasobedə kungəna gənyi, futu yurottoye, kuru futu notoye nonuwui. Fil-filtənəm ngəwuson kəla kazigiwa Afərikaben kərmai nasarabe-a ranna nasarabe-a zornəmin. Awowa ku waazain adəro awowa gargambe waazəna zornəmba. Lardəwa Afərikabe ngəwuso kərmai kəlabe sawandənadə saa kada, amma kuwami yaye kwasa kərman waazənaro awo kure tullan waazənaro kərrəgəmin. Sabi gəle tarewando kasatnəuwuin?"

"Razəgəndo ndallokonəm wuga zorram. Adəgai, Afərikalan razəgə dunyabe samma mbeji. Kuruson Naijeriyaye razəgəlan shiga bargazaana." Batureye ngərəgənzə fərəmza kalwa sənana arakkə cutuluwo. Hangallan kəla tewurbedən gənawono Fatimaga fuwuro bowojiwo. Andəro kalaktəwu wono. "Ngo samfurwa razəgə sədiya sədibe kərye adəlan təwandində. Kimiyawu biyange isa maza lazaro. Nongəyi raknəm su razəgəwa yakkəbe gulluminga?"

Fatimaye ci məməskono. "Jirero adə ilmunyi gənyi, sandiga nongəyi ."

"Ngo diya. Awodəye jirenzədə awo nanəmmin badə kamme ndallononəm shiga zornəmba," Batureye asujiwo. "Adə dinar, adə ngar kime, adə boksait, adə shu sələm, adə gwarara, kuru kek kurwum adə, abiro nowam?"

"Yuraniyom," Fatimaye wono. Reta kəryebədəma kəladən napsənaro nongəna."

"Awo yinyi na laan karga ye runzə, awo tammaga nonəm latadə awo gade."

"Wuga ilmundo təgassokoro zorram. Adə kalkal gənyi. Nandiga banange letəgəram bəlin maarantabe dawarroko kurawandoye waada. Kurawando martawaadəye wuro kitawuso, karewa kimiyabeso, komfutaso kudəm yik-kero masaiya dikin. Susudəro komishina ilmube kəryebeye wuro kontrok sulsulando findi tuluri cidaramnzəro yuwoye shina, Londonlan shiro fato yuwukiya, Abujalan shiro fato garnge wono. Awoye ajabbanzədə amma jiredə kurawando raksa dulinzamaro ilmu sadinba!"

"Nda nasha nəlewabe ruiyowo. Wuga futu kadalan nəmkamceji kimiya-ben zorsəuwa. Nadən dama fandəkənadə faidatəke awodəye jirenzədə gul-lin: saa yakkə kozənadən Kampaniwa kurwun tandowu lardəwa Nasarabe indiye amari Gumna Kəryedəben kurwunwa indi jarapkada. Haiyaro, shiga kəla kungəna biya kasatsənayen. Kuttunzədə jarawa adə bannatə am ngəwu sonuna, təgnasmaro kamuwa-a duli-a. Haiyaro, awo adə zauro nadimtəkəna amma kəladən wuga tuhumnəuwa. Jarawasodə notə-a amari-a Gumnabelan duwo codo. Shi liita lardə Nasaraben shiga allamgada. Kuru fujiwowadə ngəlamaro nozəna. Adə nankadəro jemicejiso gənyi dalil nadin gənyi nanka."

"Abiro yal am zamznabero diya biyazainyi adəma awo waazənadəga?" Fatimaye cuworo.

"Dawarinyi daryebelan kargako kamfani awo adə səddənadə yikkəm am zamzənadəro diya biyatəro," Batureye wono.

"Abi nankaro Nasarawan jarawadə diwui?"

"Kurwunwadə kwasawa nasha adə sando," Batureye wono, Fatimaga kalkalro wujinna. "Kuruson wuga kərmaiwa zaləm bananginnəu zorrou. Adə jire gənyi. Wu kərmai duwo naptə nəlewabe fuwuzəyin banangin. Illa nəlewa-a mbərshe-alan duwo Afərikadə fuwujin, sa kərmai askərbesodə raksa nəlewa zar fita-a fuwutəgəbe-a dawarzaiye duwo.

"Rui, kəna mbeji fəram mbeji, amma abi wuro Gumnandoro kəlele tam-buna ngəlinzə firakkə nankaro yuwuke sa? Maara samibe bəlin shi duwo yuwukəna ku saa yakkədə nganzə sər, kuru duwaman faidatinba. Wu gənyi shiro awo kəndoye kəraakin. Awo gulzəna bas dikin. Kuruson shiro fato bəlin garngiya səraana, kənyakkəmi suro saa indiyen! Maiwa kaduwube-a kəryebe-awosoro sulsulando falfal co, kuru mairiwa bəlin karəngə adən garnyen. Anyi sandima awowa kurawandosoye sadiya saraana, kakke gənyi. Anyi awowabe cibunzadə, sandi ndasomaye sandiga faljinba."

"Fatima, jiremaro nəmkərrashimnəm-a nzundənəm-a hangal kəjinəm-adə mangərngəna. Kuttunzədə karapka wofilaro karaam. Abima suro raayinəm kənashinbe adəlan təwandinba. Andiro rəptəgəne ngənəwunəmbe jazanzə rumin. Kuruyidən Fatimaye nzundunzə adə dunya jahirbedən faidatənzə raako. Manadə nanəmmin. Taye yetan nguron awo rangnəm dimində fələsaane."

Fatimaye kasudu nəmmangərye gowono. "Nyi dunoadə kasangəna amma adəye səkkə nyiro kəltəgəkinba. Katunonyi mbeji, kuru awo fal duwo kasange kolnyinbadə kaidawanyi. Darajanyiaro nji yakke bonge lengəna ngalwo kəla bənyi tamanna gəreke cida zar takkomabe kəndodəro."

Aminaye agongonzə wuganya loktu fatoro lenəm kwanzəro kəmbu detaye sətəna.

6

Suro cida bayen kawuwa-a magəwa-a kozai. Aminaye kəndəganzə nəmsəlwaibedən kuwami yaye karga. Dunyabe sədinzə cilla laa na tiga sasambu wurazəna adəro dapkataga, hangalnə-a zadənzə-aso mbəssainro fanjin. Abi faida kəndəga duwo awo laa dimiya yindanəma, amma abimaro asunəmi adəye tiga sətaajabsəgəna.

Gadero samnowa Kamuwa Majilaskubero lejinbaro wadə gowono, sandi duwo faidanza ba illa kasuwa. Kuru dotə Circle International Clubbe wawono, kurunzədən sandi zambawu aulowu awo sadinma nozayi. Fasalnzə kasuwu baditəyedə ngawo Baturega tajirwa sulsulandobeye səwandənayen dawarrono. Kawudən, abi falma kəla fuwurabedən kəndoye taksəyi, tamtmman kashuru yaye, zandenzan tamtanzə ba. Kwanza ngəwuro torinba, kuru ngəlamaro tamtamaro manataainba, ngawo awo waazənadə babanzəro gulzəwu Alhajiga zorzənayen. Kururamzəman tamtamnzə ba, kuru kazəmuwa zauzau səminba, ziyaramaro zayetinba. Kərmadə fuwu kuturamben awa kadaro napsə lawart-tin, Alaro tiga shawaro alaksəna nankaro askərjin. Kamu kənyakkəmi duwo tiga ngadarzənadən nguron, Aminaye am gadeadə tamtamman fatodən kasaru. Son yaye ti runzəro fanjin, kuru ndusoga mbərszəyi. Loktuwa anyilan njim zakəgə cirin. Suro basari adəyen kitawuwa tiro Fatimaye suwudənadə gozə kəra badijin.

Yim adəgai faldən sədyiro zəpsə na duwo sədiya gofaben bikkezaindəro lewono. Fowo sələm fət dunyadəga təmgono, kuru kasam dunoaye isə bərbər-a lambowa ngamdə-adə cisongo. Dulidə suroaro səgasa kasharawo, Amina ye hangallan zəgain. Samiro zuwa daji balbaldən dazə dunya fowowa ganaganan saptaində surin kawu njimnzəro walltindəro. Wazaalero bozə, səlində lawarjin. Sokkudən kowoso katabso kəmaramdən fangono, daji Fatima-a ferowa uwu-a rezaa katəmo. Sa tandiga Fatimaye yitagatsəyindən assadin yinzain. "Sandi anyi membawa karapkandebe bəlin. Suro jamiyabedən kadaro saptena……amma andiga ngore gadiwudəye satain, adə nankaro na adən saptenye showorrate. Təmangəna nyiga təgasnyemba."

"Nandiga sabisoro kapkəgəkin." Aminaye sə sandiga sədiyaro dojiwo.

Zande ngaidə kolza zande kurwowuro katəmo. "Nda manande kəla Kam-a Napəram Jamabe-adə gonye konyewo," Fatimaye showori cono, kuru cizə dazə darasəwanzəbe faldə yitagattəgəro: "Futu kəryewoso cizain-a sokkurəyin-adə gargamlan ruiyeiya daji awo falsafama laaye gulzənadə: "Abiso faltəma, abima na fallan kəndəgama ba." Sa Fatimaye manazənadə, Aminaye abi ferowa anyiga səwandəro takcin. Karapkadə haramtəgəna yaye kuwami yaye ashirmben kəla kəlza kəla Kam-a Naptəram Jamabe-alan zandegada.

Aminaro lamarwa anyi gənyi kurwowuwo. Yilaan suluwu balbaldən dawono. Fowosodə lezana, kəngaldə wurallo suwaltin. Kowo Fatimabe fangono: "Amsoye notə gade-a ilmu-a sawandənadə, korowa muhim koro badiyada. Amsoye kəndəgaram jamabe faltində asuza, abiro awowaso waazain notə, kuru hakku ndubero. Na adən adin gayin. Adinne wono abiso dunya adən Ala alakso, awowoso kadargata."

Aminadə kaimenzə farzəna yaye, awo Fatimaye guljindəga ngəlaro kərənjin. "Adinne wono Alaye amsodə abima sadinba yaye ləman zaantində kadarzəna, am gadedə ngəlinzaro ngənəptain, kuru kəntalaa zaulan dagain, laa dunoa laa duno baa, kuranzədə kongawa ka muwaga kozana. Kuru am duwo kadaruwanzəga kasatsana bas zannaro tamin, am duwo Shiga darajazayi au angərzanadə kannun dəmzain!'

Kate Rebeka-a Fatima-abero kambigə zau laa karawo. Aminaye kannuramdəro lewono, surodən Talatu kamu burwoyedə, kəmbu dejin. "Wande kəmbu detaro zəktəmi. Təmangəna kusotowanəmma cidanəwin, daji nyiro kəmbudə dengin," wono.

"Adənəmdə ngəla, "Fatimaye jaawu kalakciwo.

"Fatima-a sawawanzə-a wa?" sə Talatuye cuworo.

"Aa. Ziyara kori laaro kasho."

"Adə ngəla, "Talatuye wono, botowu Aminabero gərtəyinna.

"Wuro gulsəgəne, sabi waltə nyiya sədin, ra sədinba?"

"Jirero, nongəyi."

"Ngama tiga korumi, au tiga galanəmi? Ti wuragata adəgai tilonzə kəndəgadə zauro batti." Talatuye awodə tiga zaksənaro manawono.

"Adə notunzə." Aminaye ngawana zəgəndə.

'Alhajiye hal fəlenzə gənyi she?" Talatuye cuworo, kəla manabedə falzə.

"Nongəyi, karəngən shiga rukuyi."

"Shi ku ishin ada" Aminaga wuwono. "Babanəmro gulləmadə ngəla. Təmangəna banajin… Sa Alhaji gərrajiya, Ala andiga banasa."

"Ku wuga ziyarajinba, adə nankaro shiga təmagənyi."

"Təmangəna Jummaidə karamade. Tiye nyiga wazəna, kuru njissəgə gərazəyi. Adə nankaro ti kəndəli. Shegəyi baro naptanyi adə səwandinro shimaye nashinzəyi, amma adəma futu wuga sargaliunawo. Wudəga Alhajibe kamuwanzə tatarainwosoro cida fatobe-a shiwol-aso fulutain." Talatuye ngawana zəgəndə gullono.

"Assalamu Alaikum," kowo kamubeye təgaskono. Bilkisuye botowu cinna kannurambedən dazəna fəska farakkaro ci məməsshin. "Amin Alaikum Wa'aslam," sə Aminaye kalakciwo. "Abigai?" "Zauro kəlewa," Bilkisu wono kuwami yaye ci məməsshin. "Lene kusotowanəm moye, kəmbudə kərma kudəkin." Talatuye Aminaro wono.

"Təmangəna kəleleyi ku bənebedə njesənəuwi," Bilkisuye koitawanzəro gullono sa samiro zawanalan.

"Abiro kəlele dawarnəmin?" Rebekaye cuworo, fəskanzə sabisoro kuttudə sadən tamtam fəlewono.

"Sulirode." Bilkisuye wono napcidən." Jirero kəlelende raakiye!".

"Amina, kəleledəro isəmin wa?" sə Fatimaye cuworo.

"Nyi zoli wa?" Aminaye wono, "Fatimaye suliro gullonoro nozəna yaye.

"Wuga kwanyiye dəpshiya, wuro gadə manəmin wa?"

"A'a, gade gənanoye nanyin ba," Fatimaye wono kasudu gojinna. Ferowa gadedə ye rəpkataa. Hauwaye fəletwa bəriadə suwudə daji kəmburo kədək napkada. Bilkisuye foklan gana laa juwonya fəletdə gənawono, zaksə daji nadawuaro ci məməssə Aminaro bayenjiwo, "kərma adə kəmbu juwuko, range tamokinba. Təmangəna abimaro gonəmi."

"Wande zəktəmi, abima ba."

"Adəgai ferobi yaye, fato təmajinzəben isənadə kəna fanjinba," Fatimaye wono.

"Adə awo nyiga nzəkkəna ba." Bilkisuye kalakciwo.

Aminaye nəmsawanzadə tiga sətaajapsəgə, kuru futu sulinzadəye au mananzaye səkkə gərrazainbadəyero nəndəlitəna. Ngawo kəmbu zawunayen, Aminaye fəletwadə sudorə daji zandenza walta badiyada.

"Ngəwu, lardəwa Afərikabe sammaso." Tiye wono, "gargamza kuruwu fuwutəgə zar takkobe ngawo kərmai kəlabe mbeji…."

"Kərmai kəlabe jilibi?" Fatimaye wono.

"Maananyi kərmai kəlabe siyasabe. Kərmai kəlabe alam-a taye larde-abe."

"Mana kuli asubaa adə tajirwaa, dalilnzədə lardəwa ngəwuso nəmbe razəgəbe satayi." Fatimaye dunoaro gullono.

"Fuwuyero ngənəpten amma susudəro kəla ngawonna lenyen. Yafalu Afərika   bedə ngəli yor kadaro shiga ngawon kolzana. Talaawadə- cidawuso, yafaluso- nəmfakkar danon kasaru, sandi miliyen kada kəmbu jawunna ba, duliso zauro kənaa, kuru nizam nəlewaro njistəgəbedə zaman kure."

"Jirero, sa Afərikaga tangiya, yirəkin, Fatimaye kowo mbərshean gullono. "Lardəwa samma suro kazigi razəgə lardəbe danon kasaru, amma kurawanzadə dawu am dunyan sandiro galiwuwo bayen kasaru. Ngo lardənde kənara adə rui….barwuwa-a zaləmwa-aye ngoltomben rozana. Kurawa lusurye Laiberiya rozana; Saliyon suro fitənayen karga, Kongodə ba bu kənzamaro walzana."

"Futu nandi sammaye nonuwagai," Bilkisuye hangallan gullono, Naijeriyadə umma daraja daraja kuru dulwu daraja darajaro waltayedə kuwason tədin."

Aminaye fəletwadə sapsə sədiyaro zəpkono. Awo fantəyedə fanzəna. Sa njimnzəro lezənadən, tandidə kuwami yaye kəla darajawa Naijeriyabe gadegadedən zandezain.

"Kasuwuwuso, maiwa kaduwubeso, kurawawa adinbeso, askərwa dinaso, dare-a askərwa njibe-a, cidawu gumnatibe dina-aso- sandi samma lardəwa Nasarawabe zar takkomasobe kəriwanza kasoma, kuru tadawanza notoye," wono Fatimaye." "Kwanyi dina-a babanyi-an kunten."

"Am laa," Bilkisuye kasatkono, "nasha karapka kərmai notowusodəye 'kutəra' dalil halnza tajirwa-a nəmshetan-a nanka. Məmbawanzədə jili zauro burwoa, nəndəli baa, amana baa kuru zaləmwa. Dalil kərmai rozana-a lamar razəgəbe siyasanzə-adəye səkkə kullum razəgə jamabedə nonguzainbaro ndalzain, razəgə lardəbedə zahirro au runzalaro au ci am gade letəgəramnza tiloaa ndalzain.

Sandiye zaizairo lardəwa zar takkoma dunyabea ci kəlza kərmaiwa dunoa-a zaləmwa-a banazain." Ci məməssə kuru kəljiwo.

"Kəji au kuttu yaye, babanyi ye dawunzan."

Sandi samma kasudu gowada. "Aminabe kwanzə ye dawu am tuduben." Fatimaye wono. Aminaye ngawozə kuru kəla sədiyanna curo, sa duwo cinnadə dunoaro baksanadən, kuru Alhaji Harunaye gəwatsə karawo. Fəska kərzəna, amma sa ferowadə suruna kallan fəska kolzə ci məməskono. Fərowadə samma, Aminan kunten, ngərəmgərəmgada. "Martəgənowo kusotawanyiro wollowo napnowo na adə fandoga kallo gonowo. Bilkisu abigai?"

"Andi samma kəlewande."

"Kərma faraskəram maara samiben kadiko nadən babanəm yorduwuko lardə Bargaaro Umurari lewono. Nadən cijia Londonro kozə kakkadəwa kusu- a konturok-abero susu kəryebero mukko səkkin....son yaye, rukində nandi nyan cidandoa."

"A"a, sə Bilkisuye kalakciwo.

Aminadə shiga kurudəmaro karəgən dakdakka, amma Bilkusuye gozəwu manadə kowono: "Kəla hakku Islambe suro lamar yalbeben zandenyen."

"Wai! Adə dama ba! Karəgənyi kəji nyidə ayawa Alabema gənyi yitagatkəgəmin kamunyima allamnəmin."

"Alhaji," Fatimaye wono, "adində shima kəndəgabe wasiladəro tawaktəgəyena. Adində kam karəgə baaro karəgə cin, tafakkar am ca ngainga ngəlaro taksainbaro cin, kuru kam təma bamaro təma cindəro kasanyena."

"Allahu Akbar! Allahu Akbar! Aladə jirero Kambo." kurnotənaro gullono. "Fatimaye kawuli adəgai guljinga abima dunya adəlan mowonjinbadə ba: Ala Kambo!" Kurnoataro tandiga curo. "Awowa məradənəuwa samma fandəma wa?"

"Aa," sa gullada.

"Ngəla, na adən fuwun shiwol laa fandəwuiya, martəgənowo nanyiro kənshero wande dadanəuwui. Nandiga təgasnyinno rukin."

"A'a a'a a'a," Fatimaye wono. Tamonyena letəndema karəngzəna."

"Ala nandi samma Kəma Mai Alaye nandiga cidando kəla raaki baa adəga jajazə," sə moduwawono.

"Ameen," sə gullono.

Luwo badinyena, Fatimaye shiro napsə wono,"kəla adinben nyiga awo laa korəkiya raakəna." Suligairo gullono.

"Alhaji Harunaye dawono, daji lawastə napkono.

"Awo duwo lardə adəlan waajində kam imanaga səkkə lolojin au mujin au indiso sədindəro təmanəmi wa?" Fatimaye hangallan badiwono. "Maananyi ndu yaye imanaa! Adində cilan gənyi wa diyen? Abiro Məsələmwadə lardə adə-a Afərika-adə dunya samman sandiro ngawowobadə? Abi nankaro?"

Alhajiye hangallan jaawu kalakciwo. "Adə kadaru Alabe."

"Adə kadaru maiwandebe," Fatimaye dunoaro wono, shiga kalkalro surinna. Maiwandeye andiga kalkalro sonotəyi duwo hatta ngo datəgəramnzə. Kamande banaro waaiye. Kamande zauro wanyena. Misallo, citəbəlinmi-a am hangalləu-a Məsələmwa kamanəmga ndawu kəla raayindo gadeyen rozanəm rowada. Abi nankaro nyi-a sawawanəm-adə darasəwa adin bargaa adəga yitafuwugəwui?"

"Andiro munafukwa gulləmiya wa raam?"

"A'a ngai gənyi! Woko Islamdən darasəwa ngəwu mbəji kuru Məsələmwadə ci 25 sadin yaye, kəndəga duwo ku kəlande fandena adəro gaayenba."

"Susu ci 25 yedəro ci 25dəma am ngəwusoye fuluzain" Bilkisuye cirra.

Alhajiye hangal tuskaji, amma jaawu kalakciwo. "Alalan yasarakəna, sala loktu uwu salingin, armalan zəmngin, hajiro saawoson lengin, talaawaro sadaa yikin, adə gənyi wa awo ruwotənawo? Abi gadə manəmin?"

Aminaye yintənzə rowono, amma Fatimadə daptinba. "Ndaran am raayi gadegadea tam rotadə curum? Ndaram ləman jamabe kəlanəmro faidatədə curum? Jaawu jejin, amma Alhaji kədək.

"Futu lardəwa Nasarabe rukənadən Islam zaain amma Məsələmwa ba amma lardəwa Məsələmwadən, Məsələmwa mbeji amma Islam ba. Lardə Nasarabedən hisawu mbeji, ilmu nyamaa kəra mbeji, nəmngəla-a, ro kambe-a ləmanzə-a martawanzə-a darajatə-a gade gapsənasoa mbeji. Ummadedə rui-Məsələmwa tərəm-abi rumin? Mizan ba-a, riswa-a nəmkənama-a, nəmsəlwai-a, nəmjahil-a nəmzaləm-a."

"Am lardə Nasarabedən kumil sasain, salizain bawo, kuru kamu falla kozəna nyiyazainba!" Alhajiye angərwono.

"Amma kuwami yaye ronəm-a ləmanəm-adə sandiro amanaro cam. Yim dondəmiya, kuwami yaye nanzaro kurwunno lenəmin. Yim kungəna fandəmiya sandiro gənanoro yimin." Fatimaye gərrazənaro kəlanzə gəzəkkono. Martawanzə səliwu, Alhaji Harunaye cizə dazə culowo, ci məməsshinna. Fatimaye karəgənzə finzanadə kowo lawasəan hamjiwo.

7

Dalil duwo Fatimaye ndaran karəgə duwo Alhajiga manaro letaye cuwandoyen Aminaye kəra ngəwu badiwono. Na gurdoma jeridabe laayen lezə sunzə babro səkkə tiro jeridawa-a majallawa-a hawarbi yaye suro jeridanzə səraana yim ladəabedən tiro suwudə. Kuruson kokorizə kitawu tiro Fatimaye cina: *The Wretched of the Earth*, Frantz Fanonye ruwozənadə kəraro badiwono, amma kalimawa-a raayiwa-a laadə maananzə notəro ngənəptə. Ladə adədə jeridawa kərazə, kuru kitawuwa laa ye kəraro jarapkono, amma hangalnzə njetsəyi, daji diyalan bozə, awo adə, awo tudə taktə badiwono.

Daryenzədə, fotowanzə lawartə badiwono. Lawarjində kure-a sawawanzə-a durwa-a am notanaso-a nawa-a takso. Am duwo karəngəji adəman karəngədə kərma cintən, alama dunya gaden kasarugai. Shi faldə tiga taktəro cikko. Yim duwo kashi kəra baditəye zawindən, kulwunzə kashibedə səmuna tada ajinza tiloa Muktar Khalid. Muktardə sawa karəngəye, ngəntəm gənyi, amma maamalanza kori duwo njestinba. Shia na kos badiyaramben kəla kəllada. Bəne laa ngawo sala mairuwuben shi-a Danbaki-a ngəmtəm Fatimabe, njimnzan sandiga ziyarawono. Danbakiye sandiro nyanzə siyasa karapka fuwurawa jamiyaben dajinye guljiwo. Fatimaye Danbakiye showorimanzəro galawono, kuru Muktardə kura kempenbero gowono, sə shiga yitagatatciwo. Aminaye Muktarye nəmkədəknzə-a nongu nongunzə-adə taksə, kuru futu tada himmaadəro cida ngudiwa-a battiwa-a kəltaa kəndodə ajapsə. Loktu kempenyedən kullum shiga surin, Danbakiye karno nəmkazaadalabedə juwo.

Ngawo karnoyedən Muktarye yim-yimlan shiga ziyarajin, sabiso shi manyiwo siyasaben karga sə bayenjiwo. Shidə zauro biske tigə mazattabe nozəna. Shidə hangalla linta, hal ngəlaa ye, yamgaa ye, kuru shiga jamiyan kəla zangazanga laaro gaanayen yoksanadə zauro zaunzə fanzəna. Shidə sa adəma dunya shiro fazəgənalan shiga zaləmgada-karanzə duwo zauro martawaaro sətanadə. Ca saaro kəranzə rozaye. "Ca shiga wanee awo laa dikke dapngəna," sə takkono. Ca shiga wande siyasaro gawoyinge, kəranzə basro ngənəptənge gulngəna, amma fanjinba. Shidə kəla cibbua yaye tadami. Abiso fuwunzən. Kuwami yaye raksə kəndəganzən katab yessənadə sasain. Ndu nozə? Wanee shiro cinnawa gade fərəmtin." Aminaye wadə duwo ngawo kəlele kashi kəra baditəyen gozanadə takciya runzə kasudu gojin- yim zuwu zəpsainna foto kəlta goza. Yayonza, ndunzama kəra tamozəyi . "Shiga waltəke rukiya rakəna, shiro njistəgənyi-a zəktənyi-a fəletaaro. Wuga səraana yaye, ngaltema abima gulzəyi, amma shiga raakəna, kullum shiro nashingəkin-shidə zairo, zadəa, allamgata; adəma kwawo. Shiga raakəna alama nozəyiro fəlewono, amma zanzəna." Cizə dawono, bas cirin, kuru fotowadə samma sanduwunzaro kallakkono.

Tənyidə tiro Fatimaye foto goruro luntaaye cinadə taksə, kuru gozə goruro luntəgəro nyawono. Fefezə, hazə daji na ngəla barawono.

NAWI MUHAMMAD (Sallallahu Alaihi Wasallam) BE HUDUBANZ3 ALAK3LEWARAMBE.

Ya amso, futu kəntagə adə, yim adə, bərnyi adə tahirro tauwagai, ro-a ləmain-a məsələmbewoso amana tahirro gonowo. Kare nyiro gənaroro nzadənadə kəmanzəro kalakne. Wande ndumaro zau gənaami daji nyi yero gənazainba. Wande riba bumi, adə nyiro haramttəgəna.

Talaa banane, kuru shiga futu kazəmun zaktəmingairo shiga zangne.

Takne! Yim fal fuwu Alaben danəmin, kuru kundowanəmson jaawu yimin.

Daji, hangaltənowo! Wandowo ngawo lengənayen diwal nəmadalbe kolləwui.

Ya amso! ngawonyin nawi au kəmgayam gade ishinba, kuru adin bəlin gade tambinba.

......kəla kamuwaben hakkiwando laa mbejidə jire, amma hakkiwanza mbeji. Tandiga ngəlaro ronowono dalil tandi banamando nanka.

Kalmawanyidə tangnoro. Awowa indi ngaworo kolngo, Luwurandə-a misalnyi-a, kuru kashimowa anyi gamiya yurumba.

Ngəlaro wuga kərənsənowo. Alaga abannowo; salawa salinowo, kəntagə armalan zəmnowo, kuru ngamzaa ngallowo.

Muminwa samma yaanawa; kuru sandi samma hakkiwanza-a hakku-wanza-a kalkal.

Nduma na kam gadeyen amarinzə balan awo gozəyi. Nduma kamanzəga kozəyi illa nəmngəlan.

Am duwo wuga kərənzanamadə kalimawanyidə am gadero kozaa, kuru sandi ye am gadero;

Kuru sandi daryebedə kalimawanyiga am wuga kərənsanaga kozənaro asuza.

Cinnadə nukkono. "Assalamu Alaikum, lorusa! Gaake wa? Abdullahi ganaye cuworo.

"Amin Alaikumsalam" sə jaapkono, shiga kolləm gayinnaro.

"Lorusa, sabi Faima waltə ishin?" Sə Abdullahiye cuworo.

"Kamunəmdə bali cado au bali kojiya, amma tiga jirero rumiya raammaga jamiyaro lene tiga mane"

"A'a kazigi ba. Ti tambuna ngəlinzə ndawuro noturo bas, kuru feronzə ye ngəlinzə ndawu adəgai."

"Ngəla, adə kate nandi indiben. Lamar yalbero ci yikəkinb a" sə shiga gəzawono. "Maananəm kamunəmdə ngəlinza nonumi?"

"Ti kamunyi gənyi kuru dəmmaro waljinba duwo," duwaro gullono, amma ci məməsshinnaro. "Lorusa, nyiga korowa laa korukiya raakəna."

"Kawu wuga koruminmaro nyiro ngəlinzə gulnzəkin."

"A'a, adən tamtamnyi ba. Karəngə adə abi nankaro loktu kuruwuro lennəmində bas noturo. Nyi dondi wa?"

"Wu nganyi. Zəkətənəmdəro askərngəna. Zadə faltə-a awo kənəmro lenyinna-adəro Fatima kore."

'A'a! Abiro nyi wuro gulləmbadə?"

"Ngəla kərənne! Sa kamuye suroro napciya, kənəm ngəwu məradəjin."

"Askərngəna," sə səgasə culuwo.

Fatodən Abdullahidə shiro Fatimaa karəngəwo ba. Korowa gadegade cinzəma ba raksə babanzə au am gade suworimbaro jaawuwa majin. Ti duwo kəraata ye jaawu kənjoro kasatsənaro wallatəgə. Karəngən korowa laa suworənadə kuwami yaye jaawunzə cinyi. Abi nankaro babanyiye wono wande kamu mbərsangənyi? Kamuwa-a kəriwa-a korowa-adə sala bannazaində jire wa? Abiro kamuwa kolza mashidiwan salizainbadə? Abiro yeiyanyi ferowasodə maarantawa Arawi -a Islam-abero sakkəyi ?"

Kuru tilonzə, Aminaye suronzə-a yanza-a taktə badiwono. Tidə kamu dunoa, himmaa, kuru kasadəa. Tima kamu kurawo, kuru dulidə samma səraana, kaanzəma gənyi, sandi yaldəbe. Aminaga zauro səraana, wuratənzəga ngəlaro ninijin. Awo sədənawoson tamtamzəa, tiga zorjinba amma məradətiya tiga səgasain, kuru tiga zaizaitə duwo ya bas tadaro cinman zaizaijin. Tadabima fatodən kasatsə babanzə Aminabeye bakcinba. Aminaro guljin: "Nyi fero nankadəro tokkortəne, kuru kəlanəm darajane daji amsoye nyiga darajazain.

Aminaye futu tiga zaizaizə maaranta badiyarambero gaanadə takso, yaldəm tima burwon badizo. Yeiyawanzə feroye indidə gowada amma yanzəbe taidazə kəla faida ilmuben manazəna, kuru babanzəga səkkə Aminaga kolzə maaranta kərazəro. "Nyi kəranəmiya rangnəm galiwunəmin, rangnəm kəlanəm-a am gade-aso bananəmin, kuru zauro muhimnzədə dunyadəga ngəlaro asunəmin," nanazəyin adagai. Awo duwo Aminaye maaranta badiyarmbe kəra badizənan sədənadə yanzəro sunzə ruwo səkkələ. Hai! kurnotəna ye karəgənzə kəji ye. Burwodən zəyiro ruwowono amma daryedə sak ye farak ye: MARIAMU. Ngawo Aminaye maaranta badiya-rambe tamozənadən yanzəye ilmunzə səriaya səraana, kuru babanzə ye dapsəyi. Amma ngawo maaranta sakandəreye tamozənayen fatolan kərigəa. Aminaye babanzəye datə baro nyiga sədə wono, yanzəye jamiyaro ləzə wono. Kənashinzədə feronzə kamu kəraataro walzə. Yim duwo babanzəye showorinzə balan tiga gojin sənadə, yanzəye fatodən luwodəma ngalwo wono kəla Aminaye kel adəye tiga kəntadəro kel duwo ti-a ferowanzə gade-a kəlanza suron sawandənagai.

"Adə loktu majararawabe" Aminaye tafakkar cido. "Babanyiye ba burwozə sədawu səmowuna, kuru sartə nyiyabedə kamzəna, amma yanyidə bərallo wawono. Ca fasalnyidə kaso, amma ndarama nzəliwoa lejakənna ba yanyi rok-konnyinna. Babanyiye kungənadə kalakkono, amma kungənanyi maarantabe biyajinba au jamiyaro lengiya cimba sə kashi juwo. Yanyi kamu fato kwabendə fandoram fandinzəbe ba. Karewanzə ngəwuso səladə wuga saanyi jami-yabe burwobedə banazo. Yeiyawanyi ferwoyeso ye banazana. Tiro kərawo-a tamtam-a bərzəm- duwo feroye ya kənararo fələzəyində kokoringe tiro fələjiwuko, kuwami yaye wuro awo bəne fal gulsəgənadə tangin: "Amina, nyidə alamaram-a nur-a ilmube, nyidə kəska kuruwu duwo cintə-a farak-a surin. Nyidə kənashinwanəm ngəla ye kəlewa ye, amma rangnəm fandəmin wa?" Wono. Fandəkin woko, amma maananzədə asungəyi."

"Daji Lətəlin laa batti kadio, yim duwo Awana Aliye wuro yanyi bazəna sənadə. Karəgə kamnyi adə kawu lejində magə kada, kuwami yaye wuga kolsəyi. Alamanna wuro suro kole-kolebengai duwo dawu kəmaduwuben fəlitə təmtənagai. Adəma loktu duwo babanyiye wuga səkkə gotadə kasat-koko. Biya wuga gozə Alhaji Harunaye cono. Rui! Yim nyiyaa duwo Alhaji Harunaro nowoko! Amma hurmo yanyibedə rəmboro wadə gongəna. Sa ti ronzəadən kəngaliwunyi wadədə yimbulioye ba, amma wadə fero yembu-kiya…." kuru kənashin adəlan duwo tiga kənəmye gowono.

Fazənadə njmdə kawudoa ye sələm ye. Takkadə fərəmgononya kasam amusu karawo, lawulewadə hapcinna. Samidə fowosoa kurwowu təgəd. Radə-a suwaltə-adə karəgə Aminabe kamzəgə sərzə takkadə kollono. Kannudə woskononya da wardak curo, kuru goro uwu-a tada kəska kəlibe-a tiro kolzana. Təmanzədə sokku leccindən kwanzə isəna.

Kunduro badiwono, burwon nyem-nyemi, daji kunduro dunoaro wallano. Kəla njimbedəro fuksəyin, kuru kasamdə folido səkkin, kuru takkamben njimdəro gayin. Kokowono, sa sawartənadən, kwanzə karawo. Alamanzədə shi fashe, kuru shilan məradənzəa, kitawuwanzə gozəna surin.

"Rukində kitawuwa ngəwu kəranəmin," Alhaji Harunaye wono.

"Adə kəla manabe ngəla," shi fal kəla Islamlan kamuwa ngəwu nyiyayendə fələzə.

"Aa, kərangəna," gozəwunyiro gullono.

"Kuru adə?" wono, How Europe Underdeveloped Africa hapsə rozənaro. "Shi ndu Walter Rodney adə?" sudə bowotəro mbəllatə.

"Fatimaye kitawudə kərazəna kuru nozəna," Aminaye kəlanzən suluwun-aro jaawu cono.

"Petals of Blood, Devil on the Cross, sandi anyi kəla abiyen?" "Kitawuwa ruwoma

Kenyabe Ngugi wa Thiongobe" shiro bayenjiwo.

"Fatimaye anyi samma kərajin wa?" Alhaji Harunaye cuworo, suwa kitawuwabedə ninijinna. "Fero adə kitawuwa jili anyi kərajinmaga kəla cibbuaro waljin," wono, Das Capital Karl Marxbedə fəlejinna. "Suro kawu ndawuyen kitawu adə kəranəm dajin?"

"Kəraro jarapngəna, amma asunginba. Təmangna kəla kasuwuben, futu kungəna notoye."

"Ngəla. Kərane asune tunda nyima karəngəman badinəmində."

"Amma nonuma wu suroadə, ajapsənaro gullono.

"Aa, nongəna," wono kuru kitawu gade gowono. "Adə kəla Afərika Anəmben, adə Nelson Mandelaro nongəna. Adəma nankaro kura lardəndebedə shiga raakənadə. Nizam kam gayirtəyedə səraayi nonuma."

Aminaye Naijeriaman gayirtə-a nəmgadegade-adə mbeji sə asujiwo, amma shi tamtamzə ba. Kitawuwadə dam gənazə culowo. Aminaye kitawuwadə sarejin duwo Kulu karawo, bəlaus sələkiye kəla kazəmu tamanna indi launu-kadamiyero səkəmuna.

"Awo adə nyiga shawaro sədəna," Aminaye tiro tawatciwo." Kanolan wa kaiyuwum?"

"A'a Lagoslan," tokkortinnaso jaawu kalakciwo.

"Bəlausdə alamanzədə zau,"Aminaye wono lejinnaro.

"Awowa dunyaatadə raakəna," Kuluye wono, dadazəyiro. "Bəlawuronyidə kənasarra. Karewanyidə mowoke Kanolan riwaaro ciladəko."

"Adə ngəla."

Kuluye kəla na ngənyiwa rotəye-a sulsulando bəlin-a cuwin, cele kasal-aram-a kawudo gutoye saunabe-a tandoyedən kuyaaro manawono. Amina ye tiro ti-a Alhaji-a bələktanadə guljiwo. Kuluye jaawunzədə doi ye jire yero fəlewono.

"Amina ayewunən. Nyidə abima nonumi, kungənadə abiso cuwin, kərawo-a karəgə kəji-an kunten. Kurwunma laa bəladeye Dimbiladən nongəna. Nyiro kaiyodowa-a kurwun kənzaye-a kabudiwa-a cin, daji Alhajiye nyiga sərayin, kuru nəlewan dəgamin. Nda Zəmaa lenye," sə showori cono.

Aminaye jaawu cinyidə, Kuluye tiga shimnəngan suru kəla Fatimayero kowono, manaramzə tamtamma fal. "Tidə diwi. Zoli adə sawatədə nadimtəna. Tidə nəmshawa-a ləman-aso nanzəm mbeji amma faidatənzə səraayi. Susudəro tada njitia, karastəyi ye rantəyi ye shiro Danbaki saində sərawo – tada fuwuye baa. Suro jamiyaben fitəna sango gənyiga abima nozayi. Amina, nyiga jirero galangiya raakəna; wande kasannəm Fatimaye nyiga kaanzəwuro səkkəyi. Awo raksə sədində nongəna. Tidə alama shetangai. Fatimaye təlamzə asammadən nyiga kaanzəwuro səkkin, camro sələm shin, adə nankaro hangal gənane, yanyibe."

Caman kəlanzən suluwunagai, Kuluye ngərəgənzə gozə, kungəna fefa sutuluwu isaptə badiwono. Aminaye bandər faldə surindo isapkono, kawu manajinno. "Kungəna isaptədə raakəna, adə tamtamnyi.

Kəmbaramdən katab fangada, bakta fal, kuru kowo nowata fangada; "wudə shawa, dəji datə baro gaakin." Kuru Fatimaye ci məməssinna karawo. Kulu kungənanzə rozəna curunya, kasudu gowono. "Ya Allah! Nyiga nyimalngəna, Kulu. Təmanəmma wu baruwu wa; nyigai? Rui tiga kungənaro keng kərtəgəna alamanmna kam laa tiga ndaltəro isəgai!"

"Martəgəne….na adəlan fitəna wangəna" Aminaye ci cikko.

"Ade warne kashenən kuye wa?"Fatimaye cuworo.

"Ade kareyi." Kuluye təfawono.

"Fandoram kadaribedə umma adən nəmbarwun, adə shima cidanəmwo," Fatmaye dajinbaro manajin.

"Nyi kattuwuma! Cidawoko. Adə zunguyi."

"Zungu ndube?" Sunde karewabe dimin, konturokro kungəna naakoji kəraamin, am aiwu baa zambanəwuin, zahirro ndalləmin kuru, zungunəm nəmin, nyi adə munafuk!"

"Adə awo nyiga səkkəna ba."

"Səkkəna………….!."

"Nda tadawa tunyi matadə?"

"Telamnəm liwumin ra nyiga warapnge yeskin!" Fatimaye fuwuro hambətkatəgə, dawu gəmajemben Kuluga cita.

"Martəgənewo, na adən fitəna wangəna!" Aminaye waltə mayewono.

"Nyi kəngaliwunyiro kəndəli" Kuluye wono, ngawo tiga kolzənayen.

Sa Fatimaye nji karəgənzə hamtaro saidə, Kuluye kaiya yeta badiwono.

"Am laa wuga nəndəlizana."

Am laa wuga nəndəlizana

Am laa wuga nəndəlizana

Kəndəli, kungənayi nanka!"

Fatimaga yeskono. Nganjinzə cinjinna, kokorizə wono,, "Ngəlaro kərənne, Kulu, nowuma raakənaga nyi-a kwanən-aso kəngaliwun kongin, adəro abiro nəndəlitəkin?"

Kuluye cizə dazə cinnadə kaduwono, Aminaye tiga zəgainna. Kawu lejnidəro, Fatimaye Kuluga gərzə kalaksə shim degə cado.

"Kulu Amaniga ziyaranəmində awo na adən dimində nongəna, kuru dama adə faidatəke awo karəgənyibe gullin. Awo diminwoso wangəna, amma təganasmaro am aiwu baa duwo nyiga amanzanaga zambanəmidə. Mowonjinga am jilinəmdə yikəke baksain."

"Wuga luwalaro rangnəm gurrəssəmba" Kuluye wono ci nəladon məməsshinna. "Nyi taye bas yeta nonəm. Nyiga galangin liita zoliwabe lene rui, dalilnzədə nyidə zoli. Dunyalan nashinnəminna kargam, kərmai fuknəm wartəso mananəmin. Lardə adəlan dəmmaro kərmai fuktə wartinba. Mowonjinga ni-a am kəlanza jamaaram sana-a kəla cibbawu jamiyabe-an bowotaində kurwunza dikin. Nandidə kwasa."

Kuluye musko Fatimaben kəritə təmowu njimdəro fəragatəgə, Fatima-a Amina-a kamanza lawarzain kollono.

"Abiro nyi nongu baadə?" Aminaye zəkkataro cuworo.

"Tiga wangəna," Fatimaye wono. Daji laawskatə. "Nyiro ayewu dikənaga kanadi tai. Njim adən kəla kəlnyenadəro sa sədəna. Ca na nduma balan kəla kəlgaiyega kuwa hawardə gadezəna!"

"Ca abi shiro dimin?" Aminaye kowo njinyialan wono.

"Ca fəskanzə zairo gənyi adəlan dambenyi-kareye dikəna. Abigai Kənza Feltek?" sə cuworo, Alhaji Haruna nganzazə.

"Kəlewanzə. Tussəyi wuga ziyarazə kuru kəmbu suwudə. Kitawuwadə curo."

"Abi gulzə?"

"Haiyaro abima gənyi. Wumaga Das Kapital kərangero galawono. Kitawudə kəla abiyenmaro nozəyi."

"Adə ngəla," Fatimaye wono, fetero kasudu gojinna.

Aminaye da wardak yajiadə fefezə daji gəro badiyada. Jemdə, Mairo karawo, tandiga lewazə, futu təmatənaro dawu njimbedən napsə, sandiro hawarwa lardəbe zəmzəm feldə gultəwu badiwono. Tidə təwurro manajin yaye la dadajin wala shatarawanzə sarjin, amma awo guljində sabisoro tamtamma. Burwon kəla bəlalan wawa kwasa dawu kəri fəlangənayen manawono.

"Am fiwuga kozəna suro magə falben bawuzana. Feronyi cinta ku suwa adəma bawono."

"Kəma Mai Alaye andiga kwasawa njezoma anyiyan sakawu." Aminaye moduwawono. "Kuru Ala tiga ramazə."

"Kərənne," Fatimaye badiwono, danzə səndinna, "kwasa njezoma adə, haiyadəro təkəmeriyin. Dalil nəmbatti liitariwandeye səkkə kərmu ngəwuso waazain."

Mairo kasatsənaro kəla gəzəkkono, kuru hawar kamu laa ti-a kwanzə-a zaadənan bazənayen cono. "Ti kamu kafintabe. Bika, tiro naira findi kəmbu cuwu sə cono. Shiro wono kungənadə gana kəla taman karewabe təranayen. Minti ganaro kambigəgata kuru shiga nanzə cidabero zəga lewono. Tiro fatoro waltə wono dalil tidə kuwulen nanka, amma wawono. Gərrazə tiga awonzə cidaye fallan kəlanzə bakkono. Ku faton bawono. Aminaye sapsə yingono, amma Fatimadə fifiltəro dawartəna.

"Adə samma nanzə gənyiro karəgə fuktəgə. Awoye kuttunzədə kamuwadə, darajabin, sanyabin, makambin kasaru yaye tandi njokkunogata," wono. "Kongadə rangata, amma abi dalilworo asungəyi , kuru adə nankaro shidə karəgənzə zaata ye janana ye. Nəmjananananzədə watəwoson tərrain, amma səndin, kuru yin kam gadeye kargənzə zajiya, karəgənzədə kam gadero fuksəyin. Adəye bayenjin kəla fitənadə ngəwuso dawu talaawabedə, kuru kamudə tima zamjindəro nowata."

"Larai isəna," Mairoye wono.

"Ndu Laraidi?" sə Aminaye cuworo.

"Kamu yafalu laabe kəntagəwa kozənadən liitarin rozanange nyiro gulngənadə."

"Wai! tangəna. Kərma abigai kəndəganzə?"

"Ngəla, ti roadəma sa sədəna, amma kuwani yaye collo sakcin! Mairo cizə dajinnaro wono.

"Nawa gade leginma mabeji. Fajarra kuru Ala rokkonəmamin."

Aminaye kəlanzə feto badiwono.

"Abigai Kənza Feltek? Tusshiya isin wa? sə Fatimaye cuworo.

"A'a Fanzə Majilaskubedən karga."

"Wuro gulle, ti ndu Laraidə kuru abi tiro waazəgə?" sə Fatimaye cuworo.

"Tima ferowadəye falnza duwo colloramza retə dalil dawuzayi sasambuna nanka," Aminaye jaabkono.

Fatimaye muskowanzə dunoaro səta wono: "kokorine tiga ziyarane. Wanee tiga bananəmin. Kakanyi kamuye guljin, məradə ambe galləmiya Ala Kamboye kaanəm galjin."

"Jarapngin." sə Aminaye wadə gowono biya.

"Wai! Təmajinyi kəlewanzə."

"Njitinzə kəmzəna wa?"

"A'a shiadə shi zairo. Jirero, raakəna."

"Fasalwa fuwuben zandenəuwa wa?"

"Aa zandenyena, Danbaki wuga nyiyajiya səraana, amma kərmadə nyiya dioro gowokəyi. Amma rokonzən karəgənyi kəji, kuru təmangəna loktu gojiya yartənzəga kasangin," Fatimaye kəmsədə, shimzə zaksə ngəlaro takcinna, kuru wono, "kərmadə, kam raakəna nyiyangin. Təmangəna kuru duli yemboro moduwa dikin."

"Karəngəji adəm Muktar rummna wa? Aminaye cuworo.

"Wai aa. Bikka shi suro jamiyaben, lewanzə wuraro zuwazəna."

"Abi suro jamiyabedən sədin?"

"Rebekaga ziyarawono," Fatimaye wono ci məməsshinna.

"Ngəla, dane nyiro jiredə gulnge. Tidə kərma cidama hawarbe, kuru samnonəmdən isə cidajin, jerida laan cidajin. Darye təmajinzə bəlinwo napciwo," Fatimaye bayengomo. Kaime fəska sawanzəbe kamzənadəro hangal gənazəyi, kuru səmananza gozaa kowada tamtam kasam kəjibənebe-a sami farak shillewuwabe-adə fanzainga. Daji Aminaye salanzə daryebe salizə kuru balbadən kəla Aminabe kərtəro napkada. Sokku adən Aminaye awo laa kəlanzən lejində cuworo cuworo.

"Fatima, jirero wuro gulsəgəne, abi kitawuwa kəralan fandəmin?"

Fatimaye loktu ganaro takkono. "Kitawuwa kəran awowa ngəwu kəla kəndəga-a am-aben limin. Kitawuwade karəgənem wassain, kururamnəm kurazəyin, asutə diwinəm sasain, kuru nyiga dawu ambero sakkin. Korinzədə kitawuwadə kashimoyi: wuro suro kambəlidəben wu tilonyi gənyiro fəlezaain. Kuruson, dunyadəga ngəlaro nongin, asutayi awowabe futu dunyadə kalaktin-a falfaltin-adə sarrain, adəro futu raakənaro dunyadə falnginba yaye, kawu faltin au wuga lusuranshinro diwaldə kolngin. Amma hangal ninitəyearo kəranəmin dalil karəgən rota-a ilmu-a məradətənadə kitawuwa ngəwun kitawuriman fandəmba. Ngəwunzaso de……"

"Ngəla, Adə sui," Aminaye ci cikko. Kate nyi-a Bature-an ndu gashiptədə zuwu?"

"Wuma," Fatimaye wono ci ngəlaro məməsshina. "Adə nongua jenəm dazənyi, kundowanyibe ngalwodəye falnza. Abiso kalkallo lewono, kuru kərəntəwu ye saraana. Sharawa mewudən tulurso wuma buko ada."

"Kuru nda wadənzədə?"

"Ngawo gashiptədəye kallan, wuga aduwono, kuru suwa fərsənawa sisayabedə sə cuworo. Wazənanzəadə, shiro cokonya datə baro Gumna Kəryebero lewono, kuru biya suro awwa ganayen sandi samma kollada."

"Ajabba, ra gənyi? Am ndawu kolza?"

"Fərsənawa kəla raayinzaben sandiga rozanadə sandi mewun indin."

"Nda mana lamin kərabedə?"

"Adə wanee shima tamtammawo. Kurwowu fuwurawa be gojin gulzəna amma kuwamison gaam-luwenzədə cidanyende. Wuro kazaadala fernonzə lamin kərabedəro walnge wono. Magə baliyega fasalnyidə shiro yikin, amma abin bowonginmaro nongəyi. Kərmadəro Ferno Aisabe gulngin. Wuro kungəna ngəwu gənazəna kitawuwa kitawuriwa-a maarantawa-a kəryebero yuwuke sə. Daji andi suro nyamabe."

"Daji, Baturea cidatə kasannəmin."

"Tawadə, am kəryebedəro faidajinga."

"Jirero awo laa sədindəro yasarakəna."

"Baturero nəmzau fəlegəkənaro nongəna, amma biske duwo andi indiso tamtamnzə fangaiye. Shidə kaidama ye asujin ye wuzəyəyin ye. Ca nda Batureben liyenga!

Loktu laaro kədək codo, kawu Fatimaye manajinno. "Təmangəna gargamnde filfiltadə muhim, abiso adawandewo, ndasoso sharawa Islambewo, kuru abiso dawu ummawandeben adawa Arabwabewo, awowa anyi tuskazana, kuru kuttunzədə lamarwa samman kamuwaro kuttuwo," Fatimaye gana laaro dawononya kuru wono," "hawarwa andiro Mairoye gulsaanadə awo kanjinoye, amma adəgai abima bəlin ba. Wawa njokkunobedə kullumsoro waajin amma awo asunəmiya raakənadə am ceji anyi satainba, kuru satai yaye, sandiga sharasoye kolzain. Walasodə kəla hakkiwa kamuwaben cotmaro kembu."

Fatimaye dawonanya duwo hangallan wono: "Amina, mowonzə boremaro walnəmba. Anyi samma andiga lejiɲ, awo laa dim nizam-a daraja-a kamube faltədə hakkunde."

"Assalamu Allaimu!" kam laaye sə cinnadə bakkono.

"Wushe kənshero! Lale kənshero," sə Aminaye jaapkono. Cari laa njitia dinzə falfalla, dur Alhaji Harunabe, hangallan kadio.

"Nyiga lewa basro kadiko. Kamuwa gadedə lewangəna. Wu cari yaye kəmbaramdəro bakəna. Kəndenəmdəro askərngəna. Martəgəna napne."

Caridə napkono kuru Fatmaga curo." Awo gullemadə fangəna," wono. "Martəgəna gone kone." Fatmaye ci məməssə amma manazəyi, kasudu gow-one. "Wudə car ye tajirwanyi ba ye," kuru kawenzəga gozəgə kowono.

"Daji, Amina amdə nyiga jezain: ferowa Laraigain səta fuwurawa reta fətkə zawalbeso, duli tatambunyisoro cado. Zaman adə samma awo laa fuwuyea diyensa təmasana dalil andidə kəraata nanka, adə zau yaye kuru alingənəu zauro məradətəna, adə hakkunde. Kamuwande futu dawunadə rui. Duli laison fomzaində rui! Kurawandeye andiga zaləmsana kuru aman rozayi, am kurawandedə hangalnza zatəna, kuru kəntəwonza ba."

Caridə kasau gana zawono, manajiya səraana fəleta. "Kasadənəmdə ardingəna." Fatimaro wono. "Awoma gulləma samma jire amma.... raayiwanəm zauro ngəla yaye futənəm ba." Cizə dawono. "Rui wudə cari, zauro cari, ngəli fisku kozəna təmangəna. Am zaman kəlnyenadə sa sadə kazaadalawa Alaritəwuman guron, jirewu, kuru talaawanzaga kərənzana, kuru lardəro nyama sawudənadə range gullin. Kazaadalawa kərmayedə Alaro rizayi; talaawanzaga kərənzainba daji nyamaye fətsana. Karəgə kuttanyi faldə dunya kolnyində naakənadəmaro diwiwo, kuru abima range dikinba. Ala andiga diwal sakdəro shimosaa. Bəne herbe." Hanagallan lewono. Aminaye shiga banazə zəpcin wono amma wawono.

"Wande shiwoltəmi; Zəktəkəyi. Hangallan zəpngin."

"Shiga fanəma?' Fatimaye wono. Manawa am kurawabedə mana hikimabe."

"Ngəla. Təmanəma abi raktə tədin?" Aminaye cuworo.

"Awo kada!" Fatimaye jirenzəyero gullono. Makamnəm nankaro nyiga darajazana. Karapka kongne futu nyiro yim laa gulngənagai. Futu ngalworo kəndoyedə ngəlaro tangne. Raayisodə ngailan duno amsobero sukkuruy-inba, kərgənson yitakərzaain. Ada ngudo shiro kurawo badə ngəwul gana-lan culowo. Abima dimi yaye, kamuwa na adəbedə nyiga ziyarazain, nyiga songorin, kuru zazaksain, amma nyiga darajazain dalil nyi kamu Alhajibe nanka. Awo fal kaanəm mbeji- halnəm. Wande kaime Alhajiben lenəmi. Halnəm garne, faidatəne am kəntəwo baaye faidata. Kamuwa mashiwanəmdə karəngənəmro kude, tandiga dawarne, allamne, tandiga yikke tandi adam-ganaro fanza, nyi kəlanəm kam adəga darajazain . Adə dimiya, am Bakarobe zaman adəbe-a zamanwa fuwube-adə nyiga dəmmaro nyessainba. Amma kuttunzaro kəmbunən au njokkunowunzaga ci kəlləuwiya am zaman adəbe-a zaman fuwube-adə nyiga dəmmaro gawurzainba."

Aminaye kərənzəna, amma Fatimaga nozəna, kuru awo laa yanyi lalea sədindəro kuwami yaye kəlanzəro gaayi. "Fatimadə nashintəmade," sə karəgənzən gullono. "Showori duwo cinadə ndaraman burwon tədəyi, kuru ndaran badinginmaro nongəyi" Fetero wono:

"Loktu kənəmbe sətəna." Kulwunzə kənəmbe səmu, Fatima duwo bur-woman kəla sofaben wasamnjidə, nanzə duwo sabi yaye ziyararo ishiya bojindəro, zaktəram cə, diyallan bozə kannudə cejo.

8

Wazənanzəa suwa Aminaye fazənadəma kuwami yaye kəlanzəro gaayi, Fatimadə kəlanzəkko majin yaye, tidə sai sa kamuwaga banadə məradətiya duwo banajin. Aminaye karəgənzə kuttua lewono, amma darye yimdəa Amina-a Hauwa-a Mairo sosordaa Larai ziyararo leyada. Nuwazaindən, Aminaye diwalwaso, fatowaso botowunzəbedə curo, burwo sawullo sursuriwadə ngurodən kadawuwa ye koinoa yero asuwono. Ndarason nji-bone dərwaa, koinoa. Fatowadə ruwuruwu ngəwunzaso kalti-a kajim-aye, takkanza sənana. Ndarasowuwononya nəmfakkar suro. Njim budube Larai dəganadəro kasho, njim kattiye gorunzə dungua na amartən gənyi garrada. Burwon Mairo karawo, Amninaye tiga jiya, dina lawulebe bəntənəs, zuzə suro kawudoa sələmdəro karawo. Nadə koino duwanyi-duwanyi sədin, kuru zakkata. Dawu injimbedən, fero shim bəlaanna boata zəmjin, zahirro zau fan-jin. Botowunzən tiwal kəla kuraa kundulinzə bəntənəs, kuru shimwa fugata kura-kuraa. Ngamdə ye harrata ye, ya-tada-aso futunza ba. Aminaga curu-nya, Laraiye cinəm naptənro mbəllatə, tiwal cirindəga gərzə təgammo cikko, karawi njiwet abima ba. Tadaye təgamga kap səta, kənama-kənamaro cumbo. Shim ganalaa kəmzəna, loktuloktulan cirin kəla shiga sətinbayen. Laraiye sa kuttunzə guljinladən səngetcin: colloramnzədə kənzambin suktəna, kərma collo rojinba, kuru bisoro zau fanjin.

"Saanəm ndawu?" Aminaye cuworo, kowo lolojinlan.

"Nongəyi. Tənamgəna mewuwuri."

"Ngawo tiyatabedən abi waazo?"

"Liitaridən ferowa gade tandi ye colloramnza adəgai sakcin."

"Nda Kwanəmdə?"

"Sa wu liitarindən fero gade nyiyazə." Laraiye tatapciwo.

"Daji abi waazə? Maananyi liitaridən." Aminaye cuworo.

"Liitaridən andiga duwada. Burwodən fato laa gartə dazəyilan kargaiye amma nəngəlidəro, na adəro wallatəko."

"Abiabin na adən kargam, maananyidə diwaldən?"

"Abigai nyiga kwanəmbe rotanzədə?"

"Yim laan andiro kəmbu cin, amma yim hangalnzəye curoga. Na kamunzə bəlinben karga, wono wudu koinoa ye kadawua ye."

"Subahana Lillah," Aminaye wono, kəlanzə gəzəkcinna."

Zəgali Laraibe saksəna adəlan shimalo lurrono. "Ya Allah. Nyiga ngodongəna" Laraiye ngodowono. "Martəgəne ronyi gone. Adəgai nukunadə shima ngalwo. Abi diko? Allah! Bigəbi diko duwo howum adəgaiyin howumgatəko?"

"Wande gullemi! Wande moduwa jili adə dimi, wande yirimi, ayewunəm gənyi, zortəmba, kuru zornzainba. Nyi gənyi kəndəganəmga karnəm. Tawatkəgəna, nyiro damadə tinaga, nyiye karnəmba." Aminaye njinozənaro gullono mukko Laraibe rozənaro. Adə gənyi njokkuno burwobe kurunzəwo, amma kube adəgai gənyi, kuru burwo sawullo dawunzə namtəna. Suroro naptanzən kəntəgəwa burwobeso, suroye letaso, kənzambiso........... zauso........boneso, yimwa nyiro njistəgənyi-a wahala-a,bənewa runzə longsoye takkono, futu zəgali Laraibega zawunadə suruna, tigənzə samma, noskunzən kunten. Amma, Aminaye takkono, gannazə yaye kokorizə kənəgatəna, basar-rata hargata yaye kuwami yaye təmaa. Mukkowa Aminabe lolotə badiyada. Nəlado-a nəmkunjinji ambe-adə tiga ajaptəro dawarzayi. Tiga yitanyetciwo, "wande shiwoltəmi, adəma kadaru Alabewo, Shilan yasarai, kuru Shilan mbərsane. Nyiga banjin. Moduwanəmin?"

"A'a wu sangayalan Luwuran kərangənyi, amma Alaga ngodongəna ronde gozə."

"A'a! Wande dəmmaro moduwa jili adə dimi" Aminaye tiga hangallan wusawono.

"Amma wuro gulle, abi andiro gapsə njokkunodə gənyiga?"

Ngawo lezənayen, Aminaye Larairo kungəna gano cə, wadə tiga dəlwu laalan banaye gowono.

*

Aminaye tiro njim Alhajibe cina də naadəro dawarza, Larai-a tadanzə-a isa napkada. Kuruson Aminaye Laraiya liitari kungənabero sadə tiga tiyat-aza. Tidə zauro kurnotəna nankadəro Aminaga yim-yimlan ziyarajin, kuru katunonzəson tiga banajin, Amina ye Larai-a tadanzə-a ambazə kuru zakcin. Amina kəlanzədəma sədiyaro zəpsə njim duwo fato Alhajiben kusotowaro kolzanadəro karrawo. Bayenzədə kəske: "Wu suroa, kuru samiro kəmbadə wahalaa."

*

Tidə təmajin yaye, sala suwabedə tiga təgasshin. Diyallan loktu kuruwuro bowono, awowa ngəwu takcin: Fatima-a karapkanzə-a samnowanza-a; Kulu-a kasuwunzə-a, Larai-a tadanzə-a. Fatima-a sawawanzə-aye futu naptəram jamabedəa faltəro zəktanadə tiga sətajapsəgəna. Ardiya jilibi sawandin? Tandidə riwa kəlanzaben tamtamnza ba, dalil tandidə burwomam galiwu. Abi tandiga səkkə kamuwa gadero zəkkata, nəmkəndəgaram gadeso awowa gapsənason? Abi sadə abi yaye falzain? Karapkadə haramzaana yaye, mem-bawa bəlində kuwani yaye tamin, kuru dinadə ye kəla kəlzainna kasaru. Amina kəlanzədəma awowasodə zahirnza kuru badizənadəro asuzəna.

Showori tiro Fatimaye cinadə taksə: karapka kamuwabeye kamuwaga dawarzə, allamnzə, kuru banazə. Showori adə njestəro mbəllatə; daryenzədə kamuwa masal ngəmazabea raksə banajimba, ləmarwa karapkabe bas sədin. Karapka jili adəye abi tamoramnzəwo? Sokkudən awo duwo Laraiga runzə koljiya awo tiro waazəyində takcin.

Suwaltə nurra laa suwallatə, radə ye jiya. Jemdə kunduro dunoa kəla kwanabedəro yurduro badiwono. Aminaye foto suro fəremben kashi kəra baditəyero gozənadə curo. Ti dawu kulwunzəben daata. Wofilanzən Fatima, ti ye kulwu səmuna, kuru Rabi kəmburamnzən. Rabidə zuwu zəpsə, nyiya sədə, kuru maaranta kəra loyabero lezəna, ngawodən cida nəmloyabe badiwono.

Aminaye kuruson karapka kamuwabe kokta takkono. Diyalnzən bozəna kalaktin tambartin, kəlanzən awodə kəndo jaraptədə tawatsəyin. Futu kamuwa njokkunotaində surin, ti kəlanzədəro de sul napta-a kamlan kəndəga-adə kurwowu. Aminaye showortə Fatimaga banaro dawartənadə guljin sə, amma sədiyanzən cidajin.

Kajiri yimdəbedən Amina wolojin duwo Fatima karawo tigən zungua, kuru sa bayen sədindən wufejin, "Fetur ba, kuru matowa kasuwubedə cidazainba. Jamiyadən gəwatnge kadiko," sə sofadəro cukkurowo, kuwami yaye yintə majin.

"Kolsəne salinge duwo," Aminaye ngodowono.

"Saline. Ala andiro fetur na laan zuwazəro moduwa de."

Ngawo salizənayen, Aminaye Fatima surinnaro napkono. "Abi kəla feturben gulləm?" sə cuworo.

"Fetur kalkalro təwandinbadə ku kawu yakkə" Fatimaye wono, jaawu Aminabema jezəyiro. Kurawande riswawu faida baa sain kasuwu dunyabedən fetur gapsəna, kuru kungəna badalbe lardə deyabe ye ba. Adəye dalil duwo fetur badəga bayenzəyi, lardədə kəndagə feturbe lajin yaye."

"Majilas Kəryebeye wadə mbautədə kulasəm kuruye gozəna. Membawa laadə ngawo surumasosa zorza," Aminaye wono.

Fatimaye fanka kalla ngəwuadə kalakasə. "Sandi ngawo surumasodə nowata. Laanza   Majilasku duwo kəngantinzan fatowa kəndagəbe mbeji. Mbautə adə nadin codo........." Fatimye təmatəyin manadə gullono. Alhaji Harunaye fatowanzə kəndəgbe mbejidə wanee takso.

"Kəna fangin," sə wasamjinnaro gulloro."

"Tiloti, ngəwul deyata bas dəga, amma kəmbu gade kərma dawartin," Aminaye sə cizə dawono.

"Su adə njesənsmi wa nyi?" Tilotidə su darwumme tiro yeiyanzəbe cinadə.

"A'a. Kuru duwo," Aminaye wono ci məməsshinna.

"Are bikkenye," Fatimaye showori cono, ngəwul fal gozə fal Aminaro cono. Ngəwuldə yelladanya Fatimabe regatə. Ardizəyidə showori fotogade yeltaye cono. "Nyima jirero bum," ci məməsshinnaro gullono.

Darye kajiridə Mairo kadio, sawisoro hawarwa nanzəm mbeji. "Kamu laa kwanzəa zaadonya shiga yakkəro dəpkono. Tidə na adən gənyi karga, kuru nanzə kəndəgaye ba, adəro lezə suro kasuwubem bojin dalil nanzən kungəna bəladeyanzaro letəye ba."

Aminaye sapsə yinzə duwo jaawu cono dalil awo manazənadə daryejiya yindoro mowonjimba. "Awo laa diyen," wono. "Fatima showorinəm karapka kamuwabe koktayedə waltəke tangəna, kuru jaraptəro dawartəkəna. Amma dane duwo," wono Fatimaye karəgə kəjinzədə ninijin. "Asune diya wande cidayində bana gana laa bas. Ngəla?"

"Ngəla," Fatimaye faraaro gullono, kafelo yeljinga. "Wai. Adə hawar ngəla! Katab kura fal gotəna, ngəwu gotin. Askərngəne. Adə zauro ajabba."

9

Ngawo magəwa ganayen, Aminaye Mairo dondidə ziyarawono, Larai-a Hauwa-a tiga sosordaa. Diwalladən tadawa indi tada fal baksain coro, Aminadə am gadegai, burwozə kamzə kozəna duwo dazə kalakkatə. Hauwa-a Larai-aro sandiya yeksa wono, sa yeksanadə, sandi kursana indidə dazana karəgə kəjiaro wufezain, amma tada baksanadə cirin shimalo-a bu-a tuskata kənzamuro ishin. Sandidə maajirwa maaranta Luwuranbe duwo zaana njunzain. Kadawua, wurjaja, kazəmu karrata, tigənza shila de adəro lugataa. Yangenza kargata bəri dəmbərnzabe turin, shinza kagai sarsar; kuru kundulinza ndəragata. "Tasanza kare-kare shube tələwunzanna, sandi jili anyi dawu tadawa gadesoyen fato-fato nzunzain gapciwo laa fandoro.

"Abiro shiga bangnəmin?" Aminaye tada faldə cuworo.

"Yim laa sunturo culuwuyenna andiro bəri codo," jaawu cono tada cirindəga fəlejin. "Sa bəridə səwondənan səgasə bəridə runzə juwo. Ku shiga taiye bakkaiye shiro howun nankaro.

Aminaga sətajapciwo. "Martəgənowo tadawaso, su Alaben nandiga ngodowoko, wandowo gadero kəla bəriben gadəwui. Susudəro kəlando kəllowo kamando bananowo!" Sandiga səkka na gadegadero targataa. Sa sandi indidə yim laan sai tadadəro awo laa sadiyaro kashi jowonna, sandiga bowozə waltə sandiro susu bəridəbero kungəna co. Ardizana karəgənza kəjia leyada. Aminadə diwaldən lejindən, korsodəga kuru bəlinlan curo. Korowa ngəwu kəlanzən lezain. Abi nankoro am laadə kəntalaa-a basari-an kasaru, am laa ye tatəna? Abi nankaro amsodə kəlakəlza kamanza banazainba wa? Abi nankaro nduso fato ngəla sətanyidə?

Abi nankaro am zauro ngəwu kənaa amma kəmbu ndusoga citənna mbejilan? Abiso amsoga ilmunza faidata ndusoro meradəwa kəndəgabe kənjoro dapsain? Abi nankaro kurawandeye awowa anyiro njistaanza gana au njissaanye?

Karəngadanya, fato Mairo dəgandəro hangal gənazəna. Njim kattiye kwanon zakkata, fatowa gade kordebedəmaga kozəyi. Kafiya fuwu fatodəben maajirwa allonza ruwowata fuwu maləmnza kwa Mairoben kərzain. Sadən Aminaye sa Fatimaye maarantawa Luwuranbedə na nəmjahil gultəgəbe sənadə takkono: "Luwurandə alama fewa Yalabegai kərazain: njiwozain amma shiworo waljinba. Cari kəmbuye laa gaworamdən napkata, ka sulsul-a kalwo de-a rozəna, nzunturo luworo dawartin. Kawu fatodəro gayinno Aminaye shiga lewazə kowowa kəmonzəro fijiwo, daji tiro asngarno.

Kasəmbanzəa ye dunonzə ba yaye sandiga tamtammaro kapciko. Njimdən na ti napsənadən, tadawa arakkə napkata kəmo bələmbe dawuro sakkəna. Cicimben wupsaiya kamanzaro sadin. Aminaye karəgənzə kuttuaro kəlanzə gəzəkkono. Alama ku gənyiga suruyigai, alamawa kəntalaabe hawarlan zawutində niniwono. Suro kura-a dawu sarsara-a kəla kura-a katigə kərsasa-a kadawua-a.

Tadawadə ngəwunzaso ngodoma, ferowadə ye talla sadin. Abi fuwuyenzawo? Sandidə lewurawa-a nji ladowu-a kəska saltəwu-a, barwuwa-a ayewuwu-a ngudiwa-a kwayawu-a dawunzan təwandin.

Nda sandiga allamza kəra-a ruwo-a nozainga? Nda sandiga allamza cidawa təganasbe salinga? Sandiga adəgai kurudən ndu riwazə? Hakku galiwuwabe au wakkiwanza gumnatidəye sandiro dama sadə kəndəganza ngalwozainaba wa? Aminaye kəndəganzə sandiga gadegadedəro dəmmaro tafakkar sədəyi mowonjinba.

Aminadə kəla yirjin, futu katabwa gozə awo laa faidaa sədinso shin duwo yim Lamisəa kajiridə ngawo salayen, koshenzə sərən badiwono. Yaazənaro Talata bowononya, ci məməsshinnaro tiro tada kənde karəngəzənaro tawatciwo. Aminaga liitari kungənabero sadə Zəmaa fajerdə tada konga cambo. Magəa su adabe sadə su Adulraheed sakko.

Tambo Abdulrasheedbedəye Aminaga səkkə koktə karapka kamuwabero rəptəgənzədəro waharzəna, amma tartipwadə samma tədəna. Bilkisuye babanzəga suworu karapkadəga tandiga banazə babro səkkə sə, daji kuru Fatima ti memba karapkadəbe fella bəlin sunzə Karapka Bana Bakarobe koksə wono. Karapka Maajirwa Məsələmwabedə ye maləmwa ngəwu kudəro wadə gozana, isa ilmu Islam-a Arawi -abe gultəgəro, kuru Karapka Naswa-a Milwaitwabe-a ye banazain ada. Amma kuwami yaye dawartəyi. Bakaro kanadinzaaro jezain Amina ye hangalnzə kəla tadanzəben.

Yim laadə ti diyallam bozəna tadanzəro təgam cin duwo Alhaji Haruna karawo, sofadən napsə wono kate karapka Karapka Kamuwa Bakarobe-a Karapka Kamuwa Majilaskube-an fal gozə.

"Bakaro burwon," tawadəaro dadatəma baro gullono.

"Daji fasalnəm kasuwu baditəyedə dawarəmin, eh?"

"Futu raammaro."

Loktu gana laaro tafakkar cidonya lewono.

Aminaye sa awodə burwoman fanzənadən jaawu gade kwanzəben təmazəna. Sa shiro Bilkisuye njissəyin gulzəndən karəgənzə hamzəna yaye, kuru karapkadə dawarnowa jamiabe kərmai sunotinbedəma faidatin – jamia duwo ti memba dunoa-Bilkisuye baritəgənzədə kuwami yaye kəlanzən mbeji. "Karapka kamuwabe dawartədən andiga lapəm kəmbu-a zar kəntawu bəlin-a yelten, sandi duwo awondega saraayi au kokori angəstəye sadin. Andidə himma gonyen. Andiro izunu sadə kuru nyi ye ajapnəmin." Aminaye sandiro izunudə cina daji kərma ajiwadə jejin. Kuru zandenza Fatimaadə: "Amina yim kaulu sayettəyedə gulle. Andi dawartena."

"Jenəwuin she. Wudə kuwami yaye dunoyi ba," Aminaye kambigəwono.

"Kəntagəro tusunəma, kuru kuwami yaye loktu manəmin?" Fatimaye wono. "Kamuwa yafaluwa duwo suroa kuru hatta sasambinsoro kulowadən cidazain, kuru nadəman sasambində tangne. Ngəwunzaso magə falle ngawon cidaro soluyin."

Kulu ye kawulinzə gullono. Aminaye səkkə wande karpkadəro njissəgəyi dalil duwo tajirwa kamuwa karapakuwube nanka. "Ferowa anyi tamtam kəndəgaye nozayi nankaro daji nyi ye kəlanəmro dapkəgəmin. Nyi adə rui, nyi gana ye shawa ye. Kazigiwa kamuwabe gotadə cidanəm gənyi. Futu am tamtam kəndəganzabe fanzaində rumba wa?" Tiga kokorizə suwatəro.

"Kulu, ranginba bas. Kokorinye bana mangin. Son yaye adə jaraptə bas."

"Abiso dunya adəlan kadartəna. Futu awowaye waazaində futu ruwotənaro waazian. Andidə na Alaben dunonde ba," Kuluye jirenzəro nanajiwo.

Raayi duwo karapka kamuwabedə caman notənagai Bakarolan bərbər ngəwu səsangin. Jamia kərmai sunotində ca awo adə səraayi, amma darye shertə fal cono: karapkedə jamiadəbe kamuwabero walzə. Karapka gawilmadəye ngawo karapkadəbe sətana, kuru kəla kamuwadə tandiro nəmbe awonza koktaye sadeyen kamigəwono. Karapkawa adinbe-a karapkawa gadeso-adə yeyektana. Laaye ada awodə adin halafsəna kuru adin Islambe halafasəna. Laa ye ada dawarnowanzəro dawarnowa Islambe səkkəna, kuru futubiman allamtə adinbea halafsənyiga, daji kamuwadə raksa kəla kəlzain.

Kəndəgaram Bakarobedə shertəwa ngalwo duwo karapka-amma kamuwabe koktəye ciyi. Nadə sədi ajabe duwo amsodə adinso, jiliso, siyasaso, yalmbeson kəlanza yitanojaa, suro lardə duwo nəmadal ba-a gayirtə-adə ferno naptəram jamabe-a razəgəbe-aro garratə. Kuruson, lardə duwo kongawa cida ba-a fuwutə ba linta-adən, gayirtə kate konga-a kamu-adə fəfəsno ngotkəmbegai. Na duwo nəmfakkardə shima mana kurawo, kuttu kamuwube-a nəmkalkal ba-adə sabisoro gəraata ye njeskata ye, kuru nyia duwo kamuwa adə bero kəndodə bigəro sorin. Kəndəga adən Karapka Kawuwabe koktədə tamtam ngəwu səsangəna, kuru sa duwo kaulu sayettəro dawartaiya am Bakaro bedə təmanzadə ngəwujim.

Samno kawu kaulu Karapka Kamuwa Bakarobe sayetəbedə suro jamiyaben cado. Kənshenzədən, Aminaga membawa Karapka Bana Bakarobedəro yitagatcaa. Sandi tulur-ferowa degə, kongawa yakkə, kuranza Bilkisu. Aminaye ferowadə sammaga burwon tadəna, Bilkisuye na karapkadə cidaram sandənadən babro səkkənadə wuramazəna. Wotiyadə kərazə Aminaro fayillo səkkə sə cono. Tidə tartiptəma yaye, sokku zandebedən manazəyi. Awowa gulzanadə sammaso gənyi kasatso, amma karapkadəye səkkə kamuwa gadea kəla kəlzain, kuru naptənzə de sulbe adəga baro sədin. Daryelaro dama duwo fuwuyenzə-a raktənzə-a fəletəye səwandəna nasha am-a raayiwa-alan noskunzə suroabedə dunyaro fərəmzəyin. Awo laa faida-a dəmtəma-a suluyiya, darajanza tawadəro haptəgəyin. Kərma, futu turunadən, kəndəganzədə kəjiro waljin.

Samnodə awwa indigairo codo, sokkudən yim kaulu sayettəye kamgada. Aminadə lezə jaawu sədin. "Fajerra, kuru tussihimba turen," sə ci məməsta sandəna laan gulzə culowo. Ci məməstadə dawarzəyi duwo fatoro kadio.

10

"Kərmadə nyiyaa kwanəmdə kəmanəm. Futubison shiga darajane dalil nyiyadə awo kurwowu ye adin ye. Awo nyiro kwanəmbe gulzənadə kalkadəro yasarai, kuru abi yaye nyiro gulzənadə diye. Kwa darajatədə alama Kəma Mai Ala Alaktəmadə darajanəmagai........" kowo dunoa, farakke suro kənashinzəben gullono. Fazə, njimdə shimmin zəga curo, tadanzə lezə kuru waltə shim kəmgono. Ngəwusoro tamtam kənashin suwabe fanijin, kalla fatobe-a kordəbe-a kəllataro nozəna yaye: kokoreso, so ngudowabeso, fon sulsulandobeso, sala sattəso; yiltəso. Awwa falgairo suro kalla anyiben raksə leccin, hatta katabwa karəgə lələkcinso, kuru cinna baktaso.

Yim adədə yim gadea burworo daten fawono, diyallan bozəna, karəgənzə dakdakcin amma karəgənzə kəji. Yimdə Səbdə kəlele kaulu sayettəye. Ngawo cidawanzə suwabe sədənan, suro njimnzəben napkata, kəlanzə cotto mbəsrazəyi. Ngawo sa falben, tultə kazəmu hangallan səmo. Kazəmuwa kəskekəske səmu: bəlaus launu ngəwua-a jene-a, kuru zayetə. Sokku dankwalinzə səyerindən, Bilksu karrawo, kuru karəgənzə kəji, "Maarantaro lenyen. Ngo kawuli Fatimaye dawarzənadə." Diyaldən fayil kollono. "Sai tusshiya," sə.

Aminabe dakdak karəgənzəbedə katəra. Bilkisu lezəna, kuru napkono. Abdulrasheed ro təgam cin; futu fuwu amben dazə manajindəro yangamjin. Sokku dawartənan, Abdulrasheed ga kəraminzə Rakiyaro cə daji culuwo.

Marsandi bəldən maaranta badiyaramebedən zəpsənadən Fatima-a membawa gade Karapka Bana Bakarobe-a nyan dawariwa daryebe sadin. Kamuwa ngəwu saptana. Fuwu ofis helmastabedən kafiya lapkata, tamfol kəlilan zakkata kaso kasambedəro təgəndin. Adə kusotowa dotənaro, sandiro kuriswa təlaladə shawaro dawarza. Kafiyadəa wutaində, suro filibedən kamuwadero bentiwa-a kuriswa-a sawusawulan sarrata. Kəmadəroga, retaso am napsana. Aminaye shimmin zəga curo. Mato furofagandabe Cidaram Hawarbe botowudən daata, lasfikanzəa.

"Wade yaanəmi" sə Bilkisuye tiga galawono. "Kəma dawu jamaben danəm manadə limin. Kəlanəm basro walle, dawartəminna, kawulinəmdə kaune nonumaro tawatkəgəne."

Kusotowadə ngəwuso letiro kasho. Aminaye napsəna kawulinzədə kərakərajində, təmatəyim Muktar dawu jamabedən fəlango. Karəgənzə badaktdə cirra, kuru yaatənzə ye katəra. Shiga curo, shidə zairo, safarinzə liwula səmunadəye nəmzairodə cirra. Təmanzədən shidə burworo ngamdəwo, kuru wanee shiro kamu laaye njissəgəyiro takkono. Karəngənzəro isənaladən korowa yor kada shiga kororo majin duwo amma nonguwono. Wanee am botowunzəbedə halnzə faltənaro asuzanawaro takci. Shiga curunya shiye tiga kurunzədə zauro kurwowunzə fanzə ngore sadən sukkuruyin. Hangalnzə na fallo sapsəgə, kəlanzə təkkono. Awo laa gulzəna duwo fanzəyi, shiga səkkə ci məməsta tiga mowobe cido.

"Abigai? Abigai kargam?" Kowonzədə kokorizə kalkalro sədə.

"Kəlewayi, askərgəna, nyi duwo?"

"Kəlewayi," wono.

"Wande zəktəmi, kəlayiro njiskəgəkin. Jamiya gadero karəngəman lenge ilmuyi yirakin."

"Moduwa dikəna Ala nyiga banazənge. Martəgəne hangal gənane. Abiro ngamnəmadə?" sə cuworo, kowonzədə lolojin.

"Wudə ngaltema kulngənyidə nonuma," wono ci məməsshimaro.

"Lene napne. Adə gənyi tadonde daryebewo" Aminaye wono.

Sawartə lewono.

Aminaye naadəro shiga curo. Abiso karəgə shi gədək ye, suro kuruwua ye, amma kambigə baro fəska zairo adəben lejinno takkono. Bilkisuye nanzəro kadio. "Amina" wono, "dawarnodəye wono, ngawo taye lardəbe-a moduwa-aben nyima mananəmin. Kəlanəm bas mbərsane. Kuruson, baritənzəgəkin, suro lasfikakebedən kowonən fanəmin. Wande karəgənəm da kolzəyi."

Sokku kwanzə kusoto martawaa-a kosutowa dotəna gade-a isanan Bilkisuye makrifondə jarapsə daji ndusoro wusowo kənshero sə. Cidama Cidaram Hawarbero gulzəgə taye lardəbedə cikko, memba karapka maajirwa Məsələmwabe laa ye moduwa sədə. Bilkisuye Malama Aminatu Haruna ti duwo Karapka Kamuwa Bakarobe Bakaron koksəna, kuru tima tartiptəma yega dozə, isə jaawunzə burwobe sədə sə.

Adəma sa Aminaye rizənada. Cizə dazə yilaan na makrifonbedəro lewono sa nazəgənadən, shimmin jiyanna, fəskawa tiga nganzazana, shimma tiga lawarzain, daji lolotə badiwono. Karəgənzə badakkono warakwa mukkonzəbedə lolotə badiyada. Cinzədə harzəna yaye dunon kəlanzəga səkkə manawono, kowonzədə futu gadero walzəna-a faltəna-adə tiga ajapciwo.

"………Məradənde kuradə kəndəga kamuwa Bakarobe nasha razəgəbe-a naptəramza-a ilmunza-adə ngalwotəgə………….daji raksa tandiye ngəlaro rəptaa umma adal ye fuwuyea ye garzain.

……Andi kamuwaye lamarwa fatobe-a lardəbe-aro rəptəgədə nəmbetənzaro faidadə yasaraiyena………….." wono. Kəlanzə hapsə, kuru shimwa samma tilanro fangono. Shim ambe tiga lawarzaində kurwowunzə fanjindəro alama tigənzə de tiga wuzaingairo fanjin. Awonzə kərajindəro wallatəgə. Sa waltəgənadən nawa laa farzə kozənaro asuwono, amma awo kəratin woso kərazəna.

"…Gargamye fələzəna kamuwaga njokkuno-a lapnəm kəmu-a ranna-a dəli nəmbutube-adə nankaro, nəmjahil dawu kamuwaben batəgədə muhimmo walzənaro fanyen. Adə nankaro katabnde burwobedə kempen kəla nəmjahil kamuwa am kurwabedə kaulunzə sayinyen. Karagəwa Arawibe indi nandiro takkəgəkin: 'Rəzəgədə shi duno hangalbe kungənabe gənyi.' Kuru, 'Lardə duwo kamuwadə jahiladə alamə ngudo fefeto fallan farjingai.' Fuwutə manyenga, kamuwa allamnyewo. Kamuwa allamtənyiga ummadə samma suro nəmsələmben kasaru.

"………Gumnatiwa-a hukumawa sənana-a gumnatiwa kəryewabe-a lardəbe-asoro languro duwo langurotəgəyen awowa anyiro təganasro njissaa: na cidayen nəmkalkal kamuwabe-a kongawabe-a; ngəlaro bana-a nzəliwo amma-a kamuwaro, kəla deya au nyiyaa; ilmu ferowabe fella sammason zaizaitə; nyiya date-a mbu-a daptə; wala dunoa kəla faton njokkuno-a; kamuwa ilmunza nazaanaro cida kalkal kənjo-a…………

Ada:

"Saaro fasalnəmiya, masar nate,

Saa mewuro fasalnəmiya, kəska kokne,

Kumbiro fasalnəmiya, am allamne."

Fuwuye Bakarobero fasalnyen, Bakaro ngalwo ye, karəgə kəjia ye, nyamaa ye manyen, adəro kamuwa allamtəro nyagaiya. Kazigiwa kamuwabedəro sulwu matəgəyiga kazigiwa fatobe-a kəryebe-a lardəbe-asoro sulwu raktə matəyinba.

Askərngəna."

11

Karapka Bana Bakarobebe kaulu sayettənzədə awo manaye. Jamia gawilbedəye ngawodə sətana, kuru wono karapkadə, "katab kura fuwuro gotə," jamia kərmailandə ye awowa duwo Amina-a Karapka Banabe-aye mazanadə kasatsəyi wono. Au kawuli duwo Aminaye kərazənadəma kwanzəye səraayi. Ngawodən zaadə, ngama gumnatiya 'zorwono,' ngama tiga faidagata. Laa ritə, laa shiga darajatə nankaro raksə kəlanzə kawatsəyi. Zortənzədəye səkkə kəlanzə mbərsazənyiro walzə, kuru abi nankaro lamarwanzaro ci səkkinro takcin. Abi nankaro awo shi-a am gade-aye fanzaiya saraanadə guljin?

Aminaye kausu dawu kəraminzə sorduwu lewono, daji maaranta badiyarambedəro na darasə burwobe kempen kəla lonkosobedə badizaindəro lewono. Aji burwobedə-fiyakkəga kozəna-ajidə sambuluwu. Tandi samma napkata shinza sədiya tewurwabedən hazana, yindazanaro jezain. Aminagai, kamuwadə karəgən dakdakka amma karəgənza kəji. Amina-a membawa Karapka Banabebe uwu-a fuwu kamuwabedən daada. Fuwura kuruwu, sarsar, gəmaje mukko kafuwua səmuna, yange jeansa cizə dazə kəlanzə yitagatsəgə.

"Wu Muazu Danlami, fuwura kimiya siyasabe. Cida Ilmube Bakarobedəro rəptəgəyen hatta maləmwa jiddəmye fandaiya duwo. Nasarteiya sədiwa ajawa gadebe-a wanee bəlawa gade-ason koknyen. Adəlan, kamuwa ngəwu ilmu sawandin. Misal Maaranta Lonkosabe Al Hassanbebedə faidaten, misal adəlan jahilga suro kəntagə arakkəben allamtin.

"Nandi sammaye nonuwa, ilmudə ummabin yaye muhim. Nawi Muhammad (Mbərshe Alabe Shilan Tawatsə)ye wono. "Ilmi matadə kəla Məsələmbewoson wajib." Kamuwa duwonyi dahil laaye səkkə raksa darasə adarzainbadə, malamawadə zuwanye sandiro fanzan kəra gulzain."

Ngawo kəm sədənayen, Muazuye kam laa fəska cetkataa, fuwura fəska tadabea, kulwu kura bəl səmuna, alewu kələzəna, kuru wono. "Adə Musa-Al-Ahmad. Shi-a sandi indi Karapka fuwurawa Məsələmwaben isana-adə ilmu Arawi-a Islam-abe gulzain." Falfalmben maləmwadəga yitagatsəgə. "Awo ku kəlanzən loktu ngəwu gonyendə ilmu nəlewabe. Rebeka də tima Cida Bakarobe Nəlewabedəro nijissəyin. Naswa indi-a milwait indi-a kəla wutawu nelewabe indi-a cidaro kasatsana. Nandiro futu kəlandoga kadawu ba ye kəlewa ye kəndəgaye gulzain, kuru futu kəndəgaramdo kadawu baro rota ye. Kamuwa suro-a kamuwa nganji kəli-aro təganasro hangal gənazain." Rebekaye səmonzəro tatapsəgə daji ti ye ci məməssə kəla gəzəkkono. "Wu ilmu ammabe gulləgəkin, na adən kəndəgaram am jili gadegadebe-a nzasaranza-a nizam kərmainzabe-a gulnzaakin. Kuruson kəla kazigiwa lardəndega wuzəna-a Afərika-a dunya-aso gulnzaakin.

Taswira dunyabe kura laa allodəro lunzəgə, Aminaye ajidən waltə gorudəro gəregatəgə. Kurtəram kuruwu laa rogata, Muazu Danlamiye badiwono: "Adə taswira dunyabe. Lardəwa mian fiskunna kozəna, falwoso lardənzəa, amzəa, gummnatinzəa. Jinsiwa-a təlamwa-a jiliwa-a am lardəwa gadegadebe-a mbezai." Sandiro nashawa dunyabe am mbeji-a am ba-a fəlezege. "Adə Afərika, adə lardənde, adə bəlande, na kərmaro dəgaiyenadə, daji futu dunya kura adəlam dəgaiyenadə ruiyowo."

"Maləm, am laaye ada dunyadə kokorrata," kamu laaye wono.

"Aa, adəgai. Adə taswira bas. Nandiro jogərafi gulnzaain, ilmi duwo nandiro bayen awowa anyi sammabe gulnzaain. Kuruson futu nji sudurin-a abiro zamansodə gadegade-aye nandiro gulnzaain."

"Maləm Makka adə ndan?" guduwum laa saawu ngawobenye cuworo.

Muazuye kasudu gozə tiga bowozə isə fuwuro taswiradə suru sə. Tiro Saudi Arawi a-a Makka-Madina-a fələjiwo. Shiro asngarno. "Kənashinyidə yim fal lenye Haji jita."

"Ala kənashnəm jirezə," Muazuye moduwa cido. Ngawo awwa falgain darasə yitagattəgəbedə dawono.

Tussənyi ngawodən darasəwa gade ye badiyada. Karapka Kamuwa Bakarobedə ajiwanza jiddəmbe ba, maləmwa ba, kungəna kəryebe sandiro cinyi, yaye woganaisasodə himmanza cidadə letəgəye mbeji. Kongawa laa kamuwanzaga letəro dapkada, laa ye leza futu awodə tədində soru duwo tamin. Aminaye kəndəganzə de naptalan cizə manyiwumaro wallano. Kambowosoro futu karapkadə dajinbaro cidatədə takcin.

Ngawo darasə kaulu sayettənayen kawu ganaa, Amina sofaladən tadanzəa napsana duwo Bilkisu-a Fatima-a isa kəla darasə burwobe adarzanyiyen kanadi sadə, kuru karewa kəra gultəgəye sawudə sa. Njimnzə faldə hetkwata karapka kamuwabedəro faidata. Tewur fal-a kuriswa arakkə-an zayezə, kuru dawari jaridawa-a majallawa-a kullumsoro kudoro sadə.

Bilkisuye tadami laa suro sulsulandonzəben napkatadəro hangallan manazəyin. Sanduwuwa kwalibe-a kurno-a cutulowo. Kurnodə hapsə Aminaye suru. "Wuma Danladi, fuwura kurno kisandibe, kuru Guloriya sawanyi. Adə karapkandoro kurroko, ngo nandro coko. Aminaye hangallan səmowu gənazəgə curo. Shawaro launuwa yakkən kurratə: kəli-a kime-a sələm-a siffa kamuwa kərazain-a cidazain-aye. Sədiya tayebedən: KAMUWA! CIDANOWO KURU K□ND□GANDO DAWARNOWO! Aminaye shiro askəra dodozəgə, kuru Bilkisu ye sanduwudə fərəmzə tiro kitawuwa-a kakkadəwa ruwobe-a cagə kada-a karewa gade-a fələzəgə.

"Anyi samma kaando," faraaro gullono.

"Zauro askəryena," Aminaye wono, awo sədinma nozəyi.

Ngawo Bilkisu-a Danladi-a lezanayen, Aminaye Fatimaga wuta kazigiyen wuwono.

"Abi nyiga səta? yimbarəma."

"Kəlasərən kurwowu laa wuga səta"

"Nyiro kurwun njikin," Aminaye wono.

"A'a, a'a, askərngəna. Tusu məradəngo. Samno Majilaskube bəne farai diyen duwo fajerrono, kuru zauro ganaro letkoko", Fatimaye wasamgono.

"Na adən gana laaro lenne. Wu njim Talatabero lengin," Ngawo ngəlaro kausu letsənayen, Fatima fes ye dunoa yero culuwo, kuru kəmburo napkono: Fatodə futu Fatimadə sabisoro zagzagəadəgai haya-hayaaro wallano. Aminaye dulidəro bikkezəyin, kuru kamuwadəa sulitain.

"Amina, bananəm manyen," Fatimaye hangallan gullono sa dawartəna lejindən. "Samno gana laa kəla njokkuno fatoben dawaryen, kuru kamuwa bəlan donyen. Am ngəwu təmanyendə amma suro jamiyaben saptədə raayende, adəro njim karapkabe faldən sapten. Amma awoso təgasshinbaa duwo."

" Samma kal. Sabi?"

"Marisbe 8,[th] yim Kamuwabe Dunyabe."

"Dama ba! Wusogo kənshero," Aminaye wono, ci məməsta ajiwaa laa sədə.

"Raayinyi gade mbeji," Fatimaye wono. "Kariji membawa karapkadəbero lacca dawaranyewo. Kəla kazigiwa kamuwa Afərikaben managin."

"Wangənyi. Sandiro gulngin."

*

Yim Marisbe 8, Fatima-a am gade-a Aminan kunten Karapka Kamuwa Bakarobebe hetkwatadən njim laan sapkata. Fatimaye fuwulan dawono, botowu fero laa kəlanzə himar sələmlan zaksəna, kəlanzə təksəna. "Adə Saude, tima faton njokkunozanadə. Andiro fitəna duwo ummande kanjimali-a naptə nəlewabe-an tokkortindəye tiro fələzəgənadə guljin," wono Fatimaye.

Saudedə kowo amusua, kowonzə dadajin ye yaate ye. Tidəma rizəna, kuru sa manajindən cirin. Awo duwonyi suro shimalonzəben tatapsəgənadə, "kawu shiga nyiyangənaman naptə nəlewabe rukəyi. Sabisoro wuga bakcin. Dalilbi yaye majin, alama bəridə kuttu.........shiga ngəlaro kapkəgənyi, gadesoa. Kwanyidə abi yaye mukonzəro gawonan wuga bakcin, fuwu feronyiben. Yanyi gawonan wuga bakcin, fuwu feroyiniben. Yanyi mbeji yaye. Ya-a duli-aso suro ritəyen kasaru," farakko kairo.

"Na zau fanəmadə andiron fələsaane" Fatimaye cuworo. "Wande sandiga gəranəmi." Saudedə səraayi, daji Bilkisuye na ferodəbero lezə himardə hangallan kazə, fəskanzən tunu bəlin, ka cibe fuwata, shim sələm. Saudeye hal kəlanzəbero nawa gade tigənzən dadaskatadə filezəgə. "Kamuwa ngəwu," Bilksuye sharhajiwo, "zau jili adə nongu-a ritə-aro gərazain. Nəmkuwuledəye nəlado jili adə banazə gərajin, dalil kamuwa ngəwuso sandiga deyan soriya duwo zaunza adə nozain. Laa tununzaadəma dawin dalil kwanzabe sandiga kolza soluyinba."

"Waltəmin wa?" Aminaye Saudega cuworo!

"Aa. Nanyi gade letəye ba," sə jaawu kalakciwo.

"Ala Ala, Kəma Mai Ala, Afutəma, Kəre, Kanjiimalimaye njiro dunoa-a himma-a njo nəlado awo shiga kwalan bowozain adəbe yende," Fatimaye moduwa cido.

Bilkisu cizə dawono. "Nyiro tawatkəgəkin kwanəmbe andiro manaamaro dəmmaro nojinba, kuru abi waaji yaye andiga naane au Amina mbeji." Saudeye tandiya Ala kəlewazə Bilkisuye tiga sorduwu colowo.

"Adə biya alama kamu njokkunoatayewo. Wudə kəlayi dawu am sa sadə njokkuno adən kazanabero isapkəgəkin, amma, kərmadə ummadə duwo nəlado jili adə kasatsəna nankaro yirikin." Fatimaye wono.

Kuttunzədə kamuwa ngəwuso kalali kəlanza awassana, adəro tandidə awo sabisoro njokkunotəyero wallada." Fatimaye sa waltənadən gullono.

"Dalil Manjo askərbedə nyiga ngaltema baksənyidəro, eh?" Rebeka ye cuworo.

"Kuwami yaye, kuru wadə sədinbaye gozə."

"Wande dabbawa suro yinifomben anyi yasarami" Fatimaye kaanzə koljiwo.

"Gana yaye kərmadəro, kuwami yaye karəgənzə kambe."

"Nda Muktarye jarapsə, kamande baknyen au shiga shimzə suluyingairo bangin." Rebeka ye tokorratə. "Təmanyidən wande dəmmaro waazəyi. Shidə baktaro karaskata ye zairo ye. Shidə wuro tamanna. Shiga sarawuro alakkada."

Nəndəli dunoalaa Aminaye fangono. Burwo sawullo Rebeka ye Muktarra səraanadə notədə zaunzə fanzəna.

"Awodə, kamuye kongaga sərayiya, baktanzə yaye kasatcin. Wai awo zəyi." Bikisuye wono, kasudu gojinna.

"Kəlayi ro gayinba," Fatimaye mana manatindəro kokorizə waltəgəro," Abiro andi kamuwadə nəmzaləm adə ummaden gərtəro lagəgaiye, abiro kasatnyen."

"Kongawa awo adə sadində kaiwu raksa konga gade mbəlzainba, daji susudəro andiga rajamzain," Bilkisuye dunoaro tawatciwo.

"Ndundeso ayewudə gonyewo, kuru kəndəgadə faltəro nyanyewo;" Fatimaye dunoaro gullono. "Fero adə ti fal long, amma ngawonzən kamuwa dəwu kada duwo njokkuno sorində. Kəma Mai Ala nozo. Cida kəndoyedə ngəwu".

Kajiridə kamuwa ngəwu Fatimaga kərəntəro soluwu. Amina rokko Hauwa-a Larai-a tadanzə-ayen walta maarantadəro leyada. Zauro kawudoa yaye, kawuwa ngəwuye luwonzadə sandiga kurnozəgəna. Bilkisu-a Fatima-a Amina-adə ngawo tewur laayen napkada, fəska kamuwa zunguabedə wuzainna, daji Bilkisu cizə dazə sandiga kapciwo:

"Nda dəbdondo. Ku yim Kamuwabe Dunayabebe Bakarolan burwo sawullo kəlelenzə diyen. Yim adədə kamuwa dunyabe samma kəla kazigiwanzayen manaza sulwu mazaain. Adəye fəlazəna andi tilonde gənyi. Andi samma nəmtilonde fələtəro Fatimaye kəla kazigiwa təganasye kamuwa Afərikaben manyin. Tiga nonuwadəro shegənyi ba, kuru tamtamnzə fanəwuin." Fatimaye cizə dazə bəlausnzə-a jenenzə-a sasa. Tidə fasiwu manaye, kədək ye kəlanzə mbərsazəna ye. Ci məməssə mana badiwono:

"Suro hawarwa kongawaben hawar kamuwa shawabedə fanyen, kuru futu kongawaga sasazaində, amma futu njokkunotainye gənyi. Ummawa laan kamuwadə nəmbe laa sawandəna, amma ummawa laa yen, kamuwadə alama fərsənaringai cida fatobe sadin. Afərikalan, sədiya kərmai nasaraben nyokkunotena, kuru kərmaro njokkunoten, lardəwa Afərikabe ngəwuso kərmai kəlabe sawandəna yaye. Adawa Afərikabe ngəwuso kongaro gozaana, kamuwadə lamarwa kəndəgaramzaga lezənaman cinzaa. Nasha Naijeriyabe adəlan, Islamdə kamuwa bezəyində kurawa adinbeye fasari duwo kamuwa njokkunotə-a rantə-aye sadə.

"Adawa Afərikabe ngəwuye kamudə awo tamtam-a cida fatobe-aro gozana, awo ladobe, tada yertəma. Kamuwa Afərikabe ngəwuso kausu cir bəne gəmsu."

Fatimaye ngərəgənzən hankəci sutuluwu fəskanzə cinzə, kuru wono. "Ranna kongabe ummanden namtədə zau dalil zaman gərwononya tigənzawono, walaye dunoajiwo, adinne barga dəpciwo. Amma, cinye danye mbəlnyeiya mowonjin. Kongawa jenye andiro hakkinde-a nəmbende-a sadin gulneyeiya, dəmmaro fandenba.

"Nandiga bowongəna ngawo Karapka Kamuwa Bakarobe taiyowo. Kokorinowo darasəwa samma adarnawo na rangnəuwan bananowo. Wandowo kazigiwando gəranəwui, fantəgənowo. Raayiwando fantəgənowo, korowa korowo. Amina-a woganaisawa gade-adə nandiga awowa zahir ye jire yero zandə nankaro kasho. Amndeye ada: kungorima jetinba! Askərngəna.

Sidikatu Lawal, Malama maaranta badiyarambe, koro butu laa cuworo: Abi dim ranna kongabe namnəmin? Fatimaye Bilkisu showorzə cizə dawono.

"Kambəli andi kamuwabedə kambəli gade candi kudoye umman tədindəa samma kəllata. Burwon andi kamuwadə kəlande kəlnyewo, hakki cidanyero mbəltawo, kuru alwoshi kalkallo; nyiya mbuye-a dateye-a daptə, hakki ilmube fella samman; njokkuno fatobe daptə… koriro kamtə, fadəlawa razəgəbe-a nəptərambe jamabe-a siyasabe-a samma waltə samtə, kuru adə fandodə illa nizam zaman kure, riswama, kuru kongawa kuturu nasarabe anyi fuknəm wartə."

12

Cidawa kamuwa Bakarobe sadindəye falnzadə shima Cida Nəlewabe Bakarobe: Bakaro Kadawu Baro Rone." Səbdəa suwa soluwu ngənəpta ngəpdola fanzabe-a diwalwabe-adə fəraza. Cidazaində awo fitəgəye baro asuada. fuwurawa laa Katiwu Hukuma Ganadəbe, Alhaji Ibrahim, shi duwo tandiga banaro wazənadəyero leyda, wono kamuwadə ca sandima awonza budu fitəgəye mazain. Aminaye gərrawono. Cidama gumnatibeye zahirro banaro watədə kəlanzəro gaayi , awo ye təganasmaro kəndəgaram ngalwotəgə nganzaza. Kajiridə Fatimaro awo waazənadə guljiwo. "Awo diyendəma cidi ajabedə kadawu ba rota manye."

"Kazigi lardə adəbe falnzədə cida kambedə fuwujinwosoro kamdə faida baaro waljin. Kam laaro kəmaduwaro njiskəgəne saiya nadin tutcin, kuru shiro hatta shimtiti daraja lardəbe sadin." Fatimaye zauro kalla fiyono.

Abulrasheed-a Fatima-adə njimdən sandiga kənəmye gowono, Amina ye kərajin. Zauro tiga gozəna nankadəro Kulu gawonadəma asuzəyi. Kowonzə lawaskataalam lewata, daji Kuluye Aminaga deyaro bowojiwo."

"Kausujiya fanyin samnoana laa dawarnyen kanadi nyiro daten gulnzəkəyi, zauru cidanyia."

"Təmangənyi adarnginno," Aminaye dunoaro gullono.

"Wai? Abi dimin?"

"Abimagənyi." Aminaye wono shim Kulue wuzə.

"Kwanəm lejin wa?"

"Aa. Wai! Afusəne. Nyiro njessənge gulngənyi wono, awo sədənadə kalkal gənyiro nozəna. Wadə gozəna bali mato-a cidawu-a zuwazə ngəpdoladə solorin."

"Ngəla, lengin," sə Aminaye tiro tawatciwo."

"Wande Fatima donəmi," Kuluye tiro mamara tatapciwo Adə nanzə gənyi, awo sənatəyi kərəmjimba."

Ngawo ci məməstanzəyen, Aminaye Kulu-a jilinzə-alan tai dazəna cintəjin. Fatima-a kamuwa yafalu-a karəngəzainno nozəna.

*

Kuludə kəndəga kəji fantəye sədin-awulo-a abi yaye hamham-a alama kazəmuwa səmin-a sulsulandowa gaworam cinna fanzəben sapkata-a. Cinna fanzə njim mewuabedən Aminaga kapsəgə. Kuwamison kusotowa ngəwu ba, daji bayenji: "Dalil kəlele adəbedə biya sawawande karəngəbe-a sawawande kasuwube-a soto nankaro. Kərmama, hotelnyi fərəmgiya isa faidataiya raakəna."

"Yoo," Aminaye jaapkono gozəgə gənyiro.

"Kənindimi, sa hoteldə fərəmtiya, nyi manajanyi fallo walnəmiya raakəna. Nyiro daten gultəgəro waako dalil Fatima mbeji nanka. Shetanzədə zauro dunoa nyiga səkkə awo nyamaa adə wanəmin."

"Tawatkəgəmawa wuye notodə raamma?" Aminaye ajapsənaro cuworo.

"Tawatkəgəkəna. Rukindən kwanəmye nyi-a loktunəm- aso bannajin."

"Amma notəyi falma ba."

"Wande shiwoltəmi, kan Indiabe, Mr Kumar cidaro gongəna, shima burwon sunotin. Nyidə saa fal au indiro shiga bananəmin, daji suro cidaben notə fandəmin, daji nyima cotto notomaro walləmin."

Kəladən zandezain duwo kamu laa nganji kuraa laa dinarson zayegataye təganasro Kuluga shitiro sutuluwu, Aminaye shimzə kime-a kowonzə kura-adə asuwono. Tidəma gana laa saaran, zayenzədə fate, kundalinzə koridə kəndagən kəsaatadə tidəmaa ngulugairo sədəna.

"Kamu tudu," wono Kuluye ngawo lezənayen, "kasuwuma, Mrs. Joy, kəma hotelwa kadaye. Zawarwa njimwanzə agərizaində njimalngo."

Aminaga warzəna. "Abi maananəm?"

"Agərinzə zauro zau. Kakkedə zauro ganaro dikin."

"Hoteldə luwayawu yafalusoro gənyi wa?"

"Indisoro, Fatowa indi, faldə bunaram, kuru faldə ye zawarti. Rummaana, Amina, zawarwadəmaye am ngəwu hoteldəro gərza sawudin. Fato faldə təmangəna faldəga banajin."

"Amma adə adinne dapsəna gənyi wa?"

"Wanee, Sabiso Alaro langurotəgəne, kuru nyiga afujin. Abiyo, galiwuwa Məsələmwaye ngəwuso sanyaramwa kumilbe kura-kuran zarnza suron mbeji au sandi kəlanzadəne kənzamu. Nonəmi wa zawartiro lezaində ngəwuso Məsələmwadə? Islamnin ribadə bigə, amma wuro galiwu duwo sədinbadə fəlegəne. Rummaana zahiriyaro walte."

Asabe, kazaadala Karapka Kamuwa Majilaskubedə, Kulubero isə tiga bərzəmmaro lewazə. Aminaga kuru jili laan suru, alama ngaltema kəlakəlzayigai. Aminaye ci məməssə lewono. Runzə dazəna duwo suro njim farakdəben Alhaji Ibrahimga curo, shim degə cado. Ci məməssə kəla gəzəkkono amma ti naadəro sawartə lewono.

Guduwun martawaa laa Aminabero isə, ci məməssinna wono. "Nda dəbdo, sunyi Mrs. Ladi Abdullahi, wu Majistəre."

"Wu Amina Haruna, tartiptəma Karapka Kamuwa Bakarobe."

"Kwanyiye ngəwuro kəlanəmmin manajin," Mrs Ladiye wono, tamtammnzə jirebearo.

"Shidə maləm Jamiyabe, kuru zauro karapkandodən tantamnzəa."

"Təmangəna falmaro kəlakəlnyende," Aminaye jaapkono.

"Fatima-a Bilksu-adə ngəlaro nozəna. Təmanzədən karapkandodə misal karapkawa gade isanne. Kəlanəmmin tafakkar kitawu ruwoye sədin."

Kənshe Kuluyedə zande gade təgassə, kuru Mrs. Ladi lewono, sa duwo kam kuruwu laa kot sələm səmuna nettaye dawunna, cikunduli garapkata, gana laa nguzə Kuluga lewazə zande gana sadə lewono. "Shidə miliyoniyawa citəbəlinmidəye falnza." Kuluye tatapciwo. "Fatowa-a sulsulantowa-a ngəwu zəgantəna, amma kuwami yaye nje dezəgənyi. Shidə kasuwuma ye burwoa ye."

"Abi maananəm?"

"Karewa muhim suwudə səkkin kuru gərajin. Shangawa-a manda-adə fuksə tapcin."

"Asun gənyi abi 'fuksə tapcində' maananzə."

"Nəmngəwu shangawabedə buwunza gədimadən fuilujiya bəlin tapcin," Kuluye bayengono.

"Adəmaro wa shi burwoadə gullam?"

"A'a adə gənyi. Taman konturokbe yiraso, riswaso, kakkadə kattəwuye ruwoso gadesoa samman shi ngəla. Sanyaram zaksə kolzəna mbeji, amma sabisoro lasik karewa yikkobe su sanyarambedən mazə kuru səwandin. Susu mashinso au karewa tandobeso səkkindəro, karewa jawuso, sulsulando zauso gadesoa səkkin. Kərmadə nasha kəndagə feturben riwa zuwin. Kamfaniwa lardə deyabe-a kamfaniwa maara njibe-a ci kəlza kəndagə sundemben sotuluyiya shiro nuwanzə sadin. Kugənanzədə Listensten-a Luzembag-alan gərajin. Təmanzədən bankiwadə təgalisə ba. Wuro ci kattuwu kamjinbaye wono shi-a Lucas Danfulani-adə sandima razəgə nyama sədiya sədibe kəryebedə sonotin."

"Adə tamtamma," Aminaye ngururrono, kokari kəlanzəro nzəkkobe sədin.

"Adəma cida dikiya raakənadə amma Bature-a kwanyi-a tawaktayi."

Kam gurzam kaftan kadawu ba səmuna zawa kime koksəna isə sandiga lewawono. Aminaye shiga kwanzəbe sawanzə kasuwubero asuzəna.

"Kam adə nonuma, ra nonumi?" Kuluye cuworo, sa lezanadən.

"A'a, amma ngəlaro gənyi."

"Futu galiwuzənadə nyiro gulngin. Yim shima sətok cidarembero njissəyindən, karewadə mukonzəndən samma sələdə gadedəro kannu tusshiwo."

Aminaye ronzə rotəyi. "Abi?" sə yilzə cuworo, ci kaata sasarayi.

"Jire. Yim shima akawudən, kungəna kəryebe zuwu cida kollono. Ngawo magəben kakkadəwa kəla lamardəbe samma kannu kəla notəyiya laaye ofisnzə dinadən zuwo."

"Yasarakəyi."

"Waazəna. Kwanyiye wuro abiso gulsəgəna. Abi gade gapsə, shi tilonzə gənyi suro lamar 'kannu'be adən. Ku shima am galiwuwadəye falnza, kuru karno majilabero datə nyazəna."

Citəbəlinmi laa səmo Kulubero tatapsege cizə kəlelekedə yitagattəgəro lewono. Aminaye tusshinwosoro tiro kuttu. Kuru lejin sə mayizəna amma

Kuluye napsə sə tiga ngodowono. Zuwumilan dazəna kusotowa tamtammaro zandezaindəga lawarjin, runzəro fanjin. Amina-a Rabi, sawanzə jamiyan njimza tiloa-adəa shim degə cado, tidə kusotowa laaro zandezəyin. Rabiye shimzə gowono. Sokku Aminaye nanzəro letə karəgəro cikkonya Rabi hangallan hapkatə. Tuskano kanje tafabe-a kabudibe-adə naa kozəna, daji sadən karəgənzə lalamtə badiwono. Daji Alhaji Ibahim botowunzən dazənaro asuwono; kusotowanzə kamuwa laaa zandezain, daji na gadero kowononyama Kuluye tiga bowono.

"Adə Ngozi, kura nasha kurwumbe bəlin Liitari Kuradəbe." Kuluye guduwum laa gurzamga yitagatsəgə.

"Abigai Cida Bakarobe Nəlewabedə?" sə dayinaaro cuworo, Aminaye tandiga samin sədiyanno surin.

"Kərmadəro ngəla." Aminaye yilaan jaapkono.

"Nəmzagzagənəm duwo kamuwa dawartəyedə range yindangəna gulngin."

Aminaye futu adə asutaye nozəyi, ngawo Kulua gana laa zandezanayen hapkatə.

"Tiga kərəngiya raakəna." Kuluye tatapkono. Fuwun bəladən liitari gana fərəmgiya raakəna."

"Maananəm kurwunwa liitaridən gonəm liitari ganadəro kalakkəgəmin?"

"A'a adəgai gənyi. Biyanginde," Kuluye bayengono. "Amma wuro kungəna ngəwu səmoyin ada."

"Abiro kurwunwa-a karawewa nəlewabe-adə sakkinbadə?"

"Haraji duwo liitariwa kungənabe biyazaində ngəwu, daji amso ye litttariwa gumnatibero lezain."

"Abiro harajiwadə biyanəm kungəna gade kəla dondiwabedəro gənaamba wa?

"Karewa nəlawabedə liitari gumnatiben fandodə shima kəskewo. Cida kakkadəwa-a awo gade-asodə awo shiwoltəye gənyi."

Aminaye kəlanzən suluwuna letəro ngodowono. Kudə Kuluye kasatkono. Balbal deyabedən cari laa kulwu bəlla, alewu suwaltinna, kuru tajimi kuruwu laa rozəna. Kəla leti sədənayen Kuluro kanadi co.

"Shidə aja bəla Dimbibe sunzə 'kusuma dunoa.' Saa ngəwu kozənadən bankilan miliyen kada təgərzo. Kusudə ngəwu nankadəro bankidəmaga dawumben rozəna. Biyatəro wawono daji bankidə ngərəmagərəm fiwono."

Lejin sə ciwonya Aminaye Kuluro askərzə amma tiro raksə cida hotelbe sədinbadə tawatciwo, tiga fajerrazə sulsulantodə nganzawono.

Fatimaye kasalaram robaye kuradən Abdulrasheedga kasaljin duwo Amina kadio. Abdulrasheed taidazəna ci məməsshin amma Fatimaye shiga njidən cutulowonya so badiwono. Aminaye shiga cinzə harzə duwo Fatimaro hazəgə cə shiro kazəmunzə mutaaro. Fatimaro kəla kəleledəyen nanazəgənadə, amma Fatimaga sətaajapsə gənyi. "Awo rumma-a fanəma-adə fulokno ngotkəmbegai. Awo adəga kozəna rukəna kuru batti ye fangəna." Cinzən fil sutuluwu, napkin

Abalrasheedbero yipsəgə kuru cuworo. "Ca gaskaga, kuru nyima sharawogə, nduro shimtiti yimin?" Abdulrasheedga Aminaro hazəgə cono.

"Kuludəmana!"

"Abiro?"

"Dalil tidə jirenzəro sədin nanka," Aminaye wono, tadanzəro təgam kənjo badijinna.

"Alhaji A.B Dansakia kəla kəltadə kurnotəma wa?"

"A'a."

"Saa mewugairo shima Komishia Ilmubewo. Kərwuwa laa kozanadən Batureye shiro Londonlan fato cuwu. Shiga fatodə kurnozə gənyi cilluwuro təmawono. Ngurodə zauro səraana awo sədənadə tamin wa?"

"Takinba."

"Diwaldə samma kaiyowo! Kungəna duwo nasha dulinde allamtəben turottindən diwaldə samma Londondən kaiyowo. Adə gənyi datəgəram manandəbewo. Dilalma fatobedəye shiga danfarawono. Ruwo gana laa suro kakkadə konturokbeye wono fatowadən dəgayi duwo saa yakkə sətiya fatowadə kəmanzabero waltain. Ngawo saa yakkəyen lewononya darewaye shiga sotuluwu gəpkada." Fatimaye kəlanzə gəzəkkono. "Abigai kwa Kulubedə? Futu ləman zəgantəna nonuma wa? Saa mewuro shi-a Bature-a ndaa-ndaraana Afərikabewoson balimiwa-a arsasəwa-a saladin. Nadin kərigə-a fitəna-a koksa foto indisoro balimi yikəlado nankaro. Daryenzədə zaadə daji shi isə təmtəna shidə sadən Katiwu Hukuma Ganabe. Bəne farairo range nyiro hawar sandi duwo kurawanden bowonzainabe njikin! Amma karəgənyi bannadə raakəyi."

"Nda kwanəmdə? Maananyi futubin ləman ciwnando? Aminaye cuworo.

"Adə hawar kuruwu ye tamtamma ye, amma kasarngin. Shidə nəmchiman shi-a babanyi-a Londondan badiwono. Nadən shiga Hukuma Faraskəram Maara Samibero candijaa, amma nadən kungəna ba sə kokorizə shiga Hukuma Ci Tasha Maara Njibero kalakcaa, daji Kamfani Maara Sədibero kowono. Saa mewugairo shima kazaadala kəntəwoawo, nadən ləman miliyen kada ciwondo. Zamandən gumnatiye dawarno kura laa dawarzə lardəbe ci fiskuso diwalwa maara sədibe fijin sə. Kungəna cida adəro ləmbətsaa, amma ku rui diwal fal gənazayi. Sandi mbejimadəma njistaaro tiyero. Gumnati-a bankiwa lardəwa deyabe-a kungənadə sadin ada amma abimaro walzəyi. Datə baaro akawuntzə-a banawunzəbe-abero karawo."

"Abison kungənanzədə sərwattin?"

"Sulsulandowa doidoidə jarawaramzə. Garajiwanzə Abujabe-a Maidiguribe-a New Yorkbe-a Londonbe-adən tərəm sapkata, Ferrarison kunten. Maarawa njibe ye nanzə laan Yuroplan, kuru kurno fentibeso ye sapcin. Shidə sasama fir, kuru zarye cuwin. Bəne faldə shiro takciwuko, yim nuiya, shiga kəlawon bəllan zaksain. Zauro gərrazə wuga bakknono!"

Kərmadə Abdulrasheed letcin. "Fatima nonuma, kərmadə kure awo jili sandi barwuwa-a kattuwuwu-a damfarawu-a jilinzə gade-a suro ummadeben gulləmində tango. Wom fərtə kadarinzabedə nəmbarwu-a nəmbarwu balimi-a, kudə awo gulləmadə kalkallo kəlayi ro gaana," Aminaye wono.

Fatimaye ngərgənzə gozə. "Linjilaye awo laa gulzəna."

"Wande wuro Linjila kəranəma gulləmi…." Aminaye təgaskono.

"A'a! Sammaso gənyi. Nashawa laa tamtamma kərango, faldə awo laa adəgai gulzo: "Ndu yaye sətanaro tin, kuru tərəm səwandin, shi sətayidə, sətanadəma təmoyin." "Adəye lapnəm kəmbu zar kudukomasoyega halalzəgəna wa?" Sə cuworo.

Ngawo tafakkar kurwowu loktu gana laayen, Fatimaye təma baan karəgənzə kəjiwono. "Njesənge nyiro wurmaakəyi wuga Lacca kəla Jibril Bala Muhammad taktəyen dozana kawuli kənjoro. Kəla manabedə shima Ilmu-a Umma-a, kuru fatowa telbijinbe indi-a radiwobe fal-an daataro sakkin. Banama Gumnabe-a Komishiwa arakkə-a, Komishina Ilmuben kunten, Shara Kura-a, Kura Jamiyabe-a kurawa fellawa tulurbe-a, fuwurawa yor kada-a adarzain. Adə dama shigai kuwami yaye fandəkəyi, kuru ngəlaro faidatəkin. Woganaizasodəro kawulinyidə kənjoro waako. Noknzə fanəmiya raamma wa?"

"Aa."

Fatimaye warakwa ngərəgənzən sutuluwu, cizə dazə, lezə fərijilan nji kalwan gozə kopro fizəgə. Njidə gana sa, ngoltonzə sasa, kuru zawanzə beret kime ye sasa kəra badwono:

"Ndu yaye tamtamnzə lamarwa dunyaben gana mbejimadə lardəwa Nasarawabedə taidaza lamarnde kunbalinben cinzaa. Saawa mewu adəlan, futu lamarwandero ci sakkində ngəwu kuru zauro bannatəna. Shegə ba adə dalil dunonza razəgə-a siyasa-a askərbe-a mbeji nankaro. Abi fərtə dunon-zabewo? Ndaran duno dano adə kadio? Dalil dunozabedə shima raksa ilmu kəmbuzaa kuru sonotin nanka.

"Nengəlinde kəntagə tulur, amma nji sapnəm saknəm ngəlaro noto nony-ende. Awwa mewua kozənaro kəngal kullum suluyin, amm rangye nurunzədə faidatembe. Nanden kəskawa-a fərtəwa-a fulofawa-a sandiro ngalwowo ba mbeji amma rangnye kurwunwa kaande tandenba. Cidi de sul kollata-a muk-kowa dunoro figata- a amma rangnye kəlande ambanyenba. Abiro rangye diwalwa tandenbadə? Abiro kazənmuwande tandenbadə? Abiro kəlande razəgənyero dawanrtenbadə? Abirodə ngəwu! Amma kuruson jamiyawa-a maarantawa kulashibe-a kada!

"Jamiyawandedə ilmu kəmbutəgəro gənyi dawargatə! Na nəmjahildə kəmbuzaa kuru kalakalaksaain. Ilmu tuluworo burwo sawullin gultədə mbu. Na sanammalan kimiya səlarinba!

"Jamiyawande-a maarantanwade ilmu hapkata zamtəbe-aso faidate andiro mərdəwandero sulwu sadin. Adə kəndoro siyasawundeye nəmgəlanza raay-iwa bəlin mowoye mbejiro walza. Kərmadə kurawande ngəwuso təlambimam la kərazain wala ruwozain.

"Nizamdə asutə nankaro am jili Baturegai allamnəmin, gargam lardəwa Nasarabe-a ilmu kurwunbe lardə Nasarawabe-a, falsafa lardə Nasarawabe-a, adab lardə Nasarabe-a, saikoloji lardə Nasarawabe-a nizam razəgəbe lardəwa Nasarawabe-a kəranyewo.

Mana laa Hausan wono: "Hanjin jimima, akwai na chi, akwai na zuabrwa," maananzədə wono, kaləm kəregəbedə gəroye mbeji, yirtaye mbeji." Raayiwa am gadebega kasanyende yaye wugəyewo. Bana ambega ardinyewo kalkallo sandiga jajanyewo. Kəndəga duwo suro ammben awo ngalwo sadin manyewo.

"Ummawoso halnza nasha ilmube falza. Ilmuwosoro kənamanzəro wal-nyewo, ilmu adinbe bas gənyi. Tafakkar dioyewo, yikke tuluwuyewo, tand-ewo, kuru kunkunyewo.

"Wande rangnəm kəra bande-a razəgədebe waratəba-a adawandega fuwutəgə ba-a samma am andiga kuren sonotənam taiyende.

"Nəmfakkar cim adə gərnyewo, dalil nəmfakkardə na laabedə waljiya kəntalaa ndarasonno waljin. Abiro ngaidəro wallano tunda la adinwandeye wala adawadeye riswa-a nəmjalil-a nəmsəlwai-a ro kura-a kasatsain?

"Biya ilmu am gadeye kunkunza ngalwozaanaro sutkatəgəyemaga, sabi yaye andi sədiya am ilmunza ngəlaro faidatanayen dəgaiyen. Adə mana sawanyi Baturebero waltəgəkin. Biya Baturemaro suttəgəye nyamawande manye, tuluwuye, sasərnye kasuwuro yadenmaga, andi sabisoro kalianzə. Batureye raksə falndewosoro bikkesəyin dalil shidə ilmunzəa nanka.

Na Batureben liyowo. Shidə kənasar-a nzundua-a darajazəna. Ngawo adə gulngənayen, martəgənowo ya kamuwa-a ya kongawa-a, wondowo Baturega mbərsanəwui. Ajendanzə gəraata mbeji. Baturedə sawanzə jiddumye ba, kuru luwalamanzə jiddumye ba, məradə jiddumye bas.

"Jibril Bala Muhammadə ilumama ye, kambəlima ye maləm ye. Kəla ummabe fernonzə ilmuro walzəyen mbəllatə. Wuro wono shi kəndəga dunya-ben hakkunzədə jire-a ilmu-a mata. Nda bəlawuro Balabedə gonye konyewa.

"Nemjahildə nəmkaliaro saadin, ilmu nəmbero saadin. Ilmudə kəntəwo.

"Kərənnəuwadəro zauro askərngəna!"

13

Magəwa kozənadən Aminaye raayi laa kəlanzən kalakalaksəyin: Amro kəmbu yimiya zawin sandiro dulwudə yimiya, kəlanza ambazain. Cidinzə gana de kollatadə laadə takso, kamuwadə futu kəmbu bareye sandiro təkkəliyin, raksa bareza nyamadə yeksain. Kamuwa laa ye wanee cidinza gartəyi mbejisə takkono, kamuwa duwo raayi karapka kəlakəlledə kasatsain. "Kamuwa kəla kəlzainga………ca kamuwa karapka koksa sədiyadən razəgənza kəlza…… ya faluwadə ngəmzabero cidaza riwa zungunzabe……..kəlakəldə shima suwuramdəwo.

"Wushe, malama ," kowoye taktənzəga təgaskono, daji Fatima-a Bilkisu-a katəmo.

"Adə nyiro," Bilkisuye wono, Abulrasheedro bebi robaye reta ngərəgəye-a kazəmua dulibe-a cina. "Kanoro lengənadən adə nyiro kaiyuwuka." Na bozənadəro nguzəwu bebi faldə gəzəkkono. Abdulrasheedye karəgə kəjiro ngurngurzə kurtapsə cimowo.

"Danbaki nyiga lewazəna." Fatimaye dayintənaro gullono. "Bikka bəne wu nanzən."

"Shidə abigai?"

"Wai! kəlewanzə," Fatimaye sə nji wupkono."

"Nda Muktar-a Rebeka-a?"

"Sandidə kuwami yaye sawaa amma…" Bilkisuye wono ngawo sapsə yinzənayen.

"Amma abi?" Aminaye cuworo.

"Kaziginzəa. Shiga səraana amma shiga səraanagairo tiga sərayi," Bilkisuye wono. "Bayenno gana zau."

"Rebeka ye shiro njissə gənyi, təmanzədən wu-a Muktar-a wujir diyen sə dalil təwurro wuga ziyarashində nanka. Fatimaye tawatciwo. "Amma karəngə adə shiga təwurro ziyarajin. Shidə nəndəli-a nzəliwo ba-a tiga səta bas. Jirero, Muktardə nyiya duwo kəla nzəkkoye fəlezəyi, kuru adə shiwolla, təganasmaro Rebekaro."

"Kərma nda Rabi?" Aminaye cuworo.

"Ti kəlewanzə, kuru fero su Jamilaa səwandəna."

"Tiga kəlele Kulubedən rukuna, amma wuro gəmzə gənyi. Jirero solotenga raakəna."

"Aa, jirenəm, "Fatimaye manadə kasatsə kəlanzə gəzəkcinna. "Kəndəgadə danəm kəla awowa cilluwuben gadodəmaro gana. Kokoringe samno dawarngin amma futu Rabi nongənadən nyiga kəlakəltadə səraayi."

"Futu loktu farjində" Aminaye tafakkar cido.

Aminaye raayinzə kəla karapka kəlakəlbedən tiro guljiwo.

"Adə raayi kambaata, amma wu….Bilkisuye manadə tamozəyi kollono.

"Raayidə mowokəna, amma kənasarnzən shegənyia" Fatimaye wono.

"Abiro?" Aminaye cuworo.

"Rummaana, Galiwuwa duwo sədi aja adəben dawunadə-a kəryen dawuna-aye karapka adə kolza dawarnəuwa. Abi sadin yaye takkal sakkin. Sandidə nzəliwonza baro sorin, kuru faidanzə sorinba dalil ləmanza-a kəntəwonza-adəmaro tajirwaaro sorin."

"Fatima, təmangəna wuga asunəmi," Aminaye jirenzəro gullono. "Yafaluso-a duli cida ba-a lekurawa -a samma gənyi dawarngin, kamuwa gana bas. Dalil duwo fellawa indi adə suro ummaben kəlakəlza ummadero faidazainbadə rukəyi. Na-a hakkuwa-adə katenden kəlləm faidatədə liyewo."

Bilisuye kasudu gowono. "Kazaadalawandedə abima sandi-a am-a kəltəm faidatə saraayi."

"Ngəla. Awo rangnyena ngalwodə diyen." Fatimaye Aminaro tawataciwo. Samno Karapka Banabedə zandenyen. Wudə, cidaram Aragaljabedəro manaakin, kuru karapka sanyawubedəa zandenyen. Kuruson nandi-a ilmuwu kəla kəlakəlbe suro jamiyabedə-a dawarnye tadəwuin. Sandiye kazigiwa-a fuwuye-a karapka kəlakəlbebe kəlan bayen kəndoro kurnotain.

"Babanyiro manaake kungəna nanzən manyen, kuru raayi adə jarapnye ruiyen," Bilkisuye wono, daji pad kaltanbe mazə kawu ngawudiro dərijinno. Fatima ye culowo, kuru suro mintiwa gana laayen Abdullahiga gozə kadio.

"Kerma awo deyan gulləmadə Aminaro gulle," Fatimaye shiro mbujiwo.

Abdullahiye kəlanzə təksə mukkonzə kəmburamin fəskanzə zakkono. "Gulle, kərənyen," Aminaye hapciwo.

"Fatimaga nyiyadə kasangəna," kowo sarsarlan gullono.

Kamuwadə kasudu gowada. Fatmaye shiga kollono, daji deyaro səgasə culowo. Jamdə Abdullahi waltə kadio. "Koronyi mbeji korəkin," wono. "Nanəm isəmade nongiya raakəna."

Fatimaye shiga nanzəro gərzəgə wono: Yeiyanyidə nanzə laan Arawi alan kadio. Shidə Arab. Sabi kadiodə kətnzə nongənye au sanya sədənadə, amma wuro ada shi-a sawawanzə-a botowo sadəbedən napkada. Yeiyanyidə kasuwwuma ye kura adinbe ye. Shidə ilmua kitawaramnzə kura mbeji, kuru taidazə fomzəna. Babanyi, kərmaro ronzəa, jamiya Cairobe suadən kərawono, kuru cida nəmcimaye sədəna. Shiga lardəwa ngəwuro gake lengəna.

Yeiyanyi kamudə ye Arab. Tima fero fal duwo am sadədən napsanaye falnzaye sambunadə. Babanzədə shima kura ummadəbe, kuru dulinzə mewu. Yeiyanyi kamudə retanzə Arab retanzə Shuwa. Yalnzədə ye zauro adinwu, kuru dulinzə ləgar. Yanyidə Shuwa. Babanyiye kawu Cairoro lejinno tiga nyiyawono, amma ngawo walta isanaye duli casambo. Dulinzə uwu amma fal ba. Yaayanyi kongawa yakkədə Yuroplan kasaru cidazain, kuru sandi samma nyiyanzaa ye dulinzaa ye. Wudə feronyi fal long, kuru kuwamison kərangin." Fatimaye fotowa laa ngərəgənzən sutuluwu Abdullahi zauro shems-hemnzəadəro fəlejiwo. Adə kakanyi fuwurawa nzəa. Adə shi fuwu kitawuramnzə kura laaben. Shiye guljin, "Fato kitawuwa badə alama njim takkawa bagai." Adə kakanyi kamuye botowu sadəbedən. Adə babanyi suro Fato Bəlyen rokko kura lardə Amerikaben, adə shi Londonlan rokko Fəraim Ministaben, adə shi Tokyolan kakkadəwanzə nəmcima bəlinbedə cin, kuru adə andi Saudi Arabianlan. Wudə Shuwa-Arab! Jiliyidə kuluwu sadəben mbeji kərmadə sandi ndarason yaye."

"Kermadə am kurawanəmdə ndan?"

"Sandi Maidugurilan."

"Kuru feronəmdə?"

"Tidə nanyin."

"Nda sawawanəm gadedə?" Abdullahiye Aminaga cuworo.

"Rebekadə Zurulan kadio. Babanzədə dare kura. Guloriya də Zangon Kataflan kadio. Babanzədə barema. Bilkisudə Azarelan kadio. Babanzədə shima Banana Gumnabe kəryedəbewo."

"Sabi wuro hawarwanəm gulsəgəmin?" Abdullahiye cuworo.

"Tusshimba, nyiro hawar Ali Baba-a Barwuwa Figedə-adə gulnzəkin. Hawar Baba Abdullahibe suro Bənewa Arawi abedə raammawa?"

"Aa, tamtamnzə fangəna."

"Maana hawarwadəbe asunəma wa?"

"A'a.

"Daji babanəm kore njiro bayenzəgə," Fatimaye ci məməsshinnaro gullono.

"Korəkin. Zauro nyiro abkərngəna," sə səgasə culuwo."

"Yim laa wu-a Abdullahi-a zandenyena," Fatimaye takkono.

"Sadən wuga sətaajapəgəna, amma darye tamoramdə asuwono. Kəla kəndəga-a am-aben manaada. Wuro wono dunya adəlan am ngəla ye mbeji am diwi ye mbeji. Galiwuwadə ngəla, talaawadə batti. Wono galiwuwadə sandima ngəlawo dalil talaawadəga ambazain nankaro, hajiru lezain, sala sanzən selizain, ndalzainba, kazəmu ngəla-ngəla samin, kuru dulinza maarantaro sakkə nadawu salin! Shiye wono, talaawadə batti dalil sabison na galiwuben ngodozain, au kokoriza ndalzain, kuru awo galiwuwaye sadində raksa sadinba. Kuru adegaiyin wuga allanmgada."

*

Aminaye hetkwata kamuwabedən jerida kərajin duwo Boswajen Bitəl bəl isə dawono. Suluwu Fatima-a kam ngəlia laa-a sulsulandodən zəpsənadə najiwo. Sa Aminayero lezaindən Fatimaye ci məməskono. "Nyiro Malama Amina Haruna yitagatkəgəkiya raakəna" wono, alama kura lardəbedə kura lardəbe laa ziyaramaro yitagətsəyingai. Futu shiye sədənagairo Aminaye sandiga kapciwo. "Shehu Ilmube Idi Abdullahi, laccara jamiyabe, kuru ilmuma kəla karapka kəlakəben." Shehu Ilmubedə kəlanzə yitagatsəgə, kuru nadawuaro tiga lewazə. Shidə kuruwu, gurzam kuru, kazəmu taman kəskea, gəmaje bəl mukko kafuwua-a yange sələm-a.

Aminaye sandiga suroaro səkkə, kakkadə farakro kazə daji napkono. Suro dazənayen, Shehu Ilmubedə kowo kəjilaan mana badiwono: "Raayinəm karapka kəlakəlbedə wuga kurnzəgəna. Burwoman Fatimaye kəla Karapka Kamuwabedən bayen cəna. Haiyaro, cidawandodə tamtammaro gakin. Karapka kəladəlbedə raksə nasha naptəram jamabe-a razəgəbe-aben ummadən dunoa, amma lardəndedən awo karəgə kuttayedə, duno ba au ba. Ngaidənga raksə ummaga ngalwozəyin. Maananyidə, yafaluwa-a am gadə cida ba-adə dawartə kulowa-a, sanyawa gade fuwuye-a cidawa jamabe-a ngawana kəlza cidazain."

"Lamar kasuwube raktə kəlakəllan tunotin" Fatimaye kaanzə kəljiwo.

"Jirenəm, amma adə zauro tərwunna," sə jaawu kalakciwo, kəla kəla manabenzədən manajin njissəgə kalimawa-a raayiwa-a zauzau faidatində bayenjinba. Fatimaye awo gultənadə ruwojin. Aminaye sandi indidə fantayinro təmawono.

"Waltəke nanaakin karapka kəlakəlbedə ngəwusoro letəgəramwa gummatiben karga. Lardəwa laan shiga ngəlaro faidata fuwutəgə lardəbe kəskezəgəna. Lardəndedən, Aragaljadəro saa kadaro zauro njissaanyidə awo ashirre gənyi. Kazigiwande Aragaljabe galnyeiya raayenaga kəlakəldə shiro dulwu ngəlawo ba. Adəye bəladeyan burəm bərnyiro gawodə dapcin, kuru kazigiwa naptəram jamabe-a siyasabe-a razəgəbe-a ye dapcin."

Aminaye awowa guljində faidabaaro asuwonya tamtamzə baro wallano. Shiro zahiro gulzəgə cidajin la cidajin baro. Shehu Ilmube Abdullahidə shiye asuzəna ra asuzənyidəro njissəgənyi.

"Abdul Nasser, Kura Lardə Masarbe dinadeye wono, raayi kəlakəlbeye nəmlagənzədə am laa am bəladayason dawunan gərtainye kolza canji tənyibe-a faida-a tədinba. Nyiro baritəgəkin, karapkando kəlakəlbedə kazigiwa anyiga səwandin" wono, Fatimaga sakro surin. "Karapka kəlakəlbedə kazigiwa ngəwuro sulwu suwudin. Yafaluwa zaləmgata-a cidawu ganagana-a rakktə dawartə, au raksa kəlanza kəlzain. Sandiga fitəna siyasabe-a nəmngəriube-aman gənyi sandiga dapcin, sandiga nasha razəgəmen banazə kuru kəlakəlnzadə wurajiya, membawanzadə ye hangallazain........"

"Karapkande kəlakəlyedə kamuwa basye," Aminaye wono.

"Ademaga," wono ngawo kanadi cinayen, "kazigindo kuradə nasha am saptayen. Ndaran cidi awo adə baditəyedə fandəmin?"

"Nanyin mbeji" Aminaye wono.

"Ndaran kusunyi-a karewa barebe-a, mashinwa-a karewa gade-ada fandəmin?"

"Membawa laa karapka cidawube cidaram Aragaljabero manaakəna kuru wadə andiro karewa cidaye-a bana nzunduye-a sadinne gozana," Fatimaye jaawu kalakciwo.

"Yoo…." Wono, kurnotənaro.

"Abi maananəm?" Aminaye Fatimaga cuworo.

"Wato, kulodə de sulro sanatin, kusunyiwa məradətənadə sadin, nzunduwuso, dərebawaso,…….. gananzə yaye saaro. Bali minnan sətadə, karewadə agəriyen au samma taman kəskean yuwuyen." Fatimaye beyengono.

"Futu kəlakəlndodə dawartəye fasaldə diuwa wa?"

"Kəmaro kəladən cidanyin." Aminaye jaapkono.

"Gəle abi jenəwwuin?" Fetero cuwuro."

Showori masku-a babro nzəkko-a," Fatimaye hangallan jaapkono.

"Ngəla, showori maskudən nyiga banaro wu ye kurnotəkin," shiro tawatciwo, ngərəgənzə gojinnaro. Tandiga fajerrazə hapkatə.

Sulsulandodə lezəna kallan, Aminaye kasudu gowono.

"Showori masku falma ba. Susu wuga allamjindəro wuga tuskaano. Nyi mbejidə sa diyena. Ca kuwa shiga dunge waltəna! Maskusodə shigai wa?"

"Shidə am gadero wungəgəmiya ngəla. Gana yaye kasadənəm ardizəna, andiga kasatsə suru kawuliwa faidaa cina. Laccarawa ngəwuso abima nozayi kitawuwa karəgən kəraza akugai kərazain. Ngawo cidayen laanza ye hagalnza kumillan saaranzain, kəriwagai ferowa zaain; awo sandiga gadezənadə kəriwa zamanzaa sandi ba bas," Fatimaye sharhjiwo.

Aminaye kasudu gozə jamdə mana kəlakəlbedəro wallatəgə. "Təmangəna dama laa nadən fodungəna."

"Mana kura. Lardə adəlan dama kada. Kərənyin."

"Kamuwa samma raksa kəmbu dezain."

"Ngəla."

"Kərmadəro sandi ngəwu cida baa."

"Adəgai kalkal."

"Razəgə adə faidaten."

"Futubin?" Fatimaye cuworo, ti duwo kərmadə karəgənzə kəji ye shemshemma ye.

"Kamuwa laa kəlanza basro dezain. Awo duwo kəlnanyin dəganadə kasuwu duwo cidawa kamuwaro cə daji daraja kamuwaro cində".

"Asungəyi ."

"Awo dioro nyangənadə futu kamuwaga mange leza karewa misallo burodi wartabe-a, kəndərmu diobe-a təgərabe-a masabe-a kəmbu gade-abe mazain. Fatolan kəmbuwadə dezaiya kəlakəldəro sadin. Cidadəro tandiga biyazain. Daji futu gade manye kəmbudə sapsa saladiya tandiga biyanyem. Aminaye gana laaro dazə, awo gultəyedə tawatsə gənyi. "Futu yim nyi-a sawawanəm-a baga awodəye letənzədə tangin. Kərma kəranəm tamonəm lenəmin, amma wudə kuwami yaye mbeji. Diwalwa duwo kənasar fandenadəro gartaaye tangin. Kamuwadə lamar kasuwubedəro rəpkəgəkiya raakəna. Awo ringənadə kungəna ngəmndebe manyendega sadaalan kəla gonyen, loktunde samma ngodon bannayen."

"Aa, jirenəm."

"Kəlakəl adə naptə kəlanzəbero waljiya raako. Kəlakəl lamar kasuwubero njilarrataa duwo cidawa-a riwa-a suwudin raako. Kungəna fandendega kəlakəldə lejinba. Adəma awo duwo zamanwa fuwuye isaindən dikində. Kəmbu fallan kənasar fandaiya, gade jarapnyen. Cidi aja falben nasartaiya, cidi gade jarapnyen. Misallo, maarantawa gone, datəgəram saa baliyen bəladən maarantawoson nyanyi shago kataye mbeji kəmbu nəlewaa fuwurawa ndero kənjoro. Riwadə samma waltə cidadəro təkka.

Kamuwa ngəwu ilmunza ngəla kəla kurwunwa kaduwube-a futu fərtə kəskabe-a, lambowa-a fəlawa-a mbaza kəskabe-aben mbeji. Fuwuyenza adə faidatəke kurwunwa dawarza kəlakəldəro sakaladəyin. Tandiga biyazain…. Sokkudən Larai sandiro manazəyin. Kamuwa anyi kungəna duwonyi yalwanzaye zauro məradəzanadə sawandin. Futu kungənadə fandoyedə tangəyi amma mata badingin."

"Martəgəne Amina, jaraptədə abigai yaye wande na kəryeben mowomi, Batureben au membabi yaye kəntəwowuben. Kungəna harambe-a kungəna batti-adə raayiwa ngəla bannazain. Kungənanzadə fuwutəgə angəssain."

"Aa gulngəna." Fatimaye wono ci məməsshinna. "Son yaye, nyiro showori kungənadə bankilan mowoye njikin. Adəye maanazədə kungənadə nzərwotto ngəla məradəzəna. Andi kəlande-a am gade-aro rangnye kasuwunde diyendə tawatkəgəye. Kuru martəgəne ferowa Laraigaiso suro ci kemobe dutoyedəro rəpkəgənowo wande njasənəwui. Am zaman fuwube isaindəga tangnowo."

"Adəgai! Larai-a wu-a ngawon zandenyena kuru karəgənzə kəji. Kamuwa cidi ajabedəro, ba manatəgəne badizəna, kuru cidadə na adən jarapsaiya səraana. Larai-a malama laa sakandərebe sunzə Binta-a kitawuwa kaiyawa-a hawarwa korikori-a kamuwa cidi ajabebe ruwozanadə sapsain. Magə kəlele hawar botoye dawarzain. Adə samma raayi kaanza. Muktarro kəla kayawadə-a hawarwadə-a baktayen manazəyiya səraana."

"Adə dama ba"

"Hadija nonuma wa?

"A'a. Ti ndu?"

Tidə fuwura kam Bakarobe kəla ilmu kəmbuben dəgərinzə kənyakkəmiadə. Yim laa isəna raayiwanzə kada mbeji kəla nyamawa fatobe faidatə kəmbu ngalwotəgəyen. Na adəlan jarapciya səraana. Mairoa cidazain."

*

Sa kamuwa indidə fatoro walta badizanadə samidən fowo falma ba. Aminaye kəlanzə hapkononya, kwano fatodebeye shimzə zauro culorənya sakanwa gana alaaro shimzə kəmgono. Loktu adə shiro kausu zauwowo ba, am gana diwallan lezain, kuru am sədiya kəskasoben napsanaso. Kanyiso, dimiso, kuru gudowomso, kuwuiso gana laa kəm kafiyadən dazana, kəngakldə yukuruwonzə jezain, cinza kaata shimnza kəmgata.

"Kawudodə waltə raktinbaro waljin!" Aminye wono, sokku kədək-kədək hangallan lezaindin. Botowu fatadəben Rebekaa kəlakəllada. Tidə gəmaje liwulaye mukko kafuwua kwalanzədə hapkata, səket jeans-denimbe-a səmuna, suno karawiye səkkəna. Ci memessə Aminaga lewawono. "Kerma cidaram Nəlewaben kadiko cidawu nəlewabe laa kasatsana isa kempen kalimiye Səbdəa suwa sadin ada, amma dero gənyi."

"Ndawu turottin?"

"Ngəwu gənyi. Son yaye ba burwonye biyanyena."

"Adə zauro nəmngəlanəm. Ndan kungənadə ciwandəm?"

"Ngəwu gənyi, tamandə kəske."

"Kalimidə kəla abiyen? Fatimaye cuworo.

"Amma nyi somnodən mbeji." Rebekaye wono." "Zandedəro rəptəgəma kuru kərma korumin."

"Kanadi," Fatimaye kanadi cono.

"Kəla abiyen?"

"Dawukəriyen."

"Adə loktunzən." Aminye kowo ganan gullono.

Aminaye tawaa ba kate Fatima-a Rebeka-a abedən awo sədinma nozəyi. Tandiga solojiya səraana. Sa Rebekaga nazəgənadən tiye guljin fangono." Fajerrra, yim Səbdəa suwa turen."

"Fajerra kuru askərngəna," Aminaye jaapkono.

14

Kərmadə Aminadə kəndəganzədə kab-kab fasallata askər kərigəro dawarti-nyigai. Suwa cijia, ti-a-tadanzə-a kasaltain, njimzə fərazə daji hetkwataro lezə radiwo kərəntəro, au kitawuwa-a jeridawa-a kəratə au samno kəndo. Kajirisodə, maarantaden lezə darasəwadə surin. Awodə ngənəuwa amma tidə himmanzə, 'range dikində' nosknzən mbeji. Sokku maləmwa kamuwa ngəwu rəptaaiya dawarno kurwowu adə kambaijindəro nozuna. Kuruson adəma awo duwo hakkuro biyazə Karapka Kamuwa Bakarobe kənasar sawandindəro tawatsəgəna.

Lamarwadəro kəlanzə səkkinwosoro isə lamarwa kəndəga kamuwabe lezənaga sədin. Lamisəa kajiri faldə, adəma fatoro isəna, səmbarəna maarantan kadio, sadən Larai cirinna karawo. Feronzə liitarin rowada kəla kwasa kəla notunyiaben. Cirin, Laraiye kokorizə gullono: "Feronyidə bawono. Liitaridən care bawono." Aminaye tiga yitanyetsəgə, kuru dawariwa zahirdən tiga banazə dawartəro.

Səbdəa suwa, Aminaye faton culuwonya, samno kamuwa-a tadawa-abe fuwu fanzəben suru. Awo kərawoye. Sokku na Rebeka-a cidawu nəlawabe uwu-abero lejindən tiga tamtammaro lewaada. Rebekaye showori Aminaro tandiga kuwulizəye cono. Səraayi duwo, Aminaye loktu gana laaro kəla dawukəri gərtəyen manawono. Bakaroman gənyi amma kəryedə samman. Kuruson Karapka Banabedəga kəla bana taidaza sadənayen sandiro askərzə. Cidama Nəlewabe laaye gana gənyiro kəla faton dulwuwa dim tartəgə kwasadəye daptəyen manazəna. Sa manjindən Bilkisuye sulsulandonzə hangallan kərizə sak samnodəbero isə botowudən dawono. Fatima-a Muktar-a sulsulandodən soluwu. Aminaye karəgənzə badakkono. Kawulidə kərənzəyi, susudəro Muktar kaftan bəl səmunadəga ndalzə ashirmben curo. Njitinzəaro asuwono.

Aminaye dəmmaro liwula səraayi amma kərmadə kaliminzədə karəgə gozə cido, alamawa ritəye fəlezəyi. Del sokku tiro kalimi sadinladən Muktarye cidawudəga ngodozə shiga jezasə. Kemeranzə saurazə sandiro sadə wono. Kemeradə kadaro ratkono. Ngawo Aminan kalimi sədənayen kamuwadəye lairo tamu sandiro falfallo kalimi codo. Dulidəro kəllatəgənya Muktarye tiga nganzawono. Loktu gana laaro manazəyi dazəna, təgəndəyi. Samnodəga curonya kəlanzə təkkono. Sa hapsənadən cuworo, "Abigai kəndəganəm?"

"Kəlawayi futu rummadəgai cidangin."

"Nyiro Rebekaye ngəlaro njisseyin wa?"

"Aaah! Ngəla, rummaana, tidə sawande bas. Aa. Kokorinzə sədin," kokorizə jaapkono.

"Abigai kwanəm?"

"Kəlawanzə. Fato Majilaskubedən karga."

"Abigain kamuwadəga kargau? Wahalaa?"

"Adəgai gənyi."

"Adə ngəla. Nyiga jeridandero kokorəkiya raakəna kərma….."

"A'a, Kema gənyi wane abadanro."

"Abiro?"

"Ranginba."

Sadən nduso kəm cido. Aminaye nonguzənaro shiga kəla hapsə wuwono.

"Muktar abiro njitinəmdə kəmnəmi? Nyiga sandəyi."

"Kəmnyin, fato naakiyama," Muktar ajapsənaye wadəwono."

"Danbakiro gulle kaanzə ye kəmzə!"

"Ha ha. Shiro nyima gulləmnge gullin, amma nongəna sədinba."

"Abiro?"

"Fatimaga kozənaro njitinzə səraana."

Kasudu goza am gadedəro kəllataa.

"Kusu adə kasattinba. Naijeriyadə ladoye gənyi," Muktarye sa zandezaindən guljin fangono. "Sandiga shirəwunyen, kasanye andiga nəmkalia zamanbero sakaladayinba."

Fatimaye Aminabero lezə awo waajində bayenjiwo. "Gumnati lardəbedə, sədiya kazaadalawa ngudiwa kibla baa adəye Hukuma Gənano Dunyaben kusu gozain, kuru andiye raayende…………….."

"Mairoye təgassə samno tadawabe laa fəlewono. "Kamuwa laaye kongawa-a tadawa-aro kalimi kəndodə dapkada."

"Ndusoro kalimi tədə. Tadawa-a kongawa-aye" Aminaye mbujiwo.

Kausu dawudə kempendə dazena. Muktarye sulsulando Bilkisube nganzənadən, Rebeka ye ci məməsshinaro lewono. Aminaye kəla dawari kalimibedən askərzə kuru Rebeka ye tiro tawadə duwo fuwurawa dəye awo raksana kənasar Aminabero sadinye co. "Am sandiro kalimi tədəyi dəro Səbdə baliyega dawarnye lenye diyen. Rebeka ye wono sulsulandonzəro səruwosəyinna.

"Muazu Danlamiye fomwa Karapka Kəlakəlbedə səmbəliunadə Shehu Ilmube Idi Abdullahiye na laminbedəro mukko səkkin. Maananzə karapkande kəlakəlbedə mailaro babro təkkəna" Fatimaye tawatciwo. "Muazuye fuwurawa aragaljabero manazəge kasatsana banazainsana."

"Askərayena. fuwurawa ye adəgai banawuro walzainno nongəyi." "Laa walzain. Kazigidə nzundu fuwuyeaye sandiga mbauzəna, kuru am raayiwadə dulwu kəndoye nozayi. Awo laa bəditiya sandiga tənyi saptin."

"Abigai. Kate nyi-a Rebeka-adə?"

"Kəlewa! Yimta bəne jamiyalan sulwu diyena. Təmangəna naa kozənaro lamardəro cijiwo. Nzəliwo baro fanyin kuru nduma Muktarro fattaa səraayi. Shiga zoligairo səraana nankadəro awo zahirredəma nozəyi. Awodə zauro kalangai kozənadəro karəngədə kamye su Muktardə sətaiya boliro sukkuruyin. Abi sədin yaye dajin-duno səkkinba, abima raksə sədinba!"

"Kuru Guloriyadə?"

"Hmm! Guloriya-a Danladi-a katenzan manaa. Shiga nyiyajiya səraana amma am kurawanzəye wala kərazaa-adinzə falzə, dalil ti Kəristan nanka."

"Adə dioro dawartəna wa?"

"Shiga zauro səraana nankdəro abi yaye shi nankaro sədin amma am kurawaye kalaktəgənzədə saraayi , amma Məsələm nyiyatənzədə dapsayi."

"Awodə samma tərwun."

"Aa! təmangəna amzə kurawadə hujjanza ba. Islamro gawodə məradətənyidəro njeskada."

"Nda Rebeka-a Muktar-adə?"

"Aa! Adə mana adin tuskaatabe. Am kurawa nzədə maamaladə dapsayi, haiyadəro tiga zauro saraana. Amma am kurawanzədə, mana tiye Məsələm nyitayedə saraayi. Am kurawanzədə lamardə asuzana nankadəra kokoriza nəmgade adinbeye maamalanza kolza lejimba Rebeka-a yanzə-adə zauro katenza karəngə kuru tawaktana. Rebeka ye mazalnzədə jireyedə am kurawanzəbe tiga yokkada kəla ti-a Muktar-a maamala kəndodə mbu sənayen. Muktar ye kuwami yaye nyiyadəro dawartəyi. Muktardə tiga səraayidəro nongəna. Kazigidə mində Rebekadə Muktardə kəlamanzə gənyi."

"Nda Bilkisu duwo?"

"Fero saa! Təmajinzədə karəngə adəmaro darajanzə cidaye hapcaa, kuru karəngəro nyiya sadin."

"Nda nyi-a Danbaki-adə."

"Kamande raayena, kuru am kurawanzə ye karəngə adəmara tadena maamalandedə kasatsana. Am kurawanyidə gadero susunyiro awo sadinba. Wudə be!" Fatimaye tokkorratə.

"Adəgai kəla nyiyaben manayen. Wanee badiyaram kəntagə baliyen ndəpnyen.

"Hai, ade hawar kəji. Ndaran nyiyadə diwuin?"

"Fato am kurawanyiben Maidugurilan. Daji Lokojaro lenye durwanzəso ruiyen."

"Haiyaro awo adə jengin kuru nyiya herbe."

"Zauro askərngəna"

Kowo Alhaji Harunabe fangatə. Rasheed gozəna zəgalinzən shimalo harrata. "Kuwami yaye wuro kalimi sadəni," sə gullono .

"Magə baliyea kempen gade mbeji" Fatimaye wono.

"Wudə zauro kəlewa."

"Galiwuwasoma ye kwasawaye satain, nonuma."
"Sandi ndu?"
"Təmangəna nonuma."

15

Kəngaldə samidən ba sokku duwo Aminaye-a Hauwa-a shilan Kulu dondi fanzənadə ziyraro colowo. Sokkudə sa salabe diwalsodən nduma ba, biya wulakwulak kannumbe na adən tudundə gənyiga. Diwalwa sarsardən nuwaza, daji kuru diwalwa kura-kuraro sokkuluwu. Fatowa yipkatadə dawononya fatowa kura-kura gorun dəriata dandalwa tusubegairo njiskataa. Aminaye suronzabe nəmshawanza-a nəmagalwonza-adə takcin. Kasamdəma kala kəngaliwube-a nəmsandi-abe.

Kulu-a kwanzə-a fato jili adən kasaru, fato shoro samibe mafəndi laa, danganzə sube kəska kəli fafajinna. Aminaye cinnadə karəngononya, kəriwa Alsatinbe kururam diwi-diwia indi sambutainna tiga kaduada. Kannuye shim Aminabe-a Hauwabe-a culoronya shimnza kəmgada. Kəriwadə sambutain ye cinnadəro gəptaain ye, kowo Kulube lasfika laskataadəmben fangatə. "Martəgənowo jenowo, isəkin."

Ngawo mintiwa gana laayen, kowo suwuramwa suro sələmbedə nuksain, cinnadə nuksə daji hainzaro Kulu culuwo. Kazəmu bənebe kuruwu səliki liwulaye səmuna, hangallan saknzaro isə, toji rozəna. Cinadə fərəmzə tandiga dozə amma Aminaye kəriwadəro jinjir fəzəgə sə.

"Abiro rinəmadə?" sə Kuluye cuworo.

"Kamsodə mbərsangin amma dabbasodə mbərsanginba."

"Təmanəma fanyin nyiga tajirwaro haakinwanəm?"

"Bali kausu ishen sokku duwo maigadisodə cidalan. "Fajerra," Aminaye hangallan wono, nyanzə kəriwadəga gəreta letəye ba.

Kuluye gozəgə gənyiro kəriwadəro jinjirn fizəgə. Sambutudə kolzana kuru kərma ngawarenza zaandin. Kusotowanzə tamuna kallan Kuluye waltə cinnadə kokowono, bayenjin.

"Kor adən barwuwa ngəwu. Hangal gənanəmiya, kəmət shimbedə, kamlaa njilaksə gayin." Kəriwadə sa-salan am kozainwosoro sambutaain. Jamdə Hauwaye yilzə kuru fuwuro səgasə jene baa kowono. Kəri faldə farzə jenedə gərzə təmbərnzən wuiyono. Kuluye ci kəribe kuradən səmowu Hauwaro gəpsəgə, shin, "Nyirodə bikkezəyin." Kusur kannua siminti təkkənadə, fəlofanzəsoadən kədəkkədək leyada. Cinna kənindimidə karəngadanya, Kuluye cuworo,

"Abiro sulsulandolan isəwui?"

"Shilan lengiya raako. Abiro?"

"Ca cinnawadə injiinlan kangiya daji sulsulandodə na adəlan dajin," Kuluye bayengono.

"Kanadi, nongəyi , " Aminaye kanadi cono.

Ngawo cinna kənindimiye kokozəna kallan, Kuluye cinna shitiro zutəyin kazə ngawo njimmo tamunayen kokowono. Sunonza linzə kuris təlaladən napkada.

Njim tusubedə farak ye, kasamma ye kuriswa zauzau-a kurnowa fentibe zauzau-alan zayegata. Kuriswa fal-fal mewu, uwu-uwu shiti-shitalan, wutain. Botowunzadən kuris kura laa, tewur gəlasye kop sənanabe-a kolo buwu tafabe-a. Kasamdə AC indidəye amusa fitto sadəna, dawu njimbedən kələsəwa launu gade-gadea ferrata. Gorudəro fotowa Kurawa Lardəbe kurebe-a kərmabe-a lugataa, kuru kurno fentibe Alhaji Ibrahimbe kura laa kare folobe səmuna kəla fərben, guworam dinarbe rozəna. Foto fuwurawa be dawu-dawu suro fəremnben laa ye kaffan bəl samuna, zawa bəl koksana botowudən "Karapka Tadawa Maaranta Bakarobe Kurebe" fetero sediyadən ruwowata.

Kuluye botun ratsə cidamadə bowotaro.

"Abigai kərmadə?" Aminaye cuworo.

"Ngalwo. Ngawodəm zauwono. Adəmaro karəgənyin taidangəna moduwangin." Luwuran Kambo kaata kəla bidiyonyen gənaatadə fələzəgə. " Alaro wuro kawu ngəwu sho kəji ləman wuro shina adəbe fange."

"Abi liitanəmbe gulzo?"

"Abima gulzəyi, wuro ngəlaro tusunge wono." Fatimaro tatapciwo. "Təmangən wulan kwasa bu kəmbaye mbeji. Ala wuga gawurzə Shima abiso nozənawo."

"Abigai kwanəm? Aminaye cuworo.

"Kəlewanzə amma manyiwunzəa. Karno hukumawa sənanabe karəngnzəna shi jamianzəro kempen sədin. Karno balibedən kuris Majilas Rashidiwabero dajin.

Cinna wutaində fərəmza Alhaji Ibrahim-a cari laa-a katəmo. Alhaji Ibrahimdə kam sarsar datə rakka, kulwu bəl fokke səmuna kuru zawa kime koksəna. Kuris təlaladən napkono, caridə ye botowunzən sədin napkono. Alhaji Ibrahimye tajiminzədə kəla tewur gəlasbedən gənazə kuru tafa tussəgə caridə ye goro nzəgatcin.

Aminaye shima buruwon Alhaji Ibrahim lewadə səraayi. Zandenzə karəngəye radiwolan sədənadən tiga zahirro gumnati halafcinsə zorzəna, kuru karapka kamuwabedəro angəsa suwudinsə kashi zuwo.

Njimdən nduso kədək. Kowo fantində illa nukta agogo gorubedə. "Wusogo kənshero," wono ngawo tafa gərzə fətsənaye.

"Kamunəm dondidə lewaro kashe," Aminaye wono.

"Ti jirero dondi gənyi. Samma kal, askərngəna kənshendoro. Ah….erm….. abigai karapkando?" sə cuworo.

"Kəlawa."

"Sa loktu fandəmiya nyiga rukiya raakəna. Karapkawando banabedəro buwuwa shangawabe yena. Are nuwando moye." Ngədə tafabedə kolodəro yirzəgə, "Ngawo shangawadə mowomayen wuro yim laa gənanowo kamuwadə kawulingin. Sokku tandiro buwuwa shangawabedə yikinalan tandiga kawulingiya raako………"

"Abiro?" Aminaye ajapsənaro cuworo."

"Kəla hakkiwanza-a hakkuwanza-a faidawa demokəradiya Nasarabe-a kəla karno hukuma ganaben futu kuriya koltəgə-aben tandiga kawulingiya raako."

"Kamuye raksə karnoro dajin wa?" Aminaye cuworo.

"Dusturye dajin wono amma zahirdəro ngaltema waazəyi kuru na adən waajinba duwo, karno adə-a fuwube-ason.

"Kamuwadə yimza jeza," kadaro kəla gəzəkkono.

Wayadə bakkono, kuru Alhaji Ibrahimye wayadə kowo notunan gənyi jaapkono.

"Kəma Mai Ala Shi Kambo! Allahu Akbar!," ngawo zande kuruwuyen kowo feten gullono.

"Sulsulando Maibedə isəna."

"Ndu manajin?" Kuluye cuworo.

"Katiwu Gumnati Kəryebe."

"Sulsulando Maidbedə jilibi?"

"Limosin təganasro Generl Motors Americabeye citando."

"Sulanlandonzə ndawu?" sə Kuluye cuworo.

"Mewu," wono kasau gana zajinna.

Alhaji Ibrahimye karəgənə kəjizə, kuru dadatə baro manawono. "Amina, sulsulandonyi magə bikabega isənadə rumiya raakəna. Yim Maibe sulsulantdnzə mailadə yuworo lengənadən kaiyuwuko. Marsandi kəla katin zaktinna kuru zauro kəji, amma nadimtənyidə diwalwandedə batti. Son yaye, shidə sulsulando gənano, kuru ngəwuro faidatəkinbadəga, saa ganaro dəgain. Wudə kamunyigai gənyi bantegai sulsulando fallin. Ah! kamuwadə dəmmaro tatinba. Nonuma wa Kuluye ku susulando-a bərezia-a cuwiya, kawu bəraziadə faljinno sulsulandodə faljin?" Kasudu kura gowono, tafa gade tussəgə kuru cuworo, "Amina kwanəmro gulləm nyiro sulsulando cuwinba wa susu nyiga kəriza fomzaindəro?"

"Shilan kadio," Kuluye kwanzəro wono.

Kasudu sasaranyiro gozə duwo, wono, Aminaye lezə Golf Clubdən sunzə babro səkkə sə showori cono.

"Wudə manyiwunyia cida kamuwabe dikin." sə jaapkono

"Amina" jirenzəyero wono. "Awowanəm dimində gakin kuru nyiro showori jirebe njikin waltəne tangne. Jirero awo duwo kamuwadəa duwində ardingənyi, tunda nyi kamunyi gənyidəga range nyiga kalləgəkinba au mbugəkinba!"

"Alhaji, showorinəmdəro askərngəna amma awo dikin nongəna kuru show-orinyi fanəminnna wuga kolle," sə jaapkono.

"Nyiga kollinba, awowanəm dimində cidanyi nəmkatiwu Hukuma Ganabedəga gana laa lejin kuru gananzədə wu Məsələm." Cizə Dawono. Kawulidə Aminaro kuttu, təganasmaro sa caridə ci məməssə kəlanzə gəzəksənan. Alhaji Ibrahimye wono, "Adində Islam, maananzə cotto dawu jenəm kənjo. Kərawo Kəma Mai Alabedəro dawu jenye yen. Karapka kamuwabedə kurawa adinbeye cotto kasatsayi. Futu rangənaro sandiro bayen dikəna dalil duwo andi lardə demokəradiyeben yaye, awo dimində kuwami yaye ada kərizəna.

"Rui Amina, nyi kwanəm zauro galiwu. Abiro awo duwo njinaye tamtam fanəmi? Yafalu kamuwabero zəktədə nyiga ndaramaro sadinba. Abima rangnəm dim kəndəganza faljamma ba. Adəma shiwo, kuru adəgai dəgain. Ummandən kəndəga duwo Kəma Mai Alaye andiro sadənadəma dəgaiyen! Awo adə wande falləminnəm sanəmi. Kəma Mai Ala bas kəntəwonzə awo faltəyeawo. Awo andiro ngalwodə nozəna. Awo fal long! nanajiwo, "rangnəm dimində, bana-a kashimo-a Alabero moduwa diye."

Cari botowu Alhaji Ibrahimben napkatadə kasatsənaro kəla gəzəkcin, kuru Kuluye cizə dazə kamuwadə njimnzəro gozə cado. Bidiyondə səkkə, ACdə kazə, wono, "təmanagəna kawu njimndə zayezanaman isəwui."

"Awowa anyi ngadə ndaran cawudo?"

"Lawulewadə Faransalan cawudo, kələsəwadə Morokolan cawudo, diyal njibedə Amerikan cawudo, kurno fentibedə Italiyan cawudo, karewa kannubedə samma Japanlan cawudo."

Kuluye Amina-a Hauwa-adə njimdən kollono, kuru samdə fero cidama tərelan fəlet indi zakkata, kopwa gəlasbe-a kalwo njibe-a cokkolwa-a gozəna isə karawo. Kəla tewur gana laayen gənazə Aminaga lewawono. Cizə lejində Aminaye tiga rowono." Abi na adən nyiro waazəgə?" Shiga cuworo tunu bəlin dawunzəbedə fəlejinna. Ferodə jaaptəro rizəna, amma Aminaye səmanadə Kuluye fanjinbaro tiro tawatciwo. Daryenzədə manawono, shimnzə sak cinnabedə wujin ngawo sekan ganayewoson.

"Bika, tarelan kəmbu kəriwabedə juwuko daji Kuluye wuga bakkono," nunuksə, səgasə culuwo.

"Amina-a Hauwa-a kədək sadəna kamanza lawarain. Bəridəro waltaana zawin duwo Kulu wallatə.

"Kasuwu dioro showortəma wa?" Kuluye Aminaga cuworo.

"A'a, kuwamison. Kamuwadəa cidanyendə tamtamnzə fangin."

"Wande loktunəm bannanəmi. Loktudə kungəna, am Amerikaye ada. Kamuwa adə njesəne kasuwu riwaadəman badine. Mana adə nyeskam wa, 'suwama kafi kəntawo' sanadə?"

"Karapka Kamuwabedə kuwani yaye tiwal kuru wuratənze-a kərtənzə-adə raako."

"Shilan abima fandəmba. Loktunəm-a ləmannəm-a nzundumnəm-a kəla am duwo dəmmaro asuzainba au kəlanza ngalwozaainbalan basarnəmin."

"A'a, kəlanza rozain kuru riwaa," Aminaye wono, ti kəlanzəma tawadənzə sətayi yaye."

"Futubin?"

Loktu laaro Aminaye kədək cido, jaawu duwo Kuluye ardijin majin. "Kwandesoye kamuwadə jamia kermailandə karzaiya saraana. Təmangəna nyi-a kwanəm-a sanyaram kazəmuye garnəwuiya raauwa, daji kamuwadə cidawu alwoshiaro walzain."

"Adə dama ba. Nyi hangalla ye fuwuyeayero nongəyi !" Kulu kurnotənaye wono.

"Abigai feronəm?" Aminaye kəla manabedə falzə.

"Kəlewa tidə zauro hangalla."

"Fasalnəm duli gade yemboye mbeji wa?"

"Aa mbeji, amma dalil wu manyiwunyia nanka. Range suro-a kasuwu-a kəlnyinba. Ku saanzə uwu feronyidə surondə ngore kasuwunyi ngərəmngərəm fijin."

Kuluye folido yikko badiwono kaiya nowata laa yejin, kəla-a dəmbər-aso gəzəkcinna. "Zaman duwo ferowa ferowan bowozaində kozəna. Kərmadə tandi awo robaye bikkeyeso ngərəgəso. Sa wu jamiyaladən farngəna. Kərma yaye kuloblan farngin." Dawu njimbedən hangallan farwono.

"Wuro gulle, kwanyi ye kulobalən farjin wa?" Aminaye cuworo.

"Koitanyi, adə cinyin fanəmba. Kam laa gadeye gulnzəyin. Loktunzə ngəwuso nasha foloyen. Kwanəmdə bikke foloyen. Kwanəmdə bikke foloye nozəna amma fərwanzədə duno baa ye səmba ye."

"Bəlamashisodən fərwa mbeji."

"Amina nyidə talaa ye jahil ye." Kuluye kasudu gozə wono.

"Ferwadə lardəwa deyaben sawudin, ngəwusoro Ajentinalan. Njuwonza-a kudonza-adə dala dəwu kada. Sandidə amba təganasbe, kuru kəmbunza təganasbe, məli təganasbe AClan rozain kuru liita bittinariba sandiro njissəyin."

"Folodə bikke tajirwaa ye zau ye, kuru kungəna duwo fərwa anyi casawu, sawudə kuru njissaaindən raktə marantawa gartə kuru masəlahawa gade yero tin au kəmbu-a kazəmu-a am kənaaro tin," Aminaye gulzəyi mburo wallono.

"Nyi mana siyasabe badinəm. Wudə siyasama gənyi," Kuluye wono Aminaga gərazənaro wuyin."

Ngawo adəyen, leyada.

Fatodən, Laraiye Aminaro wono ti ba duwo Fatimaye tiga ziyarazəna sokku duwo wazənanzən lamar laa kazigiye nankaro lejindən. Abdulrsheed letcin.

Aminaye kazəmuwanzə falzə botowunzə bowono. Njim sələmdən awowa gadgade kada taksəna. Kulu-a kwanzə-a kəndəga nyamaben dawunadə taksə.

"Sulsulando zau-zau jili-jili casawin, fərwa dala dəwu kadan casawin, baitəmballan kungəna gozai sokku liitariwan kurunwuwa balan. Fanza tamanna amma maarantawa gana. Kulube kwanzədə andiga dosa lenye shangawa gonyero. Wai! lardə talaa galiwu! Abiro lardə alama kaande adəgai razəgənzən jama-a razəgə-aso mbejiye shangawa lardəwa gadeben dəgain na amdəma sandiga ngodomaro sadəna mowo nankaro lairo tamin? Abiro katiwu Hukuma Ganabeye kungəna nashanzəro aluzana gozə kəlanzəro sulsulando cuwin? Abiro Mai bəlabe lardə talaabe miloniyawa dunyabea gaska sadin, bəri sulsulandowa sandiro zauwo baso casawin? Kərma shiro maara samibe casawin!

Jilibin kam jilinzə adəro nəmngəla təmazain sokku duwo talaawanzə kəna-a kwasawa nowata-aye cejin? Aa! Awo laa na laan bannatəna?.

16

Cintən dunya gərgərjndəye alamaram nəngəliye fəlazəna kəntagəwa kozənadə zauro kawudoa, amma kundurodə tusshimba sudurin. Fowosodə kurwowu təgət samiro rotaana, kasam səgashinba. Adə kunduro kurwowu burwoye. Amsodə kundurodə meradəzana. Kasamdə hamzəna kuru fatowa ye hamzana; baramwa-a kəmadumwa-adə sambluwu; korin kamne, kundurodə məradətəna sədi ajabe adəro ro bəlin nzəkkoro. Kundurodə amro faida kadaa. Kumbi kəndəganzabea letəgəram tiloa.

Nəngəlidə loktunzə kət ba. Kəməndedə, kuregai, kundurodə letiro kadio, adəro amso sala njibe solwu Kəma Mai Alaro saliza. Məndedə Mai-a kurawa adinbe-aye amsoro gulza soluwu ngawo bəlaben saliyada. Awo tasaranadə shima ngawo salaye kadən nji sudurin, amma suduruyi. Ngawo kawu indiyen, karapka adinbe laaye wono kawarwadə wutə wurtəgənamadə taasa. Awo tasaranadə kawarwa wurratadə fowosoga duza lezain. Soluwu caasha, amma kunduro ba. Kawu kənumumidə karapkawa adinbe raayi zaua laa zanga-zanga dawarzə suro bəlaben zawaarwa-a mbalmaso-aro bətərəm cado. Fatowa mbalbe-a hotelwa-aro leza am surobega babaksa kumilwadə samma kakallada. Zawarawadə njimnzan sandiga tai daza bakkada. Karapkawa raayi zaua adəye ada nəmbatti-a nəmkasa- nəmtawar-a nəngəliga waharzaain. Ngawo sala njibe magə india kunduro cuduro.

Aminaye fowowa sələmsələm sapta samilan de sul napsanadə curunya moduwa cido. kawudo-a nji ba-adə gənyi kaziginzəwo. Tadanzə dondi. Takkadən dazəna deya wujin, sabi Alhaji Haruna fatoro ishinno. Shiga kawu kada suruyi kuru kərmadə isə tadanzəga liitariro sadiya meradəzəna. Dərebanzə ba kuru raksə fatowa Majilasku bedəro tiga dozəyin raksə lejinba.

Yimdə Zəma, bonewane ye hangallan ishin. Aminaye sa dərebadəye shiro Alhaji Harunaye kajirjiya wayan manazəyin sə wadə gozənadən karurutinzə-a kaime farnzə-a tatara. Abdulrasheedə loktudə lejinwoson zauyin. Kurwun shiro sadənadə yulokkono. Kajirwono, fowowa sələmsələmye sədi ajabe samma təmgada. Tadanzədə kərma taidazəna lolojin. Dərebadəga ngodozə sandiga Fatowa Majilaskubero sadə sə. Amma dərebaye wono taya sulsulandonzəben kasam ba. Njimnzən napkada, hagalnzə nga tuskaata awo kəndoye takcin. Fujiwo takshiro gaam tiga Fatowa Majilaskubero letəye gota səraayi. Təmanzə samma kəla kənshe Alhaji Harunayen karga. Kasam dunoa səgashin, bərbər təwun səsangə, takka fuwunzəbedə zaksəgə. Nukta kasambe deyabedə fanjinba.

"Abigai kərmadə fanjin?" Laraba, kamu kəmindimidəye cuworo.

"Kuwami yaye, camaro zauwo," Aminaye jaapkano.

"Shiro kurwun yimma wa?"

"Aa, amma yullokono. Alhajiga jengin isə liitariro lenyen."

"Nji fitə karəngnzəna, wanee ishinba," sabisoro shi manyiwuzəa shin."

"Ya Ala, Martəgəna Alhaji zuwane kərma, sə Aminaye moduwa cido."

"Larabaye tiro kwaya laa sa sə galawono.

"Nda Hauwa?" Aminaye wono.

"Tiga yeiyanyi ferobero notukəna."

"Futubin kwayadə yuwuyen?"

"Duli laa deyan mbeji"

Aminaye Ladan bowozə, kəska saltamadə. "Martəgəna cemisso lene kurwun adə yuwe," sə shiro kungəna-a kwali de-a cono. Njimdən tadanzədə borkon zakkata. Dunya suwallatə, radə dunoanye səkkə sədi ajabe samma lolowono. Aminaye rizəna kuru ayawa laa Luwuran Kambon kərawono.

"Lorusa, isəkəna," sə Ladanye cinnadən yillono.

"Kude," wono, tadanzə duwo yulokcində rozəna. Landanye tiro kurwundə cono. Sawartə lejində Aminaye ngodowono, "Martəgəne, shiga rone shiro kurwundə yike." Tada cirində gowono. Kopro nji fizəgə, kwaya fal gozə Ladan tadadəga rozə sə, kwayadə cokol shayibero nji zəmzəm reta fizəgə yitənzə jewono. Sa ci Abdulrasheedbero nji cimdə fizəgənadə gərastə kuru kairo. Suro radəbedən Alhajiye Jummai bowojin fangono. Ladandə hangalnzə zatəna kuru rizəna. Aminaye Ladanno tawatciwo kwanzəro bayen sədin sə.

"Abi waajin?" kowo Alajibedəye səkkə njimdə lolowono.

"Abi fatodən waajin?"

Aminaye kurwundə tadanzəro cin. Abdulrasheedye kurwundə cim yindodə səraayi kuru yulokcin. Shiro nji zəmzəm cinadə naadəro ca. Cizə dawono. "Abdulsheed dondi shiro kurwun yikin."

"Abi tadadə sədin, diyalnyi bannajin?" Alhaji Harunaye gəraataro yiljinna Ladanga fəlejin.

"Kurwundə cuwu kadionna wuro tadadə rozə kurwundə shiro yikke woko. Indisodə range dikinba. Rasheedə cirin ye yamattin ye." Bayen sədə Abdulrasheedga na Ladanben cimowo. Ladanye naadəro cizə lejinsə badiwono Alhaji Haruna shiga dapkono.

"Abiro njim kamunyibero izunu kwanzəbe balan karaam? Landanna cuworo.

"Tiga banange wono wu ye banaako," riyataro gullono.

"Nyi kattuwuma" Alhajiye yillono.

"Jire," Aminaye wono, Abdulrasheeda kokorizə sasajin " Kəma Mai Aladə shadayi. Jirero bana bas dikin……." Maskala feli Ladanben falye cinzə zakciwo. Ngaworo tallono.

'Wallahi Tallahi, wudə tiga bana bas," sə kokorizə gullono.

"Cinəm zakkəgəne," Alhajiye wono nəladonzə fəlejinna, shim halakcinna. "Su Alabe faidatəm kundonəm diwidə gəratəro." Aminaro kalaktəgə lannaro, "Fomnəmadə fangin duwo ku nyiga mukkonyin citako."

'Alhaji, Wallahi Tallahi…….." sə Ladanye ngodowono amma ngələwu duwa la nganyinzədən napkono. Talzə cukurowo, ngurgurjinna ngodojin. Sa Alhajiye tiga ngəwuro zauro baksənadən, Aminaye karəgənzədə shiro fuksəyinno nozəna. Karəgənzəga ranzə wande zauro badaksənyiro hangallan tussə suro ritənzə adəyen sadən hangallan tadanzə diyallan gənawono.

"Alhaji, Martəgəne asune, Hauwadə ba, Rasheeddə zauro dondi, hangalnyi tuskatəna. Su Ala-a Kəngayam Tahirbe-an………….."

"Cinem zakkəgəne," sə yillono. Ka cinzəbe gərraataro təgəndin: "Awo adə asungəyi " Tiga rapkono. Ladan səgasə cinnamben suluyin curo sa so badizənadən. Alhaji Harunaye waltə tiga rapkono. Raptə kənyakkəmidə nguzə kowono. Cagəwanzədə mutkata. Mukko gadedən tiga rapkono. Fəskanzə zaksə kairo. Bakta faldə suronzən napkono. Nguzə, kəla ngawonna tallono. Suro sekan ganayen bakta indi kəlanzəga ciwondo. Mukkonzə indiso faidatin. Cidiro cukkurowo, kəlanzədə kabotdəro yeljiwo. Nji duro badiwono sami njimbedən ganga zajinnaro, sasalan suwaltin radə ye koljin.

"Kwanəm, kəma fatobe darjatə-a adawade darajatə-adə liye. Samman samində Kəma Mai Alaga darajane! Kərma waltəkin."

"Andi dəmmaro bigənde ba." Səngetcin, amma shi ba lezəna.

Na kəlanzəbe sərəndində lewono. Abdulrasheed cirində rozəna, daji Talata-a Larabe-a Hauwa-adə njimdən, Aminaro gangantaana tiga banaza cinəm datəro.

Kundurodə katəra, fərelma təwurro koljin. Alhaji Haruna waltə kadio nji tigənzən sakcin. Kamuwadə curunya, tandiga njimdə duzə colowo.

"Təmanəma sədawunəmdə kongawa njimyiro done bannazaro wa biya-woko?" Fuwuro hambətkatə. "Abi manəm nyiro njikənyidə? Abiro wuga zahirro nonguro yikkəmin? Adə awo darajabe."

" Wudə bigənyi ba ye kəngayoma ye……," Aminaye langurotəwo.

"Adə jere gənyi…."

"Alhaji, tadanəm dondi. Wune……..nyiro dərebanəmbe gulnzəgə gənyi wa?"

Cinəm zangne! Futubin tadanyidəro tawatkəgəkin?"

"Ya! Kəmanyi, Alhaji, wande adə gulləmi! Shidə kaanəm! Martəgne andiga banane. Martəgəne banane. Nuin!" Aminaye taidazə languragatəgə.

"Adə shima afunəm daryebewo. Waltəke nyia nəmbattiro zangəgəkiya, nyiga fanyin dunge luwun diwallan fomnəmin."

Aminaye awo waajində sasarayi. Shiga riyataro surin kuwami yaye dajinbaro cirin.

"Nyiro futu kwanəm kəngaye yikəlikin" wono, nguwama duwo nguwama lagə səwandəgai nanzero ngərəmjiwo. "Ngar adə rui" dayingataro tiro fələjiwo." Təganasro kamuwa kwanza zaayi-a jire ba-aro catando." Hapsə suwudə ngawonzən gənawono. Aminaye zau tigəro gayin fangononya buruwu səkkə shiga mayewono, amma ngar gade camaro təwurro fijiwo. Ngardəro katəro kokorizə kasaro amma na cinna dəgana nozəyi. Kabotdəro yallatəgə, daji təlam ngardəye botowu shimzə wofilabedə bakkono. Suro azawu adəyen shimzə indiso kəmgono, kuturamdə baksə cukurowo. Cinəm datəro mbəllatə, amma Alhajiye tiga dawumben cita, kuru awo daryebe Aminaye fanzənadə fəskanzə gorudəro yalzəyin.

Sa njimro isənadən, njimdə sələm cinnadə kaata. Deyalan kunduro dunoa-a kasam-adə fanjin. Amina cijin sə badiwo, cinnadə zaksə tadanzə zaktəro majin, amma raksə dajinba waltə cukurowo. Bowata moduwajin. "Ala, martəgəne kam laa note wuga banazə" Shimalonzə cinjinna zaudəma gugurzə diyaldəro lewono amma raksə zəwainba. So Abdulrahseedye ganadə fanjin, amma raksə shiga nazəyinba. Ya-a tada-a suro sələmben casarin. Zaudəma ci cinna bedəro ngurngurzə lezə yiljin bana majin, amma kunduro fətcindəye kowonzə kolzə fantinba.

Aminaye dawu njimbedən bowata kowo Larababe yiljində fanjin. "Ya kəmanyi, shi ba, Rasheed bazənal!" Aminadə hangalnzə tuskattəna, kamuwa fatodəro saptaaində lawarjin. Larabaye tadadə rozəna, yiljin kuru cirin bana mataro. Larabeye Aminaga banazə cizə datəro, kuru shimzə kəmburamdən surin adəgai duwo Abdulrasheedye yintənzə daryebe yingono. Diyaldəro sukkuruwu səngetcinna karəgə kuttaro, Talata ye kamində gozə njimdən cutulowo.

Darye fazənadən, ngawo tiro kam laaye kurwun cinadən, Aminaye awo waazənadə sasarayi. Təmanzədən kənashinro, amma sadəman abi bannatəro taidazə kəla yirzəna, ca abi sədə tajirwa adə kalzəyin. Sokku kamuwadə tiga yitanyetəgəro isanadən, kəlanzə zaksə sandiro lenowo, shin, "kərma ngalwongin." Alhajiye futu naa kozənaro awo adə sedəna-a lamardə asutaro wazəna-adə asuzəyi. Moduwawono, "Ala wuga kəndəga kəla notəyi-a kame far-a tajirwa-an səkkaye. Wuga kərmu kanjimali-a am kanjimali ba-an səkkaye. Sabiro nosku ba-a rangata-an dəgakin Ala, abiro kəla ambero tafakkar-a asutə -a zuwanəmi, njistəgə-a kərawo-a karəgənzaro yikkəmi?"

Botowu shimzə wofibedən bu kərrata, ka cinzəbe fuzəna, kuru shimzə kime, kuru tigənzə samma tunu. Dunonzə cinəm datəye ba, diyallan bozəna səngetcin. kəlanzə sərəndin. Kəlanzə mukkoro gozə cirin shimalodə cinjinba. Yanzə-a tadanzə-a badəro cirin; kwanzəbe tiga kanjimoali baaro baksə tiga suwa battibattin bowozəna nankaro kairo. Dalil ti fatodən fujiwo-a nzəliwo ba-an kargadəro kairo. Bowata bəne farai ləgaranna zəmjin, dalil ti kəngayoma ye bigə baa yero nozəna nanka.

Magə indiro, Aminadə suro karəgə za-a awustə-aben karga. Awowa bənedəye waazənadə kəlanzən njessəyi ye bəlin ye. Tidə jaawur amma dunonzə ba. Danyinanzə-a futu dunonzə-a karəngənzə-a ti-a tadanzə-aro fuksəgənadə takso. Tiga səkkə kəngayoma-a bərzəm-aro walzəna, duwo. Bəne tudun tai areso fallo ci məməskono, amma zamanzə gənyi yaye. Foto tadanzə maitubedə curo, kuru adə shima yin burwobe duwo cirənyidə. Kumbinzə gana, kəntagə arakkə awo laaa, kuru kərmu karəgəreben bawono. Sa tiga Alhajiye bakcindən moduwanzəsodə taksə, sokku duwo kərmu mazənadə. Rasheed bazəna amma kəndəgadə karga.

Shimzə kimedə shimalodəro suwalton sa takkadəro lezənadə. Fowosodə sədiyaro rotaana, kuru kasam amusu səgashin. Zaunzədə fulutəna yaye, shimalodə səgeshindən futu sədə kərmunzədə kəlanzəro gayində takcin. Abiro kəndəga dunyabedə tusudə? Abiro kərmuro rigaiye? Amsoye abi nəmkəladon riwaza? Nəlado-a karəgə diwi-adə hal tada kambe wa?" Kam watə-a njokkuno-a kamanəm njezo-adə cida nduye? Ala au Kam?

Shimalonzə cinzə fuwu takkono. Dəptə majinba sə showorratə, amma na sətanan dəgain. Tiga dəpciya ndu tiga nyiyajin?. Babanzəbe burwozə tiga cina ndara lejin? Nanzə sətanan dəgain, amma dunonzə samma cidanzə kamuwadəa sadindəro cin.

Fatimaye ci ngəlaro məməsshinna gawonadə, Aminaye cinzə fuwuta-a fəskanzə dadaskata-adə kalakkano. Fatimaye ajiwadəro ca bat kasudu gojin.

"Rasheed bawono," wono, jaawu duwo alamaramzə ajawaye fəlazəye.

"ABIII!"

"Napne nyiro gulnzəkin...............adə hawar kuruwu kuttu."

Aminaye awo waazənadə samma zuwuto. Fatimadə zauro tiga gəzəksəna. Aminaye tiro tunuzəsodə fəlezəgənaman sasarayi. Aminye karastənzə kwatiramdə tiyero, kuru awo raksə guljində shima "Adə nəmjahil-a nəmzaləm-a," wono, kawu so badijindəro.

"Wande shiwoltəm," Aminaye wono, shimalonzə kaltəgəro mbəltin. "Zadədəro ngalwongəna. Adə awowa kadarratabedəye falnza. Amma Fatima, kəndəgaro yimbarəkəna, kuru kəlayi maro nongungəna; futu wuga azawazana adəro nongungəna. Awo waazəndə asutəro kokoringəna, amma mowonzəyi. Tunudəma awo awuskata, futu wuga waza azawazanadə. Təmangəna na adən wudə kusoto, dunya adəlan nduso wuga wazənaro fangin, abiso wuga wazəna, nsuma mbərsangənyi............." dazə fetero kairo.

Sa Aminaye adəgairo manajində fanganya, Fatimaye shimalonzə-a Aminabe-adə cingono. Sawanzəga dunoazəgə kuru tiro waltə tawatciwo. "Sa karəgənəm kuttua, au malaya laa rumin au kasəmbanəmga duwo watə fəletadə zawanzə." Amma wande kolləm lamardə mukkonəmmin suluwuyi.

Kowo Alhajibe fangadanya kamanza wugada.

Ci məməsshin karawo, kuru ngərəgə rozəna. Fatima cizə dawono: "Lengin," wono.

"Wu nyiga dungəyi," Alhajiye wono ci məməsshinna.

"Wu gulngənyi. Cidawanyi gade mbeji."

"Babanəma Lagoslan na samno jamiabedən tadena."

"Lezənaro nongəna."

"Karəngəman loyaro walləmin."

"Maaranta loyabedə tamongiya duwo," Fatimaye wono. Alhajiro sawartəgə shim dəgə cado. "Awo duwo Aminaro dimmadə zauro tigənyi hamzəgəna. Tidə kamunəm cirnəm gənyi. Tidə nyigai adamgana. Awo dimmadə wanee suro awo tiro dimmayen sandiro nongua ye awustəa yewo ba. Nyidə kaziginəmma. Sokkubi yaye kongaye kamunzə bakta kalkal sə takciya konga adə karəgəa gənyi amma kəlado ye kaiwu ye. Kamudə awo kərawoye awo baktaye gənyi……."

Alhaj Harunaye tiga kamzəgə wono, "wande muga fanyin lansəmi."

"Wudə luwukin! Caman biya nyiro kəlanəm fərəmtənyi bas gultəgəro……"

"Lene wuga kəlewan kolsəne," se yillono. Fatimaye lewono, Aminaro guljin: Karəngən nyiga ziyarangin, Amina. Martəgəne wande ngəwuro tangnəmi wande ngəwuro yirimi. Tajinyi moye. Ala Kəma Mai Alaye ro Rashabe səmowu."

Alhaji Harunaga kurudə Aminaga yitarizəgəna. Watə laa kate ti-a kwanzə-a abero karawo; kam watədə halnzə gənyi yaye, kuru kokorizə tafakkar battti-batti kəlanzən tandodə katəro. Awo duwo waazəna adə kadarudəro kokorizə kəlanzəga tawatsəgəro, kuru kasatsə səmowu. Sadən loktu gojiya raksə shiga ngəlaro faljinno təmazəna. Ti raksə dalil duwo abiro tiro hal fətezəyində raksə bayenjinba.

Karəngəji adə halnzə falzəna. Tiga ziyarazə amma kəla təlam faltaanayedən manazayi. Ngewuso kəla kasuwuyen manawono, kuru awo mana suwudində suwudəyi. Aminaye kokorizə abima waazənyigairo fələzəgə, kuru, napsə abi guljin yaye kərənjin. Adəgai sadin, katenzadən tawaa tawattəro kanadizana.

Dawu bənebedə kuru Aminadə leccin. Alhaji Harunaye yilaan cinnadə zaksəgə. Rokko bowadaro wallano ga, adəma yim burwobewo kawu zaadənason. Aminage fawono, kaimenzə sələmbedəro riwono "Abigai kərmadə fanəmin?" cuworo diyaldən napsəna.

"Kəlewa" wono, kowonzədə ganan taptawiga kowono.

Alhajidə manadə dawarzəyi yaye, Aminaye shiga ngəlamaro fanzəyi dalil awowa waazənasodə kalakalaksəyin. Shiga ngaware shimben surin sitinzən bozəna. Abima maanaa manajinba, mana reta-reta-a kalmawa runza-runza-a manajin, Sa tigənza indi tadənadən so badiwono.

Cidawa Karapka Kamuwa Bakarobe futu fasaltənaro tədo. Karapka kəlakəlbedə Amina ba duwo kaulunzə sayetkada, kamuwa gade yakkə ye cidinza faidatainbadə nzayero codo. Karapka Banabedə, 'Sərwa Yitakərtəgəye' kaulu sayetsə, kuru karewa ajibe-a kitawuwa-a karewa gade kəra gultəgəbe-a cuwu.

Awo duwo cidaro sadənadə kərmadənga Aminaga kurnozəgəna amma yaye cida "Bakaro Kadawu Ba Rotaye" dawartənaga ngəla sə tafakkar cido, sokku duwo diwalwadə kadawuaro asuzənan. Loktu adə kongawa rəptaanaga ngəla sə tafakkar cido. Duliso yero nawa buduadə bareza, kuru kuluwuso baraisodə katti-a cira-an sambuliu. Kamuwadə fanza-a, diwalwa-adə fəraza.

17

Kausu suwabedə takkadəa rezə kozə fəska Aminabe kənəmmadəga lewono. Wasam səkkə tangatə. Zauro suwa am gana soluwuna fomzain. Bakarodəman adəma dunya wazəna, kuru Aminaye takkadəro lezə farakro kawono. Kasam amusu kəji laa karawo. Suro fatobero gawu, tultə kəmolonzə yokkono.

Darye sokku ti hetkwata kamuwabedəro lejində, samno kongawa-a kamuwa-a duli-a gade dotə Sərwa Bakaro Kadawu Baro Rotayedəro isana, kuru karəgənzə kəji. Guloriya Aminaga fuwu samnodəben ci ngəlaro məməsshinnaro lewawono. "Abiso sauratəna," Guloriyaye wono, " Rebekadə duba gariso mataro lezəna."

"Abi nyiro waazəgə?" Aminaye Guloriyaro tatpapsəgə botowunzəro tiga gərjiwo. "Taidanəm ngamnəma?"

"Hawardə kuruwude" Guloriyaye jaapkono. "Yim fal nyiro gulnzəgəkin."

Aminaye fuwurawa laa ngawo tewurben taswira Bakarbea curo. Futu malingowa gade lanəm kəmaduwudəro kəltaaye manazain. Karapkadəye kuranzadə sunzə Nathaniel sə kəlanzə yitagatciwo, shi fuwura fella Bəla Fasaltəbedən, kuru awo sadində bayenzə.

"Cidadə zau wa?" sə, Aminaye cuworo.

"A'a, amma tamtamma."

"Ndu lajin?" sə Aminaye cuworo.

"Kongawa nadəyedə," wono, bata kongawa mukkon lateramwa-a tewurwa-a bairowa-aye fəlewono.

"Dulidə Ilmuwu," kowoye wono.

Kasudu gowada. "Nandi ilmuwuro nongəno," Aminaye wono.

"Rummaana, Malama," Nathanielye badiwono, "Malingowa anyi na fallan kəlnye kuru njidə na gadero kalakkəgəyen" Taswirdən fəlewono. "Amma kazigiwa laa mbeji."

"Abiso?"

"Karewa ba. Awo duwo diyenmadə malingo sədiya sədibe lanyen."

"Abiro na adən njidə kolləm lejiya kuru na tudun kalakəgəmba wa?," tiye wono, taswiradə ngulondon zəgainna.

"Kəma sədimaye wawono."

"Ngəla, fasal ngalwodə tangnowo kuru Ala sa dio," tiye wono, kuru na Fatimayero kərma isənadə lewono.

"Adartədə ardingəna," Fatimaye wono. "Adə kawuli kəlakəlnəmbe, nyi runəm gənyi. Amsodə nyiga sararana kuru mbərshezana, kuru adə sandiro luwo gulləmiya soluwu abi yaye sandiro gulləmiya sadindəye fələzəna. Andidəga sabi yayero kəlakəlndə nyiro yen! Sabi yayero botowunəmmin danyen!"

"Wudə zauro adartədəye dawunyi namzəna" Aminaye wono. "Kuru awo gulləmadəye wuro kəla fuzəgəna. Zauro askərngəna!"

"Abigai Kənza Fetetek?" sə Fatimaye cuworo.

"Kəlewanzə. Karəngəman Saudi Arawi aro lejin."

"Kəla awo nyiro sədənayen kanadi cina wa?" sə, Fatimaye cuworo.

" Yoo ………… Futubiro gulngin? Naa kozənaro cidoro kasatsəna amma afu mazəyi," Aminaye kokorizə wono, shimalo tənyi shimzə damngono. Cingono.

"Ya Ala!" Fatimaye, ngurngurwono, karəgə kuttaro kəla gəzəkcinna.

"Sandi samma tilo."

Kamanza wugada, Aminaye sapsə yinzə kəlanzə hangallan gəzəkkono. "Wande shiwoltəmi. Ngangin. Awodə kozəna……..gargam."

"A'a! kandi gone, wande kolləmi."

"Abiro Sərwa Yitakərtəgəye kaulu sayetkau?"

"Sa nyiro awo adə waazəgənadən, tafakkar cidiye Rasheeddə ba yaye, karapka kamuwabedə wande nui."

Kajiridə ba fəratadə dazəna, kuru Amina səmbarəna, awo sədənadə kəladə suru yaye kongawa-a fuwurawa-adə malingowadə dəwutələs lazaində kajiri duwo tamowada. Sadən samidən gana fowowa shersher sadəna, ngawo sala mairuwuben kunduro dunoa badiwono. Darye mətəra kadio. Kasamye takkadə yelzəgə kuru nji fəttəgədəye njimdəga gəzəkcin. Kundurodə sa kadara cuduro daji darye nym-nyemiro wallono, hatta dunya waano.

Suwadə, Aminaye loktunzə kəmoloye ba daji azalzənaro culowo. Kəngaldə wural, kuru suwadə zəmzəm. Bakaro samma zəga curo. Am tadəna ngəwuso tiga daraja-a mangər-alan lewagada. Amso abi sadin yaye daza tiro askərzain, kongawa-a kamuna-adə tiga zazakasain. Diwalwadən njiboneso, braai njiaso nowatadə ba, njidə suro malingowadəyen falalajin. Bakarodə kadawu badə yasaramba, kəlanzəga kolzə tokkorratə.

Alhaji Haruna Saudi Arabiaro lewono. Amina faton runzə long karga. Loktu-loktun njimnzən suluwu deyan napcin amma tiwalwaso, duliso surindəye tiga zəkcin, kuru ngəwusoro runzə napcin, takcin. Sa bənejiya diyalnzən bozə taidazə cirin. Kəra bas tiga sasajin. Kəndəga am gadebedə zaunzə fanjin, tiro kazigiwanzə ti runzə gənyi səwando sə takcin, kuru gana-ganan karəgə kuttanzə-a bonenzə-adə lezain.

Yim faldə ti-a Larai-a kulo kəlakəlbedə ziyaragada. Kate borowabedən lezaindən kangale ngawulibe tiro datən kuruwuwo lewono. Kamuwadə tawadəro ngulondowanza kəli. Bəndər baman kulodə cikko. Adə yim gargambe ye njestinba ye, kuru Alaye kawunzə kolzə awo adə shadazəro moduwa cido.

Fatodə karəngadanya Rebekaa kəla kəllada. "Nyi-a kamuwadə-aro zəye təmatəyi laa dawarinyena," Rebekaye wurmawono.

"Abi?" sə, Aminaye notəro azalzəna.

"Səbdəa Bakarobe Balte Nəlewabe dawaryen."

"Adə ngəla wudə abi dikin?"

"Futu notənadəgai kamuwadə sapnəmin. Kərmadə ngəlaro cidane. Fatimaye rəptəgəmi mbu wono."

"Adə ngəla."

"Ah! Kuruson, none diya Muktar tajirwa gana laaye səwandəna."

"Kərma shi ndan?"

"Faton səmerin."

"Martəgəne wuro shiro moduwanyi gəmgəgəne."

"Dikin," sə Rebbekaye wadə gozə azallataro culowo.

Yim Səbdəa, Amina-a cidawu cidaram Nəlewabe-a Liitawa-a, Naswa-a Duba Gariso-a Rebeka-a fatowa Bakarobe ngəwuso ziyaragada. Am dondiro kurwun sadə kuru showori kəla nəlewaben codo. Ladəadə Amina fawono tigənzə duno ba kuru səmbarəna. Kausu dawuman ti kəla diyalben duwo Bilkisu-a Fatima-a tiga ziyaragada. Cizə napkanya arakkəro wadissha cikko. Ferowadə kasudu gowada. "Abigai Rebeka? "Aminaye doiro cuworo.

"Letcin duwo kashe," Bilkisuye jaapkono.

"Kənasar kura," Aminaye kowo ngəlaro fantinban gullono. "Amma zau. Dunonyi ba kuru yimbarəkəna. Dəwutəlas lengin ye manangin ye," tidə indiro sasəra kuru wadissha waltə cikko.

"Kərma gaska wadisshabe dunyabedən nyima kəlaworo walləmin" Bilkisuye sulijiwo.

"…………kuru sunəm bab *Guiness Book of Records*dən ruwozain," Fatimaye cirra.

"Amma," Aminaye hapciwo" Adə ilmu zahirbe."

"Abi ngulondonəmga səta?" Fatimaye cuworo.

"Kəmurso laa banange fəraminzə kamjin duwo duwawoko, tidə raksə sədinba. Zauro kamzəyi. Wande shiwoltəmi. Kamudəro karəgənyi kuttu. Runzə njim buduben karga."

Aminaye suluwu, kasaltə kuru kazəmunzə fallono. Darye sandiro kamuwa laaye kəla liwulaben awo sadənasodə guljiwo. Kəmolanzə yoktanzə kallan Fatimaye wono, "karəngəman suro jamiyaben samno kamuwabe diyen. Susunəmro kəla Karapka Kamuwa Bakaroben manayen. Kəla cidawa gadeyen karewa laa sapnyena, kuru nyiga korowa laa koreiya raayena. Rebeka yimdəa lezə cidadə bayenjin."

"Wangəyi" Aminaye karəgə kəjiaye wono.

" Kempen bikabedən darasəbiso lim?" Fatimaye koro burwoye cuworo.

Aminaye sauratə, kərmadə ganamaro tiro mbugəgəm manadə rizənyi. "Nyiro nganzawadə burwon gulzəgəkin," wono, ngawo kəm sədənayen. "Fatowa ziyaranye nəmkadawu banza ngalwotəgəro kuru dero kurwun kənjoro. Fatowa ci filəgarra kozəna ziyaranyena, kuru kongawa-a kamuwa-a duli-aro kurwun diyena…….andi nashawa sandiro fakkarro badən, nashawa duwo duli degə tatambiya fal kawu saaro bajinlan. Liitawaye ada adə dalilnzədə nəmjahil yasobe-a nəlewa kəji ba-a. Nji kənzabedə kəmaduwun au baramson sawandin, kuru kwadazainba faidatain. Adəma səkkə kolera-a kuliwa surobe-a ngəwudə.

"Kamuwa ngəwuso kəndəga kuttun kasaru kuru adəmaro ngəlinzaro dinzanawo. Awo asungənadə fatowa battidə nəlewanza leyin, kuru sandi sənanadə saptəm kəndəgadə sandiga aziyajin. Bika, duli ngəwu kannuye au nji kannuaye warzənaro kurwun diyena au hawar fanyena. Liita laa tadamiye kuru wono yal laasodə njim fallan kasaru, kuru nadən kannu fuza kəmbu dezain, kwasawa yintəbe sandiga sətain dalil kasam bayen."

"Abiso kazigiwa rumadə?"

"Kempendə yilayilan badigaiye, dalil kongawaso laa liitawa-a cidawu nəlawabe-a wusazain , kuru laa ye liitawa-a naswa-a kamunwaye bas kolza kamuwanzaga sorin au kurwun sadin sain. Nonuma liitawa kamuyedə zauro gana. Ngəwuso, maananyi sandi lardəro ngənəptaində kərye adən gənyi kasho. Kazigi təlambeye səkkə raksa kamuwadəro manazainba. Adəma səkkə ngorə kowonyi luntin."

"Abi kəla nəlewa amben gulləmin?" Bilkisuye waltə cuworo.

Ilmu nəlewa badiyarambedə muhim. Kwasawa kaltəyin kada mbeji amma kuttunzədə kurwun tədinba, daji kwasawa kəskedəma kurwowuro walzain. Showortena awwawa ilmu nəlewabe gultəgəbedə yiraiyen. Awo karəgə kuttaye faldə kwasawa raktə təkəmerəyin alama kolera-a shidada-adə am lorujin təganasmaro duli. Liitawaye ada, kwasawa nəlewabe kamuwabe ngəwuso kasəmba saawuwo.

"Ilmu bikkabedən, mizan nəlewaro njistəgəbedə kəskelan am ngəwu lezənadə range gullin amma am laadə kowonzama kozəna luntin," tiye manadə kasuduan tamojiwo.

"Ah! Awo fal nyesəngəna," Aminaye wono. Gumnatiro showori yena shara korro njistəgəbe kokciya kamuwa ngəwu galazə leza magə-magən dəriza soru. Hukuma ganadəye wadə kalwowa budu fitaaye kənjoye gozəna. Dawariwa laa diyena liitari sədi ajabe zaksana saa arakkə kozənadə waltə kanyen. Naswa indi kasatsana ci-cilan kajiri leza amro kurwun sadin. Fasal jiddumyero fanyim njimwa laa liitari jamabero diyen. Kokorinye liitawa-a naswa-a ngəmndebe manyen."

Amina gahawanzə wupsə. Fatimaye tep gana laa suwudə na daryebe Aminabe zandezənadə səkkə fanzə nəmagəlanzə tawattəgəro.

Aminaye ajapci. "Zandedə teplan gonəmin wa?" tiye cuworo.

"Aa. Abigai Rebekabe cidadə?" Fatimaye cuworo.

"Dama ba. Wandaful. Jirero taidazə cidazəna."

"Tidə ngəla amma raksə tafakkar sədinba," Fatimaye wono

"A'a, Kasangənyi," Aminaye wono. "kundonzə ngəla kuru cidanzə ngəla adə faine.

"Rebekaye kokori futu bika duwarram bumadə bayentəye sədin. Abi waazə?" Bilkisuye cuworo.

"Kamu ya falu andiro kəmbu co. Kamudəye wono kwanzədə dondidə kəntagə kada kuru kurwunma ngəwubero lezana amma səmerənyi, daji Alaro moduwa dioro badiyada. Adəma gənyi, kungənaza liitari kngənabero letəye ba. Daudau kempendeladən Alaga taidazə suworu sandiro banama zuwazədero kwanzəro kurwun sədəro. Sa duwo kurwundə dero shiro codo sanadə, bat sukuruyin.

Kwanzəga ngəlaro wugada. Liitaye kurwunwa ruwozə shiro kungəna coko. Liita faldə shiga ziyarajin duwo hatta ngalwojiya sə wadə gozəna. Kurwun məradətənadə biyangəna. Bəridə batti amma shiga kurnotəgəro juwuko. Rebekaro zauro njitta."

"Kamudə memba karapkadəbe wa?" Fatimaye cuworo.

"A'a kwanzəbe tiga gaworo dapkono."

Zandedə awowa gadero kowono kuru Bilkisuye wono sawanzə laccara jamiya mashidən tiga suro magəyen ziyarajin wono.

"Ndu adə?" Fatimaye cuworo.

"Tiga ngəlaro nonuma. Hajara Fella Adabben, Tima tartiptəma Karapka Kamuwabe Jamiyadəbe."

"Daji kambəlinde dazənyidə gonye konyen," Fatimaye wono. "Mənde, samnonzaro lengənadə suwuli fallan luworo tiyero. Tidə faidayin dalil kamuwadəro lacca sadin."

*

Darye kajiridə, Kuluye isə Aminaro lallezəgə. Sa Aminabe tadanzə bazənadə ti lardədən ba.

"Abiro kwanəmbe nyiga Saudi Arabiaro sadəyi?"

"Wawoko. *In sha Allah*, sa hangallnyi tilojiya Hajiro lengin.

"Amina nyi adə zolide. Ca dama awo ngəlangəla yuwoye fandəmin. Wanee nowumiya, Alaye am Saudibega ləman ngəwulan bargaazəna, dinarsodə butu, Rangnəm na adəlam yuwum ladəm riwa ngəwu bumin."

"Amma awowa cuwin sə wadə gozəna.

"Nda njesshiyawo?" kongaso nonuma. Kungənanzə ngəwu, surodən kambijin. Abiro shiga bananəm yurottəwui?" Aminaye jaapsəyi. Karəngəman Saudi Arabiaro lengin, kudə rokko lenyen. Kamuwa gade ye yadəkin. Futu wuro dinarso gonəmində-a riwanəm-a fasalmen.

Aminadə datə baro tiro mana kalaktəgə-a shaktə ba-anzədə ajapsəyi. "Awo laadə kalkallo wunye," tiye wono. "Sa shartəwa adinne kamildə nonge kuru adin nankaro Lardə Tahirdəro lenginlan duwo.Wudə ksauwu yero gənyi au kare nyiro gota yero gənyi lengin! Yim Saudi Arabiaro lengiya hajiro bas."

Aminaye kurwunma bəladeya Dimbiye kaiyado kəla Alhaji Harunabe fondoye moworo lezandə taksə. "Nda kam adəye timinzədə jarapnyewo," tiye kəlanzəro guljiwo agogonzə dinarbedə turinbaro tawattəgəro memezə duwo.

"Agogonyi fatsəgə," Aminaye Kuluro wono.

"Kurwunmadə ziyaranye." Kuluye tənyi showori cono. "Agogodə gənyi amma kurwun Alhaji Haruna yim ishiya fondoye mowoyen.

"Adə sulsuladonəm bəlində wa?" Aminaye deyan cuworo.

"A'a, bəlin sai" Kuluye dayingataro gullono.

"Zauro kəji," Aminaye wono, gawo napcinladən.

"Adəmaro ciraako," Kuluye jaapkono belnzə səyerinna.

"Səsangə hapkata."

"Nda Marsandidə?" sə Aminaye cuworo.

"Cotto gənawoko."

"Abiro matowa sabiso falnəmində?"

"Adə tamtamnyi."

Mana baro lezain. Matodə kotorowo katakauye farzə kozə kattiro gawo fato kamdəbero leyada. Shidə kafuwu ngamdə shim bəlaanna. Sandiga ngəlaro kapsəgə.

"Sawanəm Kuludə wuga mbərsasəna." Aminaro guljiwo. Nanyiro ishində ku saa uwu. Dalil nyiga suwudənadə nongəna: nyi-a kawanəm-a taidanəu tələn faltəuwa kuru awonəm laa tamanna fatsəgəna. Nyidə kamu jirea ye karaskata ye amma am karəgənəmye bannamaso mbeji."

Kuluye zanzəsodə tawatciwo. Burwodə Aminaye rizəna, amma suro dowodowonzə sədinyen wono jirero agogonzədə ndalzana sə. "Wuro gullowo," kamdəye cuworo, "Alhajin nguron, kam laa gade njimunəmro gaana wa?"

"A'a."

"Amina dane duwo," wono kuru kalmawanzə laa ngəlaro fantinba gulazə wulinzə jeyata launu kadaadə kəriwono. "Aa! kərmadə felezəna! Kanu laa, kanu kənyakkəmi. Tidə kəndəli dalil Alhajiye nyiga ngəwuro ziyarajin nanka."

Sa manajindən, Aminaye kasudu gotaro majin. Manazəyi, kattuwu kanjinsodə ajapsəna. "Ndu gade agogonəndə mangərzəna?"

"Kekema laa sunzə Stella."

"Daji tidəma."

"Amma ngaltema njimnyiro gawonyi," Aminaye wono.

"Daji kamu kənyakkəmidə. Waltəne lene tiro gulle wu, Alhaji Hadi nyiro tima agogonəm ndalzə ngulnzəko. Wudə lardə kupson wuga nozan kəla awo gulngiya kalkalyen." Kuluro sawartəgə, "rukindən kwanəmdə kuwaemi yaye ferowa maarantabe majin. Kəska adə kəlngəna, "Tiro awo laa kakkadən kərkərrata hazəgə cono, "Kəmbunzəro indiro figəne daji tandiga njessə nyiga sərayin."

Kuluye ngərəgə kungəna gozə shiro cono.

" Sai karəngən nzurukiya kuru martəgəne hangallan lene," lezaindən tandiga galawono.

"Luwamanyiso karenyi isənadə gulləgəkiya raakəna," Kuluye wono, kasuwu kuradə nganzaada. Sulsulandodə fuwu kasuwubedən gənaza colowo. Tiro runzədə, Aminaye kasudu gowono. Fatimaye larawumaso duwo kaiyodo kurwunna-a kabudiwa-a kəskəska-a amma amro showori de sul sadində abima nozaiyi sənadə taksə. Kurwunzadə abi nankaro amso sandiga soworin dalil sandidəma ritəa-saman-a nəmjalil-an faidataində.

Kuluye sulsulandodəro waltə karawo. Ngodoma kaa isə Aminaga kungənaro ngodowono amma Kuluye shiga duwono.

"Gəmsunde, dane nyiro awo laa gulnzəke," Kuluye mana badiwono sokkudən diwalwa sarsardə zaana Bakaroro lezindən. "Karəngəman sanyaramde kazəmuben cida badinəmin. Ngəlaro kokorine riwa bui. Futu rukənadən kamuwa anyiben abima fandənba. Nyidə kurwowuwa am gadebe gotaro zauro gana ye shawa ye. Rui futu amso tamtam kəlanzaro fanzaində. Dəmmaro wande kəlanəmro tamtam kəndəgabedə dapnəmi. Rui, kam laaro walle. m Ummadən nanəm nyiga sandəna gotadə mbu.

"Kostonwa laa wuga Kanolan haripsanadə nonuma wa? Sabisoro karewanyi gotaro lengiya sandiga yuwukin amma karəngə adə kungəna ngəwu maada wuye waako. Karewanyi gotaro lewokoinya wuga haripkada, kuru kuranzamaye ngawonza cita. Duli batti anyiye wuro awo adə sadənadə. Nyidə kasuwu badinəmiya kanjimali fəlenmin nongəna. Wande dim! Sa awo karəgəa lejin ishiya gərane alama agogonəm dinarbe barwuro gəranəmingai. Nyima barwudə au ndalngada-bas. Futu burwon nyiya galangənagai, ləman mataro mbəltəne. Kanjimali baaro walle, diye kuru Alaro moduwana. Nyiga gawurjin."

"Nyi kwanəm galiwu. Futu Alhajiye sədi kamuwadəro cinadə səwandənadə nonuma wa? Yafalusodə duzə leyada. Kamuwa gana ye shawa ye dəwu kada amma nyigairo sa sadənyi. Nyidə kwa galiwu fandənadə sa dima. Nda nyiga dəpciya, abi dimin? Kazəmunəm dinzənadən nguron abiwo fəlenəmin? Fuwu taktədə mbu!

"Kwanyibe dazəna guljiya, ngəla. Kəlayi lan dəgakin. Ferno dunoa fandəkəna. Kamu galiwudə raksə tilonzə dəgain kuru kəji fanjin; tiga darajazain kuru abatsain. Kərigə fuwubedə zau. Gumati kare bəlla bəlində bənemben miliyoniya kada sətandin. Kəla dabedən ngərmu ngəwu. Naadəro kaanəm kurtapne, shima ngəlawo!"

Aminaye sərin karga, kuru Kuluye fuwu fatobedən matonzə gənawono. Kufu duwuwaye laa kaiya bəlin yezain amma Amina sandiro njissəgənyi.

"Kariso!" ti runzədəma gullono, sa fatodəro gayindən. Amdə ngawon ye, nəmkam kəlanzabe ba ye talaa ye dawin tunda am rakkatama abima sadinba fomzain kattuwu kamzain sə tafakkar cido. "Lorusa, ndu fero duwo bika Fatimaa zaadində?" Darye Abdullahiye Aminaga cuworo.

"Zaadin gənyi; awo laa zandəzain."

"Farakko manaada."

"Amma kamunəm mana səraanadə nonuma. Dawu koitawanyibedən ndunza raanmmawo?"

"Guloriya, amma martəgəne wande tiro gulləmi."

"Abiro tiga ciraam?"

"Tidə kədək, duwan manajinba."

"Ngəla, tiro gulnge nyiga jejin.

"A'a."

"Sa wuranəmiya, kamu shawa nadawua nyiro mangain."

"Ndu ngəwuro manajində?"

"Kasattəna."

Abdullahiye kekenzə bəlinno zuwa lewono. Aminaye dawartə hetkwata na Hajaraye kawuli sədindəro lewono. Kamuwadə burwoza saptana amma fuwurawa də kuwami yaye isayi. Kamwa laadə kufu kufulan zandəzain, kuru kufu fal Laraima kuraworo, farradan.

"Kaiyanyi kori laa mbeji" Laraiye wono, dawu jamabedən cizə dawono" Talaa Yafalu." sudə. Yewono kuru ferowo laaye gojaa.

"Ya faludə kənaa
Ndumaye tiga ambajinba
Yafaludə njiye gojiya
Ndumaye tiga səmoyinba
Yafaludə kuttu surin
Ndumaye njissəgəyi
Yafaludə cirin
Ndamaye surinba
Yafaludə zəmjin
Ndumaye banajinba
Yafaludə nuin
Ndumaye ləgaran gojinba
Ya! Talaa yafalu!"

Fuwurawadə daryenzədə kasho. Sandi samma napkada kuru yitagattəgəso baro Hajaraye kawulinzə badiwono kəla "Ada-a Umma-a"ben. Tidə kori, kamu, sarsar felinzə wofiladən belia. Hangallan manawono, yim Fatimaa kambigətaindəga gade.

"Ngəli ngəwu kozənadən, nazəmuwande-a kaiyawande-a bikkende-a ambe kəla kəndəga kunbalinbe-a notə-ayen ruwozanadə sandidəma zaa.

Duwuwa duwo kaiyawa nzongoroe yezainba yaye sandiga fuwutəgə banatəyi kuru gana-ganan sonin…….nizam duwo nəmkənama-a kam-abattə-adə abiso falzəna illa launu katigəndebe.

"Abiabin maiwa kaduwube "gənanowu adabero" walzain?" Abiwo adabe illa zayenzan nguron.Sandidə kattuwuma. Fuwuga shim kureben ruiyeiya saraa. Limosinno zawain, folo-a goluf-a bikkezain, sədi ambe samoyin, haraji kurwowu ammo gənazain, sədiwa ngəla-ngəladə amo lardə deyabero sakaladəyin, kuru ada zaainba. Adəson sandiga maiwande kaduwuben bowozain. Təmangəna abima gargamza-a adanza-abe nozayi. Jahilwa!

"Sandiga kazaadalawan bowotadə kalkal gənyi. Am duwo kazaadalan bowozanadə fuwu taksain. Sandi kəmbu gənyi. Nyamawa kimiya-a nzunduamundua-a zamanbe tamtamzain yaye ada nəmjahilbe fuwuzaain. Amza ngawoza zaman kurero walzainga sandi kəji fanzain kuru ardiya fəlezain.

"Ya kamuwa so, wande kollu nandiga faizayi! Nawa gade dunyabedən maiwa kaduwube ummawanzaye fuwutədə zaizaizain kuru banazain, məradəwa talawanzabe galzain, amsoga sakkə ummanza bəlinzaain, amsoga banaza maarantawa-a nawa gade ilmube-a garzain. Sandi duwo maiwa kaduwuben bowozaində awo gade fai sadin. Ilmuga fafatəro dapkada, andiga kokoriza ranza walawa-a adawa-a zaman kure gaiyen.

KAMUWA tandima gənanowu adandebe jirebewo, sandi zaləmwa duwo sandima kərmai adabe kəlaro gozanadə gənyi. Duli yemben, yargalen kuru ilmu-a halwa ngəla-an allamyen. Futu adəlan kəndəgaramnde-a adawande-a dawin. Askərngəna" Hajaraye tamowono.

Bilkisuye kəla kawulinzəben tiro askərzə. Fatimadə zahirro manaro zəktəna, kuru Bilkisuye tiga kokorizə daptəro amma mowonzəyi. Fatimaye cizə dawono. "Karagə laa mbeji wono, " Awo nyiga sandənadəma fandəmin!" Kazaadalawa batti-batti anyi ciwandiye dalil andidə nasha raayiwa-a adawa-a diwi-diwi anyiga kasanye kuru kəlanzan kəlele kundoan andi ngəla. Andidə awowa ngəla-ngəla kunkunnəm yitafuwutəgən jirero tamtamde ba. Mowonjinga awo tangyendə fuwuyearo walzə kuru shidən cidanyewo. Ilmulan duno karga. Ummawa duwo fuwuzanadə taksa, cidaza kuru awo laa catando. Kədəgandedə kənəm-a sala-a baslan kargaga fuwunyenba sabi yaye sawawu laa waazəro jenyen. Fuwunyeiya raayenamaga adawande dinzana anyiga ngəlaro wunyewo. Abiso batti gənyi gulngo! Adawa duwo de napta-a nəmjahil-a nəmsəlwai-a fuwuzəyində ada fuwube gənyi. Ada duwo təma-a məradəwa-a ambero kəmbu ye muwa yedə ada mayawaa gənyi. Adandeye candi kasatcinno diyendega, andi yigata."

Bilkisuye kokorizə gashiptə kate Fatima-a Hajara-aben daptero, sandi indiso kamigətain duwo leyada.

18

Ngawo magə kadayen, Alhaji Harunaye nyim Aminabero kausu faldə ci kuraro məməsshinna karwo. "Yimbarəkəna. Cidawa Majilasbedə zəkkata. Kəla nzərwotto nzurtowoyen managaiye." Amina shiga jaapsənyi. "Njim karebe bəlin garngiya raakəna."

" Abiro njim karebe gade?"

"Shangawa-a kəndagə-a manda-a bəndər-a yikkoro mangin. Sandidə zauro riwaa"

"Rangnəm kulo barenəm am ngəwu cidaro gonəm shangawa barezain, au sanyaram bəndərbe koknəmin."

"Kawu riwa bukində saa mewu sətin, wanee adəga kojin. Nduso karewa səkkin. Kamme shangawa fatobe barejiya təladinba," sə kalla gowono.

"Jamiyalan mananəma fangəna."

"A'a, manangəna."

"Samno adinbe wa?"

"A'a Kəlakəl Fuwurawa Bakarobe wuga dozə kəla karapkadəben manange sa."

"Futubin fuwurawa ye kungəna kəla karapkaben basartaye cawando?"

"Fuwara Bakarobewoso kəlakəldəro bana co, kuru Kəlakəl Fuwurawabedə ye andiro karewa co."

" Sunyi-a banayi-a gulləuwa wa?"

"A'a dalil ndusoye burwoman nozəna nanka."

"Ca sandiro takkəgəmaga wuga mayawaaro sədin kuru fuwuyenyi siyasbe sasana. None karno ishindən kuris majilas rashidiwabebero dangin."

"Laccadə kəla kamuwa Bakaroben."

Alhaji Harunade letəro azalzəna. "Sawayi kasuwube Amerikan isəna," sə wurmawono. Hotel Kuluben zəpkono. Ku shiga rukuyi mbu."

*

Kufuwa kamuwabe kada fafaranda hetkwatadəben napsana duwo Aminaye sandiro raptatəgə. Kolowa jili gadegade kausudən fiyata. Kamuwa laa sədiya kəskaben wulu satandin sandi gadeye kəla kərzain. Njim fal kanti kəlakəlbedəro sadə, nadən Laraiye duli maaranatabero futu kantidə sunotində bayenjin.

"Na kamuwadəben karewadə yuwuyen, tandiga biyanyen kuru karewadə laden. Riwadə bankiro figəyen daji karewa ngəwu yuwuyen. Karəngəman, karewadə tandomanzaben yuwuyen kruru buturo laden."

Aminaye ardizənan ci memeskono. Mintiwoson ti kəndəga cidabe-a jirelan kargadəro tawatsəyin. Cidawa-a nganjimudu-a kamuwabedə tiga kurunozəgəna. Ofisro gawo awwa falgairo kəraro hangalnzə kənjoro. Daji Alhaji Haruna-a nasara laa-aye tiga təgaskada, ofisdəro katəmo. "Adə Mr.

Tom Whitehead sawayi kasuwube Amerikalan kadio," Alhaji Harunaye wono. Kamdə mukkonzə hazə mukko Aminabe gəzəkkono. Kuruwu kuru sarsar, kundulinzə shawaro garapkata, kot sələm səmuna nettaye daunna, ngərəgə sələm rozəna. Ngawo Amina yitagatsəgənayen, Alhajiye cirra, "təmangəna sanyaram kazəmubedə sunotə kuru kamuwaro cida cin. Sədi-a karewa faton təwandin-a kungəna-adə yikin, daji nyi zar lardə deyabe-a, injinwa-a cidawu-adə nyima yimin. Alhaji Harunaye suluwu kamuwadəga kawulitəro lewono.

"Range napngin wa? sə Mr. Whiteheadye cuworo."

"Martəgəne napne" Aminaye sə shiye napkano."

"Kasadənəm kamuwa dawartəyedə wuga kurnozəgəna."

"Adə jaraptə bas."

"Am Naijeriyabea kasuwu kəndodə raakəna. Kwanəmdə zauro kəlkəlla. Lardəwa Afərikabe kadan kasuwu dikin."

"Kasuwu jilibi?"

"Jilibiso. Adəma Ghanalan kəndeyi lenge hotelwa laa kəryebe yuwuko. Kuruson, gumnati Ankərabero dawarno ilmu samiro letəyen cidangin. Kura lardə Kenyabero nji sədin mbəllatəma yikəladəkin, kuru balimiwa lardəwa ngəwu Afərikabero yikəladəkin. Kongo-Kinshaha-a Sa liyon-a Liberiya-adə lardəwa yakkə fuwundə. Nasarari-a Amerika-aro daimon yikəladəkin. Na dəgakəna laadarro kasuwudə ye gadejin. Kusua-a bana-a lardəwa Nasarben dawaragin. Daji rui wudə abison wua."

"Adə tamtamma."

"Aa! Adəgai kitawu kəranəmində ye tamtamma."

"Aa. Ilmu nankaro; shim fərəmtəma!" Tiye jaapkono.

"Mrs. Haruna, Nasarariye Afərikaga yitangawozə gənyi futu su kitawadəye gulzənagai. Susudəro Nasarari fuwuzə, kuru Afərikaga fuwuzəyin. Nasarawadə kəlafərəm-a adin Kəristan-a sawudə, nandiro diwalso, tasha maara njibeso, kotorowoso, diwal maara sədibeso gade gapsənasoa satandə ca buruwonga tawui. Hujjawanzəa cinwoson, Aminaye shiga jaaptəro majin. Sa dazənaladən tiye kowo lolojinlan wono.

"Nasarari Afərikaga yitangawozəgədə fete. Lardəwa Nasarabe Futeyedə badiyaramdən Afərikaga ndalza kuru lapsa jawo. Kam kaliaro gantodə am lezənaro awo ngəla gənyi"

Mr. Whiteheadye ajapsənaro ngaworo nzəraksə kuru shim njimitkono. Kuru wono, "Nasarawadə awowa anyi zungunden garrada, banaro gənyi amma razəgə ganto nankaro. Liitariwa-a maarantawa-adə am Afərikabero wa garrada?" Awo goza sotuluwuna-a awo sakkəne-adə kərene. Andiga lapsa zawu, ndalsa kuru yitangawoshaa. Yim fal gargam Afərika be jirebedə ruwotin. "Kitawu adə" tiye wono, Walter Rodneybe kitawunzə, *How Europe Underdeveloped Africa*, rozəna, adəma badiyaramdə.

Kərmadə cinzədə gana laa kazəna. "Kərənne," Aminaye wono mbershearo manajin. "Zaman kərmai nasarabedən, nasarawadə andiga sonotu kuru lapsa jawo. Kərma zaman kərmai nasarbe bəlindən, kam jili nyiso-fosurma kampaniwa dunyabe – suro Afərikaben zarndo zauro gana-a injinwa zaman kure-a nzundunza-ada. Zar "figəu" zambalan riwa tərəm buwin. Am Afərikabe kənama, hangal ba-a nəndəli ba-a ci kəlləu banaza razəgəndega ndalzain." Babando njimmasodə bərnyiwa Nasarari-a Amerika-an dawunaye kurawa Afərikabe nəndəli ba-a kasuwuwu zambawu-a askərwa zaləmwa-a sakkə kəriwagai lezana isain məradənza faitə nankaro. Cida kadawua adəro, gapciwo riwa ləman harambe zungu-a bu-a am Afərikaben sotuluwuna adə samoyin.

Mr Whitehheaddə kam laa shiga kadiye zazənagai. "Malama," kowo aziyaatalan angərwono, "zarwandedə nandiga bananye razəgəndo wuratəgərode."

"Təmanəma kasatnyinbanəm. Kwanyi-a nyi-a ci kəlləwa nankarowa wu ye kasangin. Burwondo asutəna, andiga kausu dawu ndalsawuiya andiga bananwuinnəu gulləwuin. Nandi zambawudə fuwutənden tamtamdoamaga ca-a kərma-aso ngama karewa cidabe kuduwuin? Abiro sabisoro karewa tətandəna kuduwun? Abiro andiro ilmu karewanade tandoye sadəwui? Abiro razəgəwa anyi na adəlan dawarnəwui? Abiro sabisoro ngawo kurawa Afərikabe nəmdəli baaye tawuin dalil nandiga banaza razəgəwade ndalləwuindəro wa? Abiro balimiwa yikkəwuin amma sandilan am bigə baa casaninno nonuwa duwo? Abiro nawa kərigeso sadinlan alama Laiberiyagain daimon gonəu tuluwuwuin. Maana, abiro kərigə-a fitəna-a tarrəgəwuin? Abiro kərmaiwa Afərikabe zaləmwa-a njokkunowua- bu fitəwu-abe ngawo tawuin?

"Kusu rangnəu biyanəwa dawarnəwuin. Kusu njia suro lardəwa Afərikabebe reta bajetnzayen njidə bas biyazain"...........

"Kurawando martawaa anyi kusudəro mukko yikkəwuin. Ndumaye sandiga mbuzəgənyi..........." Mr. Whitehaedye wono.

"Aa mbuzayi. Am kənama ye jahilwa ye- kurawando kare bəlla au askər yinifomma yaye-lardə sonotə kuru sandiro kakkadəwaro mukko yikkowo sain; abi yayero mukko sakkin. Kurawandedə sandi-a shetan-a yaye kasuwu sadin, kuru yanza saladin kuru karəgə kəjiaro katədən leza isain!

"Wu nyilan wujirnyi ba" wono.

"A'a, nongəna! Nyiga dongəyi. Na adəro isəm kawuliwa anyi dim kuru jaawu kalaktaa badero mowonjinba. Wu-a kwanyi-adə gade gade!"

Alhaji Haruna karawo.

"Kitawuwa kəranəmində rukin, kuru awo ruwogatawoso yasarama." Wono Mr. Whiteheadye ngərəgənzə fərənjinnaro kitawu sunzə *USA and AFRICA: Partners in Progress* sutulawu. "Kəlewan kərane," sə tiro hazəgə cono.

"Askərgəna kuru fajerra," sə jaapkono, kitawudi səmoyinna. Mr. Whitehead-a Alhaji Haruna-a leyadanna, Aminaye kangurnoro ci məməskono. Musabakanzə ilmube burwo sawulle zəwunadəro karəgənzə kəji. Kəlanzə awastadə ba, kuru kərman səta kəla fuwunnadə kambi gəlan raksə kəlanzə kawatcin.

Alhaji Haruna kajiridə wallatə tigə nunaa.

"Abigai samnonəm kəla kasuwubedə? Aminaye cuworo karəgə kəjinzədə gəratəro tiyero.

Shi tamtamnzə ba wono," Alhaji Harunaye karəgənzə kuttuaro gullono. "Wono lardəwa laa Afərikaben zauro nzəliwo ba."

"Aa," Amina karəgə kəjiaye wono, nəlewa ba siyasabedə zar lardə deyabe təgasshim".

"Amma lardəndedə zar lardə deyabero nyamaa. Kərmadəro kərigə sadinba. Kurande lardəbeye zar lardə deyabe fizaasə ngodozəna kuru tawadə sandiga saliwinne cono."

"Sawanəm kasuwubedə nyiro dalil cinyi wa?"

"A'a. Fuwuye kampani adəbero riwono."

Aminaye sapsə yingono. Kawu kanzəbe tiga baksəna-a batə tadanzəbe-adəye səkkə Alhaji Harunaro hal kuttadə sərain kuru shiro rizəyi. Dunoaro manajin. "Alhaji, nyiro jire gulngin. Zar lardə deyabe məradənyende, awo naadəro məradənyenadə futu kungənande-a razəgənde-a faidate. Nongəna kungənanəm ngəwu suro njimnəm 'nzəliwoben' sapkata." Fatowa Majilaskube-a Abuja-an nongəna nyi-a sawawanəm-adəro awo tamtambero walzəna napnəu kungənama kərawomandowo-tamtam basro! Adə gənyi awo kungənaro kəndoyedə. Kungənadə maana-a faida-aro walzə, fomzə. Na fallan gənanəmiya faida baaro waljin.

"Ngo showorinyi: zarro figəne. Sanyaram kokne, kungənadən karewa cidabe-a sədi-a cidawu-a yuwe. Adəlan faidaaro waljin. Amso cidaza awo kəndəgaye zagantin kuru abadanro cidadəro kurnotain. Daraja zagantin." Aminaye jaawu fantəro kəm cido, amma kwanzəbe kambigənzə adəye tiga ajapsəgə. "Abiro ilmuwu Naijeriyabe donənəu, napnəu futu kungənadə faidatəm amsoro faidajində tangnəu wa?" Tiye cuworo.

"Abiro?" Alhajiye cuworo jirero kaimenzə farzəna." Ilmunyi adəgaibe ba. Kuruson am Naijeriyabe samma ngudiwa. Son yaye Batureye wuro taktədə sədin."

"Baturedə sabiso məradənzə galjin kaanəm gənyi."

"Karəgə tiloaro Baturega mbərsangəna!"

Aminadə karəgənzə zatə badizəna amma kanadin zəgain. "Awo tangində adəgai: sanyaramwa indi au yakkə, kulowa-a kamfamiwa lenə-mare-a Bakaron badiyarammo kokne. Wanee kamfami kəmbu dawartəye kəlləgəmin. Amga allamnəm nashawa anyilan cidazain. Kungəna zagantənadən, karewa-a cidawa-a tandəuwadə casawin. Rangnəm dulinzaro maaranta ngəla tandəm kəraza cidawunəm balibero walzain. Rangnəm fatowa cidawunəmro garnəm tamu agəri biyazain. Korin kamne, nduso nasartin. Kəryebe fandinzə tərain sa haraji biyazaiya; maarantadə ye kungəna səwandə maləmwa biyajin; cidawudə kungəna sawandə karewa-a cidawa-a casawin daji karəgənza kəjijin; ləmannəm ye tərain.

Diwal adəlan am gadero misallo walləmin. Ada, məradədə awonzə galtəye kunkunjin. Am gadeye cidawa rangnəm dimba sadin. Nyi-a sanyawu gade-a gumnatiga yikkəu nandiro diwalwa-a kannu latərikibe-a nji-a waya manabe-a gadeso-a cin. Anyi samma razəgədəga faraksəyin. Daji, razəgənde dunoajiya nduso karəgə kəjia ye galiwu ye.

"Kərənne Amina, abiabin raayiwa anyi ciwandəm?"

"Kitawuwa laan kərawoko, amma ngəwusoro kəlayi laro awowa takkoko daji shimyi fərəmgatə."

"Awowa ngəwu suro kitawuben cidazainba. Raayiwanəmdə dəmmaro cidazainba."

"Jarapne. Am Naijeriyabe mbərsanəmiya gana yaye kamunəmro kungənan mbərsane. Kasuwunəmro njiskəgəkin. Karəngəman dawarno laa dawarnge nyiro njikin."

"Showorinəm məradəngənyi."

"Abi kazigidə?"

"Batureye kasatcinba. Kungənanyidə lardə deyabero gənnaəro yakkənama sərawo."

"Daji kungənanəm awo nyiro bayengənadə kalkal sədin, amma lardənəmmin gənyi, Yuropelan."

"Baturega yasarakəna ye mbərsangəna ye.

19

Kəntagəwa kowada. Nəngəli kozə be gawuna. Detəgəram Satumaben, Karapka Kamuwabedə Magə Ilmu-Naptərambe." dawarzə. Aminaye samnowa suro jamiyabe-a hetkwata karapkadəbe-ason manazəna. Kurnowa-a kitawana-a kəla ilmu-a nəlewa-a adin-aben kamuwadəro samngada. Karapka Banabe kəla kəlza, cidawa karapkadəbe niniza soru kuru fasalwa fuwube zandegada.

"Abi nyama kulobedəro diyen?" Aminaye Fatimaga cuworo sa njiminzən napsanadən.

"Membawosoro awo cidaro sədəna laadarro nuwanzə tə" sə Fatimawa showori cono.

"Adə kalkal gənyi! Ndusoro nəmadal diyewo."

"Argəmdə ladaiya kungənadə bankiro figəyawo" sə Fatinaye showori cono.

"A'a. Faida cidanzabe fanzainba," Aminaye kambigəwono.

"Ngəla, nəmugəwu yalnzabero abiso yektə."

"Bare tuskano barenye," Aminaye bayengono. "Kare kəlidə tudorə taman kəskearo təladəna. Ngawulidə kulodən kərəmtə, membawa basro təkəlodowo."

"Ilmunəm zahirbedəye səkkə nyima kamuwadəga ngəlaro asunəmawo. Awo ngalworo təmanəmadə diye," Fatimaye sə bəla cono.

"Membawosoro bəlaus-a jene-a dutena," Aminaye nok cono.

"Nyi yero?"

"Adəgai, wu ye kamuwadəye falnza."

"Futu loktu lejində! Kərma karapkadə badinyenadə saadə ishin."

"Sadən mowonjinbagai."

"………kənashingai."

"Alhaji Ibrahimye kamu gade nyiyajin, "Mairoye hawar zəmzəm adə cono.

"Ndu? Abi?" Amaniye ajapsənaro sawarratə.

"Aa! Kwa Kulube. Kamunzə kuradə gulsəgə. Fero maaranta sakandərebero suro co ada. Daji baba ferodəbeye Komishina Kəryebedəye tiga nyiyazəyi mbu wono."

"Nda Kuludə?"

"Awo takcində nongəyi ."

"Adə tamtamma."

"Wuro gulle, abi kajiri adə waajin?" Mairoye cuworo.

"Kudə yim kərəmbe. Kəlele lashabe mbeji kuru andi samma kəmbu denye rokko buiyen. Kaiya yenyen, farnyen kuru filəm ruiyen. Baditəro foto gonyen, dayi kamuwadəro takkəgəne kazəmunza bəlində samu."

"Dikin."

Loktu duwo Aminaye jejində ngo isəna; kamuwadəye nyama zungunzabe yektə. Kazəmu karapkadəbe səmu het kwatadəro lewono. Kamuwa ci məməssain, kəzəmu jili fal samuna curinya karəgənzə njərakkono. Sapta foto goza Amina dawulan sawu fuwubedən dazə sawu kamuwabe indi ngawonzən daata tanda gade ye fuwalan napkata. Sa fotomaye ratsənadən sulsulando Bilkisube kadio. Fatima-a Rebeka-a Bilksu- Muazu-a Muktar-a colowo fuwu Aminaben napkada, amma Muktar foto gotaro wawono.

Ngawo foto kənindimiye gozanan, kamuwadə kəmbu deta badiyada. Kolowa-a kazəmuwa dallata-a saatəna-a karewa-a, səwaita tətandəna-a awowa gade kamuwadəye mukkon satandəna-a taman kəskearə ladoro cotulwo. "Sa kamuwadə-a fuwurawadə-a kəmbu dezainna-a manazainn-a farzain-a fotowanza gonuwuiya raakəna, daji liwuram diyen." Aminaye fotomadəro gullono."

"Nda fotonəm fal gonge," sə mawono.

Kasatsə gəm dawono kuturamdə razazəgə fuwuro ngaworo ngujin, ti kəlanzə gana laa kənburamro sayetsə. Ti-a Muktar-a shim degə codo, ci məməskononya kemerodə ratkono.

Kongawadəye lashadəro rəpkataa, duwuwa sədi ajadəben kunten. Ngawo lashaben ganganzasoa, tidonzasoa, gashinzasoa bikke badiyada, kamuwa laaye fartə badiyada, am laa ye lawarzain laa ye sulitain. Laraidə ku yimzə, kaiya yejin farjin. Amminaye lawarjin fəskanzə-a karəgənzə-a son kangurno fəlezəna. Sokku kaiya laa nowata nadəga gozənadən, Aminaye Fatima-a wuwononya, shimazaye kangurno fəlezana. Fatimaga dawu jamabedəro gərjiwo, sunonzə linzə dawudəro lewono. Kamuwadəye sandiro faraskəram fartəbe kolza kuru tandi indiso farrada amsoye samdiro taidaza koli yelzaainna.

Ləmngononya, am ngəwu kəleledəro rəpkataa kuru kəleledə gozaa kowada. Kamuwadə bənedə saraano. Aminaye tep filəmbedə səkkə kədək ambe jewono. Sa filəmdə fəleta badizənadən kallaa. Tidə filəmdəmaro hangalnzə ciyi amma kəla hapsə kəmbal deriadə suro fowowa tat-tarratayedən curo. Kakatkononya kəmbal bəl fok kafedəga waskono. Kuliso ngudowa bənebeso ye kəltaana casarin, wulleramso suro kulongubedən wuləkkazain.

Aminaye hangallan awowa kura-kura kumbinzəbedə ninizə, nəmgananzən badiwono, sokku maaranta badiyarammin; futu tiga dunon sasakkə letəro wazənadə, futu tiga fatolan duza sotuluwu maarantaro lezə sa; futu yanzəbe tiga zaizaizəna; futu kəlamanzəwa maarantabe din-a njestəna-a; kəndəga maarantanzə badiyarambe; yanzə-a yaanawanzə ferowabe-a; kəndəganzə gana jamiyabe; futu yim su babro nzəkkoben Fatima a kəla kəlza; njim fallan napsainno kasatsa; nyiyanzə; tadanzə maitudə; karapka kamuwabedə; kampenwa nəmyalbe-a nəlewabe-adə; karapka kəlakəlbedə; kuru ku, kərəmdə. Karəgə kəji yero nozəyi, afu au karəgə kutta yero nozəyi, amma fəskanzə shimaloye kəlizəgəna fangono.

*

Ngawo kəngal zulzənaye, Amina letccin duwo Alhaji Harunaye njimnzəro bərtə karawo. Cinnadə kallaaro zaksəgə, kokozə wufetəro dawono. Aminaye shimzə fərəmzə kuris təlaladəro sukkuruyində curo. Rizənaye kuru suro kazigiben karga.

"Kəmbu mbejiwa?" sə cuworo

"Aa, range dawarangin….."

"Wande shiwoltəmi, kənanyima ba." Tiga loktu gana laaro lawarzə, kəlanzə təksə kuru sədidə shilan baktə badiwono.

"Abi bannatə?" Aminaye kadaro cuworo amma jaapsəyi.

Abi waazəro takci, kam laa wa waltəna tiga zorjin? Au sawanzə kasuwube wa shiro zandenzadən awo laa gulzəgə? Wanee shiga haripkada. Notənzədənga yaldə samma kəlewa, shidə kuwami yaye memba Fato Majilasbe, kuru shima kuradə wakijin.

'Ya Ala!" mana badiwono. "Ngama kərma?" Aminaga sakro wuwono" Abiro amso Alaro rizainbadə? Abiro amso Alaye sandiro cinaye sətinbadə? Abiro am laasodə yukurowonde saraanadə? Abiro amso andiga dəwunzan? Abiro?"

"Abi waazə? Aminaye waltə cuworo.

"Nyiro gulngin," sə botowunzə napkono," amma ashirdiya. Ashirndedə ashirro ronediya. "

"Kasangəna."

"Taidazəna yinzin kuru zungua cu. Karəgə kuttaro kəlanzə gəzəksə kuru tatapkono, "Hawar duwonyi kurawa askərwabe laaye kərmai kare bəllabedə samowuna." Zungu bowo kəlanzəbedə cetkono. Katabwa kurwowu laa ririaro fatodəro katəmonya Alhajiye shimnzə kura-kura kimedə sak cinnbedə wuwono. Katabwadə kamza kowada. "Yim Kərmai Kəlabe taktəbea sokku askərwa faret sadinlan gozain sa fasallada," wono karəgən dagdakkaro.

"Abiro riyam?" Aminaye hangallan cuworo.

"Abiro ringinbadə? Kərmadə umma Kura Kawudəye Majilasbewo. Kuradə Londonro liita kururo lewono kuru Banamanzə Dubairo nəmlorusaro lewono."

"Wande shiwoltəmi, Alaga yasərai," Aminaye ronzə gənazə kuru shiro kulwunzə linzə sə galawono. Shidə zauro kaimenzə farzəna daji tiro njissəgə gənyi.

"Ngawo saa kada kərmai askərben abiro demokərdiyaga dəwunzain? Abi mazain? Abiro barikinza kəlanzaro garzanadən dawunyi? Abiro askərdə siyasaro ci səkkin?" Aminaga cuworo.

"Təmangənyi kam laaye kərma kərmai səmoyin, adə loktu kalkal gənyi."

"Darye samoyin wa gulləm?" tiga cuworo shimzəga sakro surinno.

"Saa yakkə kərmai kare bəllabedə zauro kori………"

"Cinəm zangne, Amina abima siyasabe nonumi. Adə am Anəmbe. Kərmai kura lardəbedə zawəyi nankadəro karəgnza kuttu. Adəmaro kura lardəbendega dəwungada kuru demokəradiyadə wurtəro mazain."

"Kərmai mowodə wanee Yalawu dawarza."

"A'a kura lardbedə kam Yalabe," sə kambigəwono.

"Amma Yalawu samma gənyi shiga saraana. Haiyaro Yalawu ngəwuso riwa kərmainzəbe fanzayi kuru shiga saraayi."

"Abi maananəm?" jaawu mawono.

"Wu, misallo, futu kərmai sonotində raakəyi. Damayi mbejiya, karapka duwo kərmainzə-a nizam kərmaibe-a samma wurtəmaye ngawo takin."

"Nyi zoli wa?" Rui! Kura lardəbendadə shiro kam Ala-ritamawo ba! Shidə adinmaman nguron, shi hakkunzə nozəna kuru kam darajaa. Kura adəgai fandodə kəlande am saadəro isapkəgəyen…….."

Danga kura-kura karəngəwono kuru cinnadə dunoanro bakkada. Alhajiye jananawono. Takkadəro səgasə lewono, amma su təkkəna. Yaazənaro wuwujin," martəgəne wande cinnadə fərəmnəmi! Kadaro ngodowono kowonzə rangataro, nowatedən gənyi. Wadərob kuradə kazə surodən ngullatə. "Wu ba," wono. Aminaye zaksə cinnadə fərəmgono.

"Kanadi Lorusa, wuro shi na adən ada," dərebanzə mailadiye wono.

"Ndu shiga majin?" tiye cuworo.

"Am laa shiga ofislan jezain."

"Ngəla, shi ba, amma kawulidə gulngin," sə cinnadə zakkano.

Alhaji nanzə ngultənadən zungənzəa suluwuna wufejin. Aminaye nasartə kasudu tiga kip sətnadə ratsəgə. "Na faretyedəro letədə raakəyi bas," sə fankadə waskono. "Cidanyiye fərsətadə wuga zəkcinba, amma kərmu wangəna."

"Wanee nyiro nadəro lene gulzain."

"Aa, ku dondingin… lardə adəlan am notodə zau. Galiwuwa duwo kungənanza samma lardə deyabero sotuluwu leza duwo nəlewan dawunadə zorngənyi. Na adən bu kəmbamaye kuraga cejin." Kulwunzə kuradə linzənadə Aminaye nganjinzədə nowata kozənaro kuraro asuwono. Koro tiye suwurəyi duwo jaapcin gai, wono, ci məməshinna. "Ngoa arsasəbe mukəna."

"Ngoa arsasəbə?" sasaranyiro cuworo

"Ssssh! Aa, nzəliworo muiyen," bayengono. " Alaye wono kəlanəm banane duwo nyiga banagin."

"Nda nandiro bom kolzaa au ngurnet gəpsaa au tankəlan kannu yirzaaiyawo?"

"A'a, tawadəro mowonjiba! Kərmai mowo bu fita badə kasangin, kuru kasuwunde diyen……..wai! abiro dawarzain ….."

Cinnadə zauro bakkadanya Alhajiye kədək napkono. Kowo kongabe laa

yillono." Alhaji, nyiga naadəro mazain! Suro sekan ganayen nanzə suluwun-
aro səgasə wallatə.

"Ndu?" Aminaye cuworo.

"Malama, loktunde gana, martəgəne shiga kolle. Shiro gulle loktu letəye
sətəna. Rokko lenyen."

Alhajiye kowodə asuzə, suluwu cuworo, " Ndararo."

"Faraskəram maara samibero. Kura Majilasbedə karəngəman ishin.

"Alhajiye naadəro kazəmunzə səmu bərtə culowo.

Aminaye fetero kasudu gozə diyaldəro cukurowo shimaloaro kasudu
gowono. "Kufu laa askərbe waltə səmoyin, kazaadalawa bəlin soluyin, dinadə
ayewu sadənaro zorzain amma kolzain. Laanza gumnati bəlindəro sakkin.
Təma talaawabe, gumnati dinadəye baro sədənadə waltə mbejiro waljin.
Wadəwa kada gotin. Daryenzədə abima faltinba. Am kərmailandə nonguzain-
baro baitəmbal təratsain. Adə lardə, jahil askərye, ilmu zamanbe baa, raksə
amga gərwizə kərmairo zəwain. Adə gənyiga abima fuwuyea waajinba, illa
fotowa kurawabe ofisnden faltə. Adə titimigai!"

Fatima tussənyi kadio, Aminaye loktu bannazəyiro tiro abiso guljiwo.

"Sabi samoyin?" Fatimaye cuworo.

"Suro kawu indiyen. Yim Kərmai Kəlabe təwandəna taktəa!

"Ngəla, kudə lardənden kərmaidə lailan gəpkata ndu yaye rakə sabi yaye
gojin."

*

Yim Kərmai Kəlabe təwandəna taktə isə kowono, kərmai faltəyi. Kuru cidawa
Karapka Kamuwabedə sadinna kasuru ilmuwa bəlin gultəgə badizana kuru
fuwurawa kəra gulzainsa sunza babro sakkəna. Kamuwa ngəwu kərmadə
saatə-a wulu tando-a duto-a daltə-a cidawa mukkobe gade-a sadin. Suro jami-
yabe yen Karapka Fuwurawabe karno sadəna. Kazaadalawa bəlində karapka
Fatimaben kasaru kuru karapkadəro wadə ngawo kəntaye sadəna. fuwurawa
ngəwu Karapka Banabedəbero galazana. Bilkisuye kərmaidə Laila banama
bəlin kuradəbero hazəgə cono.

Sokku kempen nəmjahil yoktabedə saanzə fal citonya, fella ilmu am
kurawabe jamiyabedə jarawa sədə kuru samno shimtiti kənjoye sapsə, kakkadə
shadabe kamuwa sammaro codo. Kura nashadəbedə, kusoto martaawaa
samnodəbedə, kasadənzaa zazaksə kuru wono nashanzəbe karəngəman cida
kempen nəmjahil gərtəyedə gojin. Aminadə tartiptəma kəntagə dajiaro waljin
kuru kempen jilidəgai bəladən na dadegaden koksain.

Amina dondiwono. Tiga liitari ganaro saadə kuru darye liitari kuraro saadə
magəgairo karga. Səmerəna kallan, hetkwatadəro lewono. Kamuwadə tiga
kururo karəgənza kəji.

"Abi saawu kundondinəmbewo?" Laraye suro ofisben cuworo.

"Asarroko," Aminaye jaapkono ngawo sapsə yinzənayen.

"Kanadi, Zau," Laraiye kanjimaliaro wono.

"Kəlewade, ba merəkəna. Amma loktu laaro jenge duwo waltəke suroro napngin."

Laraiye kəla təksənaro culowo. Aminaye majalla zəgana surin duwo sulsulando laa isə bərik faa səta dawono.

"Gaake wa?" jemdə konga laaye cuworo.

"Aa!" tiye jaapkono.

"Nda dəbdo, malama," wono konga laa ngəlia safari liwula səmunaye. "Wuma Dr. Idris Dand odo, laccara jamiyadən kuru liita showorima Majilas Kəlakəl Dunyabedən." Tiro wotiya hazəgə cono. "Majilas Kəlakəl Dunyabeye kəla karapkanəmben rifot ruwonye wono."

Aminaye wotiyadə kərazə shiro napsə sə. "Malama nyiga korəkin kuru fotowa ye gongin. Kawuma fiyakkə-a maləmwa laa-a korəkəna. Ajiwa laaro lengəna kuru kulowadə ye ziyarangəna. Jamma laa ummbero managəkəna. Bilkisu-a Fatima-a Guloriya -adə wuga banasana."

"Wumbenga ngəla. Wuro gulle, Dr. Idris, futubin Majilas Kəlakəl Dunyabedən andiga nowono?"

"Abima sədiya samibe adən gəraata ba," ci məməsshimaro gullono, sami fəlejinnaro. "Awo diuwa adə dam ba."

Aminaga tuskazəna. Korodəro dawartində tidə futubin Majilas Kəlakəl Dunyabed karapkanza adəga mowonozə takcin. Sunzə-a su karapkadəbe-a wotiyadən farak-farakro ruwowatadəmaye karəgənzə kəjizəgəna. Aminaye raayinzə kəla cidanzəbedə teplan gozə.

Kəla kəmpen nəmjahil yoktayen tiga cuworonya, Aminaye bayengono, "Ilmudə na adən abima gənyi kuru kongawadə ngəwunzaso faida ilmu kamuwabe soruyi. Kufu zamankuren dawunasodə candidə sandiro kwasa kura kempen watəye kəlanden sadin. Dunondebero ngənəpte kamu Bakaron dəganadə allamnyen, ca ngainna ilmu badiyarambema sawandinba. Nizam Al Hassan Adult Educationbedə faidazəna. Ilmudə kasam-a nji-agai muhim. Kurawadeye nadin andiga jahil kolsa, amma ngawo saa burwobe adən, kokoye nəmjahilbe kamuwa Bakarobe suron dawunadə ange yikkena range gullin."

Daji Aminaye kəla karapka kəlakəlben manawono.

"Fasalwande cidawande farakkəgəm citəbəlinmi-a yafaluso-a cida baadə rəptəgəye mbeji.   Yafalusoga kolləm sədi bano baslan kuwartədə tajir-waa. Lardə adə karapkawa kəlakəlye kəlanza ambaro zauro məradəzəna. Gumnatidə bəndər-a shangawa-a səkkində njuworo zau; sədidə kuwami yaye mukko galiwuwa gana laaben. Korin kamne, susu letəgəram aragaljabe jirebe zaaindəro, am duwo mukkonzandə kungəna kalli malli sawandində taksain."

"Mana kura faldə nəlewa. Bakaron awo dunondeye diye

kwasawa kəske-kəskedə gərnyen kuru amro ilmu nəlewabe badiyarambe yen. Liitariwanden kurwun ba kuru kəryedə ye letəgəramnzə kəla nəlewaben ba. Liitariwande njimwa kamin gənatəbegai na am leza sonin. Təmatəna liitari gana cidawa karewaye sətəna sədi ajabedən suro saa indiyen kanyen.

"Fuwudəro, nyande karapkawa bəlin fella bəlabe gadegaden koktaye mbeji, daji kərye samma yen. Nyande kəmbu dawarnəm ladoye mbeji. Kamuwa ngəwu cida baa au cidaye sətəyi, wane aragalja kolnye hangalnde kəmburo yen. Kitawuram təganasmaro kamuwa-a duli-aro fərəmye kuru jerida magə-magəye kude kəraza hawar-a gashiptə-a mankaro. Kamu laa sədi ajabedən raayi nji tapnəm, liwum kuru faidatəye suwudəna. Muazu Danlami-a fuwurawa laa-a jarapsain, kənasarramaga, cida badinyen. Nonuma njidə shima na adən kazigində kura fal.

Fasalwande ngəwuso faidazanadə wu zauro ardingənadə wuye gultədə waljib. Abadanro koitayi Fatimaro kəla kaalanzə-a bananzə-aro askərngin, kuru membawa gade kufudəbe yero.

Abiso rangnye bəne fallan falnyenba yaye, diwal fuwu ngəlatəye fəranyena."

*

"Kausu faldə, Amina-a Fatima-Guloriya-a Laila-a samma kazəmunza ngalwo-ngalwo samu lorusa Bilkisube adarrada.

"Beretnəm badə nyi kam gade," Aminaye Fatimaro wono sa fato Alhaji Umar Usmanbero lezaindən. Am yor kada suro-a kor-a fatodəben. Fatodəro tamu kamuwa gadedəro kəllataa.

"Barga," Aminaye wono ci məməsshin sa njimro gawu na Bilkisuye napsənaro lezənan.

"Kəndendodəro zauro askərngəna wono Bilkisuye karəgə kəjiaro.

"Am ngəwua tadəwuin. Darye mananye."

"Askərngəna asunəmadəro," Bilkisuye jaapkono.

"Tiro karəgənyi kəji," Lailaye wono, sokku na kafiyaaro kaduzaindən. "Tiga ngaltema karəgə kəjia rukuyi."

Darye, lorusadə, Laftanar Kanar Abubakar Usman, balbaldəro culowo. Sa na kamuwabedəro lejindin Aminaye kəlanzə hapsə fəskanzə ngəlaro kururo. Manzar sələm koksəna kuru fəskanzən abima fələzənyi. Aminabero lewono. "Ku kəlakəllenaro kurnotəkəna. Zauro kənshendoro askərngəna," wono kowo kuttu laan.

"Barga kuru təmangəna nyiyanəmdə zauro tusshin kuru Kəma Mai Alaye dulilan bargaazə."

"Askərngəna! Awo kada kəlanəmmin fangəna. Sawanyi falye wono nyi fuknəm wartama kədəkke.

"Jirero?" Aminaye cuworo, tiga ajapsəgəna.

Laftanar Kanar Abubakar Usmanye kamuwa gade isanadəro askərzə lewono.

*

Darye, njimnzən, Aminaye Fatimaro kəla fasalwanza kəla karapkadəben manajiwo. Ngawo koktu laaro sərin sədənayen Fatimaye kowo njia-njian wono, "Amina karapka koktə kasannəmadəro zauro askərngəna. Am ngəwu, təganasmaro wu kəlayi , awowa ngəwu likəna. Saawu ilhamnyibero walzəna."

"Wuro raayi shimma-a ngawo kənta nyi-a am gadeye sadəna-adəro askərtədə wajib. Rəptəgənyidəye wuga zauro karəgə kəjiaro sədəna. Sa cidandebe zahirnzə-a fuwuyenzə-adə rukiya karəgə kəjidəro fungin kuru zauro wuro kurnotanaro fangin. Ilmu-a notə-a fandəkəna kuru kəndəga dunyabe-a ngəlaro asungəna, kuru sammasoro ngalwodə kəlayi waltəke gantəkəna."

"Nyiro njesənge gulnzəkəyi, Fatimaye wono, Dr. Idris Dandodo ye rifotnzədə suwudəna. Təmanyena Majilas Kəlakəl Dunyabedə səmowu nyiro Shada Darajabe njin."

Aminaye nonguzənaro ci məməskono. "Awo laa nyiro gulnzəkiya raakəna amma futu gulngin nongəyi ," Aminaye mana badiwono gana laa shiwoltəna. Fatimaye tiga suru alama shiro "Manane," guljingairo."

"Kəntagəwa kozanadən fafaltə ajappa laa amma fuwuyea rukin. Awowa ngəwu ngawon gulləmadə maananza bəlin kuru badingəna. Dunyadən awowa waazaində rukiya awosodə futu gade-gaden asungin ye ardingin ye. Korin kamne, futu kəndəgaga rukində faltin. Təmagəna nyima awo adə nyiro waazəgəna au kərmaro waazəyin."

Fatimaye ajapsənaro surin amma awo gultəyedəma tawatsə gənyi, "Hmm, təmangəna awo kokorinəm gulləmində asungəna."

"Futu kəndəgaga rukində faltin. Wajibwanyidəma kəlanzan gashiptəkin, dunyadəga shim bəlinlan rukin......."

"Adəma awo duwo amsoye kam kəmindimidə fəlangəna saində-kam hangalla ye rashidi ye! "Fatimaye wono.

"Təmangəna kərmu tadanyibedə wuga falzəna" Aminaye wono, "shegə baro nanəm-a na sawawanəmbe-an awowa ngəwu likəna kuru hal Alhajibeye futu naptə nyiyabega rukində cotto falzəna, amma kərmu Rasheedbedə cotto futu awowa rukinga falzəna."

"Futu azawu rumadə biya range tangin," Fatimaye wono. ci məmesta kanjimalibean.

"Rui," Aminaye tafakkarnzəso kokori bayenne sədin, "awowa wuga zəksain ngəwuro sulwu mangin. Futu gaden, təmangəna degəram naakəna kuru kərma au tusshiya diwal duwo gongində banyengin."

Fatimaye sapsə yingono." Andidə sabisoro degəramlan kargaiye. Awo muhimdə diwal sak gota kuru Alaro moduwanyi hapkəgəkin nyiro diwal sak karzəro."

Kamuwa indidə kamanza wuza kuru ci məməskada.

"Abigai ajiwadə kəranza?" Fatimaye cuworo.

"Ashamdə nankaro batalla kəntagə falle kolnyena.

"Adə dalil gənyi."

"Zahiriyaro waltadə wajib. Kamuwa ngəwu cida naa kozəna sadin. Kənindimidə, lamar siyasabe-a adinbe-ade tərwəngata. Magə kozənadən fitəna laa waazə am mewua kozəna sonuna. Hauwaye suro luwala kate kufuwa adinbebedən ngore nuin. Wande ro kamuwabedə tajirwaro saadəyi. Aminaye kəla manabedə fallono. "Tənanəma abiro Laftanar Kanar Abubakar Usmanye wuga 'Fuknəm wartəma kədəkke," sənadə?"

"Nongəyi . Wuga kamu duwo dunyan tiro fitənamawo bawono. Biya awo adə wande andiga dəmmaro zəksəyi. Kurawa askərbe ngəwuso awo manazaindəma nozayi. Biya zəkten."

"Abiro?"

"Lt. Col. Usmandə shi dawu am lapnəm kəmbuma duwo ummadən candi saraayidəyen culowo. Dawu akərwaben shiga Maina Nəmsələmbe sain dalil saa gana kozanadən futu watəwu kərmai askərbero nəlado fəlezəyində nanka. Haiyedəro, shi kufu fal duwo kərmai moworo badizana duwo amanzaro ngawo kalaksaa ngulta sandiro bətərəm fajer saadə sandi samma somunaro tawatsaanasodəye falnza. Shidə zauro kəladoro sorin, kuru bəne duwo cidanzə sədin. Su darwumbe adə shiro cado sokku duwo shima kəryedən Wakil Kontoma Askərbedə.

"Abi sədə?"

"Awo burwoye sədənadə jamiyadə zakkono wono dalil fuwurawa də zanga-zanga dawarzain sə. Maləmwa laaye awo adə kasatsayi sa zanga-zanga sadəna sanadə hawardə kattuwu ada. Sandiga sata sayero kuru kəntagədajinza sand-iro dapcaa. Wono yalwanza ye azawudə satanbu. Maarantawa sakandəreye laa ye zakkono wono kungəna ngəwu ba. Cidaram Ilmubero kungəna dapsəgə maləmwa ngəwuso saa karəngaro alwoshi sawandəyi." Fatimaye dawono. "Ummadən dəwunwu Ilmube rukəna, amma shidə suro sandi mewu burwoyedən."

Aminaye kəla manaye bəlin cikko. "Karəngə adən fero laa hangalle mbauzəna isə banayi mazə. Wono kəntagəwa kozanadə tiga dunon maza suro gowono. Bəri tallajin duwo tada laaye fortamanizə ndallono daji shiga duzə zəga suro fato laayero karawo. Kungənanzə moworo badiyanna tiga dunon kozə duwon mawono. Tadadəga asuzəna, tada kura darewabe, kuru manadə shararamro cado. Tadadəye kurwowu ferodəye gota manyen amma karəgə zandedə, wono sharadəye ayewudə ferodəbe: kazəmu shaawa səsangin səmu, letə nəmkasaye lezə shaawa tadadəbe sango nankaro, kuru sa tiga dunon majindən yilzəyi. Tiga kolzə mananzə fantənyi, amma tadadə kolzə kəlanzə faizəna. Tadadəga shada basə salamngono. Kasatngənyin ge yillokya wono wuga səkkə ngarrin fiyatsain. Feroga kəla kazəmu shaawa səsangin səmunayen tiga ngar arakkən bakkada. Səmonyibe sasarayi.

"Awo shiro nəmadal saində rumma wa?"

"Tidə suronzə kəntagə arakkəa kuru asara ringo."

"Kərma ti ndan?"

"Ti-a Larai-a fanyin. Babazəye suro ngəriwube gozəna sə tiga duwono kuru su yalnzəbe banazəna wono"

"Yayo! Kokori nəmadal taye dimin duwo nyiga nəmadal baye njita."

"Nadimtədə wuga shiwo. Alama ferodəga gonge yadəke tiga nonguro sakkə, zorza kuru howumgadagairo fangin. Kuwami yaye range shim degə diyenba. Diwalbi gade wuro mbejiwo?" Aminaye cuworo, tafakkar sədin.

"Amina" Fatimaye sasawono, "ayewunəm gənyi! Awo dimmadə ndu yaye kanjimalima adə sədin. Karəgəbərət ngəwu rumin dalil nyidə kamu kuru kamuwa nankaro mbəltəmin."

Aminaye Fatimaga curo, kuru awo laa takcində manaro nyawono. "Fatima, dawarno laa kəla kəryedən kəndəgaram talaawabe ngalwotəgəyen dawarne. Range futu karapkawa kəlakəlbe dawarnəm notoben ruwongin; nyi ye kəla mizan ilmu faltəyen ruwone; Rebeka   kəla ilmu nələwaben ruwozə. Range dawarno sunzə- Manifesto Bakarobe dawarnyen- futu nizamdə ngəlaro faltəyen allamnyen. Dawarnodə laa cidawu gumnatibe-a kazaadal-awa-a sharawa-a jeridawu-aro zuwanyen."

"Raayi adə zauro ngəla," Fatimaye jaapkono nəmngəlanzə nowatamadən, "kərmadə jarawawande daryebe mbeji dawarten. Amma kolle am gadedəro managəke."

20

Ngawo kəntagə tahir Ramadanyen, cidawa Karapka Kamuwa Bakarobedə walta nyan badiyada. Amina-a fuwuwaradə-a kəla raayinzə dawarnobedən cidazainsa kasatsana, Aminadə kəla karapkawa kəlakəlben ruwojin. Adəma dama burwobe duwo tafakkarnzəso rowojində kuru karəgənzə kəjizəgəna. Kəladən taidazə kərazəna, kuru tafakkarwanzədə ye kərzəgəyiya ruwojin. Kajiri fal, kakkadəwanzədə zəgana wujin duwo Alhaji Haruna karawo kuru memewonoya wono, "ku adə nyi zauro cidanəmma.

"Aa, showoriwande kəryedə fuwutəgəyen na fallo samnyen."

"Abi maananəm?" Alhajiye cuworo. Aminabe asutənzə tərranadə shiga ganamaro sətagapsə gənyi, kuru ashirnben raayiwanzə darajatə badizəna."

"Bayendə loktu ngəwu gojin. kakkadəwa laa Majilas Kəryebedəro zuwanyen," shiro tawatciwo. Ardizəna, təganasmaro awo laa muhim kəlanzən lejin mbeji.

"Karəngə adəman wuro kagala sadin" Alhaiye wurmawomo.

"Daji, kamu bəlin ye fatodən fanden?" Aminaye wono.

"A'a. A'a! Alaye səraanaa…….Nyanyin ba amma dikiyawo?"

"Dəgaiyen wudə kuwami yaye kamunəmga," Aminaye jaapkono ngawana zəgəndinna.

"Adəgai nyidə kamunyidəma……….." Alhajiye tiro tawalciwo.

"Kagala kaduwube ndarabe au abiye?" tiye cuworo.

"Fella gədiya Bakarobe."

"Amama nduma nadən dəgana ba."

"Fuwulan am mbejiro waljin," sə jamdə lewono.

Darye Fatima-a Bilksu-a Laila-a Amina ziyaraza, bananza dawarnodəro sawudə. "Adə awo kəla nzasa siyasabe-a nelewabe-a ilmube-a naptəram jawabe-alan ruwonyena. Adə kamildə gənyi. Kərane, daji rangye ngəlaro gaiye ruiyen." Bilkisuye sə Aminaro fayildə hazəgə cono.

"Wudə kəla futu nzasadə tədinyen ruwowoko," Lailaye wono, dayina laa fəlejinna.

"Loktunde ngəwu ba. Abiro nadən kəranəmi," Fatimaye wono.

Aminaye kakkadənzədə mazə nagowadə kəra badiwono. Wono gumnatiye sədi ajabewoso karapkawa kəlakəlbe koksa, təganasmaro kamuwa rəpkataa,bankiwa kəlakəlbe koksa, yafaluso, barewu duno kəskeaso, sanyawusoro kusu afua sadə; wala koksa yafalu sodə sandima sədi cidazanabe waratazainno walza; sahara kaltəgə-a sədi duwo faidaawoso am sədi baro sadə; bəndər-a kusunyi-a yafaluso-a karapkawa kəlakəllabe-aro taman kəskeallan sakaladəwu; nyama təwandənadəbe ladonzə-a samtənzə-ada wuza ngawo suru daptə nanka; sədi duwo diwal sharable ngənyi mukko yafalusoben samawunadə sandiro kalaksa. Kəla hapsə bayen dioro, "Kanadi, kərmadə awodə jokkonjorokkon. Raayiwanyidə na fallo sapkəgəkin kuru gade ye tangin. Kəlakəl aragaljabe bas wungo."

"Showoriwanəmdə dəmmaro kasatsainba. Ngubdolaro gəpsaain, adə ronyi yaye buturo fingin, Fatimaye wono.

"Abiro?"

"Sandiro kəlanza casanəde gulləm. Kwanəmdə shima dawu am showoriwa anyi wazaiyen burwodəro nongəna."

"Shi kam jilibiro nowam," Bilkisuye bayengono.

"Wudə kərmai fuktə wartə gənyi gulngo, nzasa bas," Amina wono. Kasatsə zortəye səkkə dawarngənyi dalil dawarnodə siffa kalklal gozəna nanka. Takaffarnzə bəlin-a nzasarnzə-a samma cidadəro səkkəna, kuru sulwudə tawadə.

*

Ngawo magə indiyen Manifesto Bakarobe: Dulwuwa Karapka Banabe Nzasaye sutuluwu. Gumnna Kəryebe-a Komishinawa, Majilasku-a Katiwuwa Hukumawa Ganaganebe-A, Mai-a Sharawa Kəryebe-a, cidawu hawarbe-a cidawu kurakura-aro zuwaada. Jamiyalan samno dawarza, Aminaga bowoza nanzə manifestobe ruwozənadə bayenzə sa. Kəla dawarnodəben taidaza gashipkata suro-a deya-ason. Na laan ngəlaro samowunyi amma kəladən gashiptanadəma Aminaga kurnozəgəna. Am Bakarobedə futu təmazəna gənyi jahilwa siyasabe, raksa raayiwa gadegade asuza kuru nozain.

Amsodə candi mazaindəro asuzəna amma futu kəndoye nozayi. Rayi duwo kamuwa-a kongawa-adə samma kaldə na laan kasada ba fəlezana, kamuwadəma kongawama ngalwodə kasatsana. Aminaye dalilwa duwo kiyas jamabe adə asutaro tiyerənadə asuzəyi.

" Kakkadəndodə fandena," Alhaji Harunaye kajiri tiro guljiwo.

"Abi tangnəm?" Aminaye ci məməskono.

"Kərmadəro abima ba," Alhaji Harunaye wono napcinnaro. "Haiyaro bil kəla kamuwaben Majilas Keryebero yikkəkin. Kəla hakkuwa adabe kamuwabe ummadən. Loyawa Majilastebe kuwamison dawarzain."

"Fallo rangnəm taknəmba gulləma; ndu nyiro bildə yikke gulzə?"

"Kəladən am ngəwua zandenyena."

"Gashiptədəro kamuwa dozain wa?" sə Aminaye cuworo.

"Gashiptə ndaso? Lala! Majilasku bas kəladən zandezain."

"Kəla siyasa andiga lezənayen cindeama ngəlawo". Aminaye shiro kokori bayenne sədin. "Rangnəm wala kəla kamuwaben kamu falma kəladən manawa baro koktədə mowonjinba. Martəgəne, demokəradiyadə maananzə am notuwinnna kərəntə, gashiptəndon sandiga tuluwo gənyi?" Aminaye taktənzədən kamu falma kəla abiyema ngawon showori zayi. "Kərənne Amina! Ndorenəm adə ranginba! Fajerra! Alhaji Harunaye sə lewono.

Aminaye naadəro ciwononya Fatima isə karawo, ngawo kawu kadayen, dawarrata.

"Abi waazə?" Aminaye təmaaro cuworo.

"Awowa ngəwu bannatana: Karapka fuwurawa be wurzana, kuru kurawanza indi saaro jamiyadən yoksana: kuradə Peter Akin-a banama-a kuradəbe-Laila-a. Kamu duwo Funtualan kənzəna sədəsa sharazanadə?"

"Aa nongəna."

"Tiro sharaye howun nzəzoye kamzəgə, dongurlan taratə.

"Sulirode dimin."

"Bil duwo marstawanzə kwanəmye səkkənadə asəlanmaro dəwun kamuwaro. Kəladən hawarnde gana. Kura majilasbeye, andiro ada, wono wande membabimaro fetezaayi hatta walaro waljiya duwo."

"Futubin hawardə ciwandəm?"

"Majilasma gawil andiro gulsaa. Kasada banzə fəlewononya, Fatodən cofe kaanzədə camowo!" Fatimaye nasha laa bildəye farakko kəra badiwonnonya, Aminaye cotto gərrajin.

"Məsələmwa samma kamuwa-a ferowa-a diwallan lezainna fatəlen zaktain.

- Ferowa nasha gana laa kolza maaranta kərazain
- Kamuwaro kasuwu laiye dapkata.
- Karapkawa kamuwabe walta sunza baro sakkin.
- Karapkawa kamuwabe walta sunza babro təkkənadə kurawa kəryebe-a kurawa adinbe-a tandiga sonotin kuru kəlanza wuzain.
- Kamuwa duwo sanya fatobe sadində haraji biyazain
- Kamuwa kəla deyadə cidaram kəryebedən kolza cidazainba
- Kamuwa kəla deya fatowa gumnatiben dawunadə duzain.
- Kamuwa kəla deya duwo suro gozanadə kənzəna sadəro howumtain.
- Tusu kənzambibe kamuwa nyiyaaro dapkata.
- Kamuwa cidazaində fuwun cidandutalan nzəliwo sawandiba.
- Kufuwa hisbabe kəryedən darason fomza futu kamuwa kazəmu samində sorin.
- Gadero kamuwaro hakki sədi gantoye dapkata.
- Kamuwa kəla deya duwo nganji kəliadə ngəriwuwa sasamburo howumtain."

Aminaye sasaranyiro kərənjin. "Kəmanyi! Abiabin zahirro angərrada? Andiga ngawonben baksana. Adə zau. Kasanne ngawonye awo adə waajinba?"

"Sabi kamuwadə donəm awo adə luwalazain? "Fatimaye curowo.

"Bali," Aminaye datə baro jaapkono. "Loktundedə zauro gana."

"Adə kalkal. Sandiro manaakin" Fatimaye ci məməskono. "Adə loktu and-iro zauro zəgəsə. Dunoa-ye himma yero walnyewo. Bali ture luwala kawubero dawarten."

Wazənanzəa bənedə, Fatima-a, Bilkisu-a Laila-a Amina-a hangallan sak kamuwa miaa kozəna tandiga jezainbero leyada. Fatimaye fafarandadəro zəwa kəla bil fuwu Majilas Kəryebebedən mana badiwono.

"Adə andiro bəlaa lasaa kəndəga zaman kurero yikkoro ciyada. Hakki yabe duwo Kəma Mai Alaye tiro cinadə, kərmadə ndalzana: hakki dulinzə nanzən rotaye. Bildəye wono, hakkidə mukko kongawaben. Kamuwa fella lardə adəbero ilmu zamanbe dapsana. Kərmadə tandiro suro nəmjahil-a ilmu ba-ayen dawu ada."

Zar bube dawu Fatimabedə sa zungu gozənadən fujin amma cinjinba. "Sandi duwo Majilaskun bowotain adə munafukwa! Ada kamu nganji kəlia duwo kəla deyadə ngəriwu sambaro howumzain…….. Tidə ndua bowada? Kamuye raksə kəlanzəro suro cin wa? Abiro kamudə howumza kongadə kolza lejin? Gumanati adə andiro abima sədinba. Kəlandero mbəltewo! Dawu jenye yenba."

Fatimaro, mana languoro-a ngodo-abedə suluwu. Waladə-a nizamdə-a cidawunza-adə languron gənyi jaaptin wono, amma luwala ngələwuan, wono. "Kanjimali baro bakne, dawunza kərrine, zauro sandiga bangne kuru doidoiro. Adəma futu duwo bas. Ndumaye kazigiwa anyi baro sədinba, kuru kazigiwa anyi baro kəndodə sai kurawa anyi baro diyen."

Aminaye Fatimaga wuzə ci məməskono, karəgənzə adə yindazənaan, samnodə dawono, kuru kamuwadə fanza-fanzaro wallata, falnzawoso tafakkaranzə-a futu howumn kəlanzəlaro kamzəna-a. Aminaye amdə lamardəbe nəmkurwowunzədə asuzanawaro kəla yirjin, amma futu halnzaga ngaltəye ba. Sokku waltainladə, Fatimaye gərraataro tiro sawartəgə shin, "kərma jamiyadəro lengin samnonde ku bənero mbeji, daji Bərnyi Kura Lardəbero lengin manande Sharam Kuradən mbeji. Kərigə ngəwu na gadegade kadan" Tiye dawono. "Amina, cidawa duwo nyi a wu-a wuzanadə zau. Andiga kuletsana. Gonyewo sandiro gəpkəgəyewo."

Aminaye awo Fatimaye guljində asuzəna, amma kurunzədə loktu məradətəna. "Fatima nda gana lenyewo awo duwo kamuwadəro gulnyenadə sadə," sə showori cono.

Fatimadə, son yaye, mana fanjinba. "Kərənne, luwalabin yaye fella duwo ngawozənadə sukurunaro kasaccin. Andiya leyada, sandiga lenyende kolnye lezaiye, andiga letadə kolzainba, kuru daryenzədə andiga zauro aziyajin təganasmaro kamuwa-a am zamande adəye samma-a. Kufu duli waskaabe adə sulwubimaro taminba."

Kəlanzəlaro samnodə-a Fatimaye showorinzə zaudə-a takciya, Aminaye kazaadala dunoa awonzə sədin nozəna məradətəna sə showori gowono.

Zanga-zanga cibedə gana. Sokkudəma, kəryedə dunoa, kuru diwalwanzə kənasarye samma mbeji, amma Aminaye nozəna tidə raksə kəladən takcinba. Luwala kuraro dawartəminna, awo məradətənadə nzundu.

Wazənanzəa suwadə, Aminaye katabnzə burwobedə showortə Majilasku dəga natəgə, raksə sandiga səkko bildə walaro kəndodə dawarzainga. Larai-a Amina-aye tiga sosordaa wono. Aminadə zauro himma gozəna kuru suro bəlawuronza Majilas Kəryebero lezaindən kongawadə kərənzain ye asuzain ye sə kəlanzəro tawatciwo. Kənshezadən, Alhaji Isa, Fatodəbe Camanzə Maslaha Jamabe-a Citəbəliinmi-a Ada-aye tandiga səmowu. Shidə kori gurzam, siffa kam kursanabea.

"Aa! Abi nandiro range dikin?" wono.

"Andiro dama sadowo kawu bildə kəla kamuwabedə walaro diwuinno mananye, Aminaye lawasearo jaapkono.

"Kwandosoro gullowo susundoro kəladən manaza," shiye wono.

"Amma waladə tamtam kamuwabero kuttu kuru andi ye kowonde fantə manye," tiye wono.

"Amma kamuwaso tamtamnza ba," kasudu nəmangərye gowono. Aminaga zəksəyi.

"Bildə gərnəwuiya manye …….." tiye dunoaro gullono.

"Kwanəm səkko," Wono tiga fəlejinna. "Ca dəgəshillan shiro awo karəgənəmbedə gulləgəmin. Fane duwo ba walaro sadəna, memba fal kasatsəyi gulzo. Wala duwo kəryedən wada-a nadawu-a waltə suwudin adə loktəzən kadio. Kuwangaidə Gumna Kəryebe mukko səkkənaro waljin……"

"Maananəm wuga kolza membawaro manaakin wa?"

"*La Ilaha Illa Allahu*" kamdəye yilzə kuru kasudu nəladoye gowono. "Nyi suro dunya jilibiyen kargam! Nashinəmin wa? Nyi zoli wa? Nyi nduro təmaam? Membawa martawaaro manaamin? Am kurawa soga darajanəmi wa?"

"Kərənne!" Aminaye shiga təgaskono, "mowonzə wala kəla kamuwaben cinza balan koknəwuin."

"Kamdəye ajapkono. "Adə nəmzoli gədima! Adə awo yasarayema gənyi! Amina, nyidə zoli kamuye!" Kəlanzə gəzəksə, shimnzəga kalkallo wujinna. "Kamuye kongaro manazəyin, məmba Majilasbe martawaa, alama kəlamanzəgai. Təmanəma nyi kəraata nankarowa kongaro awo raamma gulləmin? Fanyin kamuwa dəgə-kamuwa ngəla-ngəla dəgə: Kamuwa zauro nadawua, konga kəngawu kuru darajaa, nyigai gənyi."

Aminaye bəla kənjoro wawono. "Na adəro kəla kamuwanəmben manaro isəkəyi. Loktu lejin!" tiye fəlewono.

"Andima loktunde zauro gana. Wala duwo mbal deta-a lado-a samtə-a kənza-aye kəryedən haramtəyəyə koknyen. Diwal laa cuwuna sawande ngəla Baturebe yikkoye kəlan zandanye. Daji batalla kəntagə falye gonyen."

Aminaye ajapci. Taidazə bayengono: "Kərənne, kərmadə sandi anyi gənyi muhimwo ! Amsodə kəmbu-a nji-a kannu latərikibe-a na bumbe-a karewa gade kəndəganza ngalwozəyin-a mazain. Martəgəne! Walawa duwo amro shimtiti cidabe cinna-a sandiga allamjinma-a kasadə-a nzundu-aro sədinma koknowo……"

"Dane!" sə yillono. Maigadiwadə bowozə kamuwadə yoksa suro Majilasbedən sotuluwu sə.

Amina-a sawawanzə-a Gumnari nganzaada, na gumna kəryebe dəganadə. Awo adə waazənason, kuwami yaye waladə koktanzə dapcinno təmazəna, kuru kanadi jaja ngəla suwudin.

Gumnarin, Aminaro ada waladə gumnaye mukko səkkəna.

"Shara Kuradə range rukin wa? sə Aminaye cuworo.

"A'a, rumba," cidama laaye wono.

Amina karəgənzə kuttua Gumnari kollono amma bəla cinyi Mairi nganzaada. Kazaadalawadə dunya gadelan kasaruro asuworo, dunya kənashin kausu dawube. Ngawo ngoaben kasaru kuru məradəwa ambedəro sandi kusoto.

Daraja kwanzəbe nanka Maiye Aminaga kapciwo. Languronzəga kərəngono, daji sandiro wono, "martəgənaro waltənowo fando-fandoro kəlewan dəgaiyowo. Kwadəmdə shima kura fatodəbewo. Shiga darajatədə alama Ala daryanəmagai"

Amina hangalzə tuskataa fatoro lewono. Amma tiga deyan jezaində njimzəro dozəgə, radiwo wassə hawar kərəntaro. "Ku kamuwa laa Bakarobe harmo baa, kuranza kamu laa maləmnasara fuwunna, suro bəlaben leza Martawawu Majilas Kəryebea təgaskada. Adə kamuwadə wala futu demokəradiyamben koktənadə waza sa hakkiwa-a nəmbe-a mazain ada. Kuranzadə, kam shimzəm surunaye wono, memba matrawaa Majilas Kəryebe falla lanzə kuru bakkono.

Kura majilas kəryebe martawanzə Alhaji Bakoye wono komiti awo nongua waazəne adə kulastəro kokosana. Wono waladə nya ngəlaan kokkatə, halwa batti-batti kamuwabe kaltəgə nankaro, kuru wono waladə adawa adin-a adaasoga halafsəyi.

Kura fatodəbe martawanzəye kamuwadə wande tandiga bangaksayi amma fanzan suro nəlewayen napsa wono. Wono kamubiyaye kasatsənyidə shararo leza, kuru fitəna kamu kolləm kəratəyedə yitaasujiwo. Hawar gade yen gumna kəryebeye Karapka Kamuwa Bakarobe-aKarapka Kəlakəl Kamuwa Bakarobeadə wurzana. Akawuntza bankibe rozana, kadarinza samma samowuna, kamuwaye samnoso, zanga-zangaso samma haramtəgəna. Kufu hawarwubeye kura kamuwabe, Malama Amina Harunaga kururo mazana tiyero.

Tiye radiwodə cezə loktu laaro takkono. Kamuwadə tima təmaaro samiro wuzaain. Kəlanzə hapsə sandiro ci məməsshiwo. "Kəndəga kamben zaman laa mbeji kamye awowa indin fal long karjin: Kəndəga au kərmu; dawu jenəm yimin au mbəlləmin. Zamandə naayena. Dawartənowo kəla kəllọwo awo fuwun diyendə nonyewo."

Yim Zəmaa, Aminaye ngawo kəngal zulzənayen ngawo kongawa mashidi dawu bəlabero salaro lezanayen samno bowono. Am ngəwu isayi amma tandi mbejimadə kawulizə, kuru showori futu walawa anyi wurtəye goza. Kamuwadə walta nəmkazaadaladə tiro tawatsaa.

"Andidə wahala liyena" Laraiye wono. "Kamu ngərmgərəmzənaye yukuroworo rijinba. Fuwuro lenəmiya numin, ngaworo lenəmiya numin. Fuwuro letədə karne!"

*

Ngəməri Layabedə karəngəman ishin. Kongawaso ngawo bəlabero salaro soluwuyində, Aminaye tafakkarnzədən kamuwa ye yim adə faida kəlanzabero faidatain.

"Təmanəma abi dimin? Ndu kəma fatobewo , wu au nyi?" Alhaji Harunaye koronzədə njimdəga gəzəkkono. "Abiro wu balan wuga nonguro cikkəm? Nyiro kasam ngəwu yikənadə ayewuyi. Naptə nəlewabe nankaro karapka kamuwabedə njesəne. Botowunzəro lezə, kaimenzə farzəna, kuru Amina rizəna, tiga aziyajinno təmazəna. Amma Alhajidə zahirro hangalnzə tuskatəna. Futu dim kamunzəga səkkə kamuwadə koltədə nozəyi. Langurotəwo, tiyero, tiro wadəwa gojiwo wawono "Kasuwnyi-a kurisnyi majilasbe-a naskannəmnno nonuma wa? Wu ba duwo nəmkuranyi jamiya Majilas kufu ngəwuaben ngore wuga səlzaində nowuma wa? Kagala duwo fandəkində kəla hal banəmben wuro daapshadə nonuma wa?

"Anyi kazigiwanəm, kakke gənyi!" Aminaye sə ngawana gəzəkkono.

"Nya ngəlan bildə cəkkəko," Alhajiye bayenjiwo.

"Alhaji," Aminaye wono botowunzəro gərtəyinnaro. Kərye adən am ngəwu taidazana bane sorin, ngəwunzaso kamuwa, kuru walawa anyi wahalanza səraində nonoma wa?"

"Amma abima range dikinba,"Alhajiye kəlanzə faiyono.

"Jirero, Amsodə banen kasarudəro nongəna, amma ndun tamin, abiro kərrəgəmin, kuru futu bane adə kambaigəkin nongəyi,"

"Ruwonye kuru showoriwa yena."

"Showoriwandodə kalkal gənyi. Abima lamarwa gumnatiben nonumi."

"Wu kam lardəbe, hakkinyi manayi fantəye mbeji. Ilmunyi kam kadaa cidanyenaye mbeji, kuru raayiwanyi nəmfakkar gərtəye mbeji. Abiro nandi kurawadə amsoro njiskəgəwui?" Ngəlaro shiga wujinnaro, Aminaye cuworo.

Alhaji Harunaga sətajayapsəyi. Futu kamunzəbe datə baro manazəyində isə səlina, amma kəntəwonzə tawattəgəro mbəltin. "Wuro gulle," gəraataro cuworo, "jamiabi siyasabe au ndu nyiro wahaladə suwudə?"

"Wahalawa anyi nyi-a am nyigai-a am letəgəramndo tilo-a sawudə."

Himmanzədə curonyi mayetə badiwono. "Martəgəne awo tajirwaa adə kolle."

"Reta-retan kolləmba. Datəgəramnzə rukin. Kamuwa yafaluso-a letəgəyendəma nanəmmin tajirwaa, wu diwaldən letəro dawarrata."

"Daji fato adən luwumin," Alhaji Harunaye jenzə daryebedə wuiyono. "Luworo dawartəkəna, amma ngawo Layaben," Aminaye hangallan jaapkono. Alhajiga gəzəksəna amma kokorizə fəlezəyi.

"Aa, kasangəna", wono, kuru kəlanzə gəzəkkono. Amma kamunzədə kuwami yaye awo fal shiga ajaptəgəye mbeji.

"Wu suroa," shiro sa suluyindin guljiwo. Dazə tiga curo, nəmmuhim kawulinzəbedə asutaro. Nasartəyi, kəlanzə təksə suluwo lewono. Amina nasartəna. Tiga kamu jilibiro təmawono? Dalil duwo tiga cuwuna Gəmsu Aminanben bowozanadə karəngəman nojin, kəla kərigəbe amnzəro mbəltəna.

Diyalnzən bozənadə, fasal laa cidajinno tawatsəgəna laa takkono. Burwon, Mairoa kəlakəlzain. Hauwa-a Larai-a bowozə tiga fato Mairobero sosordaa sə. Fasaldən rəptano, kazəmunzə hangallan səmu, suno tiro datənzəro inci yakkə sərainma cikko.

"Samma fete! Laraiye tiro wono sandi yakkədə kate diwalwa sələm am ba-a sursuriwa kadawua-a jaa. Mairo burwodən Aminaga asuzəyi hijab səmuna nankadəro. Aminaye kəla fasaldəyen tiro bayen sədə kuru hakkwanzə ye gulzəgə. Sokku fasalwadə tamozaindən, kwa Mairobe cinnadəro kadio. Mairoye səgasə suluwu shiro wono mashidi Alhaji Harunabedən kam laaye shiga jejin sə.

"Wande kusutobima mowomi, təganasmar kamu shetan Amina sain adə," bariya cikko.

"Tidə kamu ngəla, "Mairoye kalakciwo.

"Wush! Tidə kutərama. Adamganaso gənyi fasalwa Alabe falzain. Ayewudə Alhajibe. Ca tiga nyiyajinba. Kamuwa kəraatadə sabisoro tandi kutərama ye tajirwaa ye. Adəma nankaro wala ilmu ferowabe daptəye ngawo taidange takənadə. Kamu allamtədə loktu-a kungəna-a basari. Rui Aminaye walawa Alabe luwalajində!"

"A'a, andidə walawa Majilas Kəryebeye koksənadə luwalanye."

"Ndu "ndidə?"

"Kamuwa Bakarobe."

"Nyi dawunzan wa?"

"Wu kamu gənyi wa?"

"Awo nongəna adə ti kutərama adinma gənyi."

"A'a Tidə Məsələm ngəla. Salijin ye zəmjin ye………"

"Adə yasarakənyi. Am ilmu Nasarabe kərazanadə Məsələmwa gənyi" sə lewono.

Fatoro waltaində, sandi yakkədə doiro lezain. Amina indiro talwono. Suno datəa yikkodə səliyi. Alhaji Haruna-a kongawa indi-a deya fatobedən dazana. Aminaye waltə hijabdə saasa, fəskanzə cotta zakkano.

"Nyi ndu?" Alhaji Harunaye cuworo, sokku tamindən. Hauwa-a Larai-a kəlanza yita asujaa.

"Adə Rakiya, kamu bəlin, kamuwanəm lewaro kadio," Laraiye hangallon wono, Amina fəlejinna. Kongawadə walta fatodəro katəmo. Aminaye sunonzə-a hijabnzə-a linzə kuru kərəntano zande kate kwanzə-a kongawa indi-abedəro wallatə.

"Alhaji, tidə tajirwa," kam safari bəlladəye wono.

Ngəməriro tiro awo laa təmazəyi yikin. "Fato nguro fatowa gumnatibedən yuwuke yasakəna, kuru sulsulando ye yuwukəna, bidiyon-a awowa gadeso-a ngawo ngəməriyen tiro yikin," Alhajiye gullono.

"Awo batti ishindəro dawartena, konga laa gəmaje-T bakkataa səmunaye wono "Darewa Zanga-Zanga Daptəwu-wato "Karapka Yeje Lene"- sandi cib dawarrata. Askərwa Gerger Mato Sulwea-a Askərwa Shibe-a ye luwalaro dawartana. Askərwa maari samibedə yero wurmazaana wanee nzəliwo samibe məradənyenaga."

"Amma komishina darewabeye duno faidatədə səraayi. Wono kamuwadə mananza fantəgəramma, walawa bəlində zau. Walawadə wurzaiya səraana kuru sa kamuwadə zanga-zanga badizaiya izunu sandiga taye cinba sə mamariya cikko. Ngawo cidawa Karapka Kamuwa Bakarobebe taidazə sətana," kam safari səmunadəye wono.

"Daji abi waajin?" Alhajiye wono.

"Banama komishina derewabedə ngawodə sətayi."

"Fatodəye komitinzə hukumawa sənanabe," Alhajiye wono ngawo dazənayen, "wuma camandə, karəngəman Yuropro lenye samno kəla futu hukumawa sənana koksa kuru sonotinyen diyen. Rokkonyin tiga gonge lengin, daji Umra diyen, kuru waltenna Londonlan danye luwaya sədin."

"Ngəla, Alhaji, abiso mukkonəmmin," kam safari səmunadəye wono. "Bali bəne tadiye."

"*In sha Allah*. Barga Ngəməriro!" Alhaji Harunaye wono.

Bənedə səyin kalla ba. Aminaye cizə dazə, takkadəro lezə deya curo. Suro liiji adəye samman futu kəndəgadə lejində ajabba. Bali kəngaldə suluyin, kasamdə fujin, ngudowadə farzain kuru casarin kuru amso ye suro kəleləben kasaru, ngəməri Məsələmwabe shiro kurawo babe kəlele. Bozəna amma raksə letsəyi. Kazaadalawadə dawartanaga kamuwaye dawartana. Tima fuwumawo. Bali adə zanga zanga sadin abi waajin yaye.

21

Wazənadə, Aminaye suwa fit fawono. Diyallan bozəna, falafalmben nzundunzə zanga-zangabedə zəgana surin. Zanga-zangadə kəndodə kalkadəro ti hujjanzəa, kuru raksə fuwumaro waljin ye, amma fuwuye kənasara-a kənasar ba-ayedə ngaljin. Abima fallo dazəgənyi kuru kasalaro ciwono. Suro kəmolo yokcinyen Aminaye radiwodə kawuli gumnabe ngəməribe adabedə fantəro fərəmagono.

"Assalamu Alaikum! Am lardəbe nda watəndo, yim kəlele Layabe adəye kuru askərande Kəma Mai Alaro kajiwo, kangurnonyi Məsələmwa kəryebe sammaro zuwangəna. Kuruson rokko Məsələmwa dunya kubben karəgə kəjinyi fəleyin. Kudə Məsələmwaye darasəwa Islambe ngəla-gəladə taksa kuru imananzəa Kəmaro bəlinzaain. Kəlele kubedə andiro Ala nankaro kəndo-a kanadi-a afutə-a taksəyin, kuru umma himmaa ye adal ye gartadə andilan hakkundo. Nandiro kurnotəkənaro wurmaakin kəla gumatindedə awo yanyi layeya jamaro sədənayen, kuru Kəma Mai Aladə Shima shadawo. Wuye dama adəlan ngawetəke am sammasoro langurotəgəkin wada gaiyowo kuru kəlewan dəgaiyowo. Naptə nəlewaye-a fuwuye-adə fandoro kəndəga nəlewaye məradənyena kuru Islamdə maanzə nəlewa. Gawura-a barga-a Alabe nankaro, zamande adəlan, taidanye moduwa diyen! Barga Ngəməriro!"

Kawulidə dazəna kallan hawar kəryebedə ndəpcaa:

Hukuma darewabeye amsoro langurotəgəna nəlewa-a wala kəngayo-an dawu suro kəlele ngəməribe adən. Kawulidəye wono, ndu yaye au kufu yaye naptə nəlewaye adəga təgasshiya shiga futu sandənaro howumzain. Jamasoga walta yitataksaain samnobi yaye samno adinben nguron au Barganzə Gumnabe amari cin gənyiga, tarzjain, kuru fitənamasodə, cul soriya bəndəgən baksain."

Aminaye radiwodə cezə daji kazəmunzə cimo. Awo səmunadə 'kazəmu wujirbe.' Kazəmu launu-kadami adə nəmshawanzədəro cirra. Dankwali shawadə ye kəlnazəro ngəlaro səyerə.

"Sandi samma lezana," Mairoye tiro wurmawono. Amina culowo.

Jama dozanadə ngəwu soluwuna, amma kamuwa laadə luworo riyada. Sandi ngəwu nyanzadə fəskanzan fəlazana, Aminaro kambəli kambo adəlan ngawo kəntanza fəlezain. Kamuwa laadə zəktayi. Kausu baltebedəye launu kazəmuwa kamuwabedə shawaro fəlewono. Zəmzəmnzə fanzain, kuru nurnzədə-a nur fəska kamuwa angərzanabedə-a ratalnəmiya ndunza shawawonəm korumin, kəngal tambində ra kamuwa zanga-zanga sadində.

Aminaye kamuwadə isanadəro askərzə. Sadən sandiro maana "boro cezəna"be gulzə gənyi, amma kəla walawa-a tamoramza-aben kawulijiwo.

"Harajiwa duwo kamuwaye biyazaində mayawa ba ye zau ye. Lardəndedə razəgənzə am ngəwuro njistəgəye mbeji, nduso gənyi yaye… jiredə razəgə lardə adəbedə kalkallo samtəyi ye, hikimaaro samtəyi ye…………."

Aminadə karastəna kuru hangallan manawono, jamaye zaizaizanadə alama yaatəye fəlezəyi. Tiro ngawo kəntanza-a kuttu kasattə ba-a nəmadal ba kasattə ba-a lapnəm kəmbu kasattə ba-a nəmba kaltəgə kasattə ba-an sandi samma fal. Tiga nyanza kərəntaye mbeji, kuru Aminaga adəye səkkə burwomaga kozənaro duno manaye səwandəna.

"Notundeye fəlezəna kamuwadə raksa tandiga rəpsaa fəllabi yaye lamar razəgəben cidazain. Range kalkallo cidawande-a hakkuwande-a diyen. Kamuwadə, kongawagai, hangalla, kuru raksa awo dawarzain ye, nzundu-aye, kuru bangalashi ba ye. Kamuwaga allamza zaizaiya; tandiga adawalan ranzayiga raksa sandiga kozanaro awo sadindəro tawadəyi mbeji. Nda kongawandega korowa kəske anyi korewo; karnu kozənadən ummande fuwutəgəro abi kənasarra diu? Abiro kamuwaro riyau? Kamuwaga raauwwa ye njiskəuwwa yega, abiro awosodə bəlingəu wahalanza fulunəwui? Kongawa ummawa gadebedə kuren məradəwa kamuwabe galzana, abiro nanzan liu wa? Nandi kongawadə nongunuwui wa? Ada gərratə kamubedə kau kannu yulokcingai. Kərma andiga lesauwadəga, andi ye finyen."

Aminaye sandiro su fasalnzəbedə 'boro cezəna' wono: "Suro nəlewayen fande-fanden luwuye maaranta badiyarambedən lenye namyen hatta mərdəwandə galzaiya. Andi kwandeso gənyi luwalenyen, au kongawa gənyi. A'A! Andidə walawa zau-a nəmadal ba-a luwalanyen. Martəgənowo, wandowo awo adə luwala kate kwaso-a kamunzaso-a, kamuwa-a kongawa-abero ruwui. Walawadə wurza, harajiwadə wurza, karapkandega kolza, tawadə duwo kongabi yaye kamunzə au kəraminzə ferobe an feronzəga au kamubi yaye nyokkunojiya howunzain gulzaiya, watlen."

Amida laa kasatəyisə na Aminabero lewono. Aminaga kuru ngəktə-a watə-ayen wuwono. "Nyidə zoli kamuye! Bakaroro tuska bas kudən məradənəm galtəro! Fato kwanəmben kəndəganəm kuttua, rangnəm luwum kwa gadebero lenəmin." Njulu təfazə lewonono. Kufu kamuwabe gade leyada, laa Aminaga lanzain laa ye kurwunzə sadin sain. Ngawo leza nadə kəlewazənayen, Aminaye am ngawonzə satanaro manajiwo.

"Kəmbuwa-a kalwowa-a məradənyenadə fande-fandən gonyewo. Misallo fato Alhajiben ngəlaro indi-a shangawa buwu falla gongin. Fato Alhajibendən suroan au deyan saptənowo, nadən badinyen," Aminaye wono.

Dawu bəlabe Bakarobe samma kannu gozəna. Kamuwa angərzanadə kongawaro fete. Himmanza-a fəskanza angərbe-a lenəm-arenza-aye fəlezəna. Nduso, təganasmaro kongawadə, abi fuwun waajinno jezain. Aminaye dawu fatobedən dawono. Kufu kamuwabe ngawonzən data laa ye deyan jezain.

Alhaji Haruna fəlango fəska sapsəna kuru zəktəna. "Abi waajin?" sə cuworo.

Aminaye cizə gam dazə duwo shiga dadatəbaro jaapkono. "Awowa ngəwu kalkal gənyi! Showortena walawa yikkəmadə-a karapkande dapsanadə-a luwalanyen."

"Kudə yimnzə gənyi! kudə batalla, yim duwo kazigiwade nyesənye kuru naptə nəlewabe-a karəgə kəji-aben dəgaiyen," Alhaji Harunaye kambigəwono.

"Yim adinbe muhimdə nonyena, amma məradəwande galləwuinga....."

"Abi manəwuin?" Alhajiye təgaskono.

"Məradəwandedə nyiro bəlin gənyi, nyima saawu kazigiwandebewo."

"Walawadə kamuwa nzəliwo nankaro kokkatə," kambigə badiwono, kawu hello ci tiloa kamuwabeye shiga ləpcinno.

"La! La! La!" sa gulzain.

"Andi dabawa gənyi susundero showori gonəmində, Awo andiro ngəla ye nonyena diwi ye nonyena. Ca andiga showornəmin au kərənnəmin." Aminaye wono.

Alhaji Harunaye dazəna awo sədin nozəyi, zəktənaro Amina-a kamuwa gadə-a wujin sapsə yinzə kuru wattə jaapkono: "Majilas kəryebedə waltə napciya, wadə walawadə gam kuruye gongəna.....kuru wu wakilndoye wadə harajiwando samma biyabe gongəna."

"Nyiro askərnyena, amma kazigidəro sulwu mazə gənyi. Andidə luwalandədə kəla wala aduwo kamuwa haraji biyazainbedən, wurzaiya, kəryedən kamubima biyajinba. Nda bali minna rangnəm biyanəmbaga?" Aminaye shiro mana adə gəpciwo.

"Harajiwa anyi razəgənde sango-a kusuwande deyabe-a biyaro faida, " Alhaji Harunaye gullono.

"Adə kaziginde gənyi. Andi gənyi razəgədə banaaye bannatə, daji abiro sangonzəro biyanyen?"

" Nandi kamuwa ayewu baa," Alhajiye kamuwadə fəleta badiyono, "kəmbu-kəmburo kamunyi awonzə tajirwaa adəlan su majində gawin. Bigə kura diuwa. Martəgənowo, su Alaben nandiga ngodongin lenowo!"

"Andi ye nyiga su Kəma Mai Alaben ngodonyena walawa anyi cinne," Aminaye fetero jaapkono. "Kolle nyiro takkəgəke, adindeye kam lapnəm kəmbu-a njokkuno-a dapsəna. Kwa Bargaandə Nawi Muhammed (Mbərshe Alabe Shilan Tawatsə) kam kəngati-a rantə-adə cotto dapsəna. Fallo wono, "Aladə kurwowundoga kambaitəma awoso zauro kəndo gənyi." Nyi-a cidawu kəryebe-a bowonyena, kuru maiwa kaduwube-a kurawa adinbe-a bowonyena adin Islambebe kawulinzə-a maanananzə-a haiyabedə gaiyowo."

Hangal-zalan, Alhajiye sak kamunzəbe nganzawono. "Cinəm zangne!" sə.

Suro hangal za adəyen, Aminaye fəskanzə kausuye warjindən zungu cetkono. Alhajidə alama sanam gai dazəna, kamunzə kəndegəmidə lawarjin. Yila-yilan lejində, kamuwadə gozə fatodən culowo, Alhaji runzə daata kollada.

Lamardə kərmadənga mukkonzənno nozəna, biya loktu ganaro yaye, ngəlaro indi-a buwu shangawabe fal-a karewa gade-a fatodən sotuluwu sə kuru kamuwadəro hetkwatadən sapta wono.

Kamuwa laadə dalilnza kənde baye maza kuru adartəwudə nəmngəwun samno ngawoyedəgai sətəyi amma Aminadə himma sandi isanabedə tiga kurnozəgəna.

"Ya kamuwaso," sandiro wono. "Kudə katab gargambe burwoye andiga nəmbero yadoye gonyen. Ndu yaye dawundon awode adən shegənzəa au sasaranyiga, martəgəne nanəm tamman dane. Andi ndumaga mbugəyende, andi am kəlanzaga sadəna duwo ngawo awonde adəye satana bas manyen. Kamuwa amanyiso, lenyewo!"

Batadə ciyada, Amina fuwun. Kəmursowa-a kamuwa suroa-a kamuwa ngawon tada-a, ferowa-a tadawa-a zaain.

Laraiye ferowa-a tadawa-a dawarzə kaiya yetaro:
"Sandi rangata samma cinowo"
Cinowo hakkindoro mbəltənewo
Nəngadə asutəna
Katab nəmbebedə baditəna
Kəltəgənowo! Sandi rangatadə
Walawadə cintəyi mbu
Harajiwadə biyatinba!"

Batadə təgallisə baaro diwal Bakarobe kuradə goza suro bəlabe kadugada. Amso fanzan barero soluwu, laa mukkonza nganjinzan sarwalzana, kuru laa ye ci kaata. Dawu bəlabedə nazaanadə cinna Maibedən nyan kəmba fərbe adabedə sadin. Aminaye kamuwadə gozə am lawartəwudə kamza kowada. Am laa tandi ye suro kəmbadəben mbeji sa koli yeljaa. Am duwo lamardə nozanaye ada Bakarolan ngudowadə suro kejinzaben farza slouwunaro nozana. Kufu kongawaye laa na Aminaye kaduada, yilzain, " abi diminnəm təmaan...? Zəndəyiso! Zawarwaso! Waltənawo fandoro!" Aminaye abima gulzəyi kuru hangallan mbərshearo lewono. Kotorowo kəskabe kəmaduwu Bakarbedə farza koza fili bolye maarantabedən napkada.

Daji kamuwadə nanza zəptəye sawandəna. Kəmbu deta badiyada nduso kəmbu zuwindən, Amina-a Larai-a am gade dəgə-a "Futu Dawaribe" dawarrada. Komitiwa uwu koksa-Kəmbube-a Nzəliwobe-a Nəlewabe-a Fatobe-a Sulwube-a

Kəndəga adəman, kamuwadə kokoriza kəmbu kəji deyada. Ngawo nuwanzə zəwunayen, Aminaye fuwu ofis helmastabedən samnoro dozə. Kəngaldə sukkuruyin, kuru fafaranda dəro zəwaindən fəskanzədə nur kəngalbe dinarbegaidəye waskono. Ngawo zəwanayen nduso nduso kalla kolzə sə. Aminaye mana badiwono, "Andi membawa Karapka Kamuwa

Bakarobe, fato kwandeben luwuyena dalil andiro nəmadal sadəyi kuttu ruiyenayen kuru kuwamison kuttu ruiyen dalil andi kamuwa nanka. Adə gənyi sulwu ngalwodəwo, amma na duwo karapkande wurnəu, kuru kuttu kəla baa gənasaau, andiye sandiro andi adamganadəro fələgəyen."

Nji mawono. Ngawo sanayen kamu laa dawo jamabedən bowono. Kamu tada gozəna nanzəro lewono. "Kamu adəga ruiwo. Fatowa kwanybie Bakaron garjindən faldən ti lewura. Dəwutələs cidawono. Andiiro gulle, biyanəm lekurawa kongawabedəga kalkal wa?"

"A'a kongawabema ngəwuwo."

"Rummaana: cida tilo, biya gadegade. Kwanyi duno cidawube sammabe zuwiya kungəna gana biyajin amma kamuwadəma kongawaa kozənaro dunonza zuwin. Adəlan shi kəngaliwunzə təraiya amdə kəntalaanzə tərain."

Aminaye dawono alama nəmmuhim kalimawanzəbedə kəlanzaro gawo duwo. Tiga asuzana kuru samnodə tamtamnzə fanzairo fangono. Kəla gəzəksə ci məməskono, nəmngəwu am tiga kərənzaindəye səkkə gozəwa kowono.

"Kamuwaro ilmu daptədə ummabedən tandiga cirgairo kalaktə. Tandiga allamtənyiga tandiya mbutəgə sədiya kongawaben dawin. Tandiye sədiya kongwaben dawiya sandi sabisoro cir. Katab burwoye kamuwa betəgəyedə tandiga allamtə, cida-a nzəliwo-a məradətəna sawandə.

"Umma adən kamuwaga nyiya dunobero sakkin. Andidə nyiyadə gənye wanyi, amma rannadə wanye. Futu kongaye kamunzə karjindəgairo kamu ye kwanzə karzə. Feroga kwa səraayi ro nyiyaamiya gadero karəgənzə kəjijinba. Kwa tiga njokkunojinno dunon nyiyaamiya, yim dəptə majiya, raksə tilonzə dəgainba. Dəgaiya tiga su batti-batti kadan bowozain. Ferowa anyi kəra duwo na laan cidajadaye kərazayi. Adəmaro ngəwunzaso faton səgasa leza zaworwaro walzain. Zawortidən tandiga ngatsa dajiya yoksain. Sa kərmurso ye duno baa yeso walzaiya kamuwa jili anyi lailan awowa saladin au ngodozain, kərmunza jezain. Kərmadə, talladəma dapsana. Kuttunzədə, tandi duwo cida sanyawa fatobe sadindəro haraji gənazaain.

"Adamgana samma ummadən nəmbenza cida dioye mbejidəro fetero yitaasugəyen. cidadə hakki. Cidadətədə hakki ndubeso, kartə gənyi. Kamuwa dəwu kəmbuləm zawartin kuru miliyen ada fato kwanzaben mukko dunoro fizaanna. Sabisoro gummatiye cidawa nzunduye mbausana shin. Amma samin sukkuruyinba. Ilmuye fələzəna kamuwadə rangnəm tandiga allamnəm kuru nzundu sadin.

"Futu nomumagai majilasma kamuye ba. Daji, Majilas Kəryebedən wakiltəmande ba. Andiga cotto siyasalan cotulowo.

"Loktu karnobedən kuriya koluwuyena," kowo laaye təgaskono.

"Aa, kuriyande koluwuyena, ngawo koluwumayen kəla awo laa muhim nyiga lezanayen showornzana wa? Kuriya koltəgəndeye am kərmai sonotinro kəntəwo halalgəye andiga ransa saa degəro sonotin. Susu kəla lamarwa kamuwaga ləzənayen andiga sohworsaindəro, karapkande mbejidəman, walawa mayawa baa koksa andiya njokkunotə nankaro. Adə demokəradiya wa?

Kəla karapkande wurzanayen, adə Gumnatidəro gulngin: Təmanəma andiga daptəye wursainga, nasartaəmba. Lamar kubeye fəlezəna, andiga dunoajigəu kuru fuwulan dunoa ye kura yero walnyen. Ya kamuwa so, kəlande kəlnyewo kuru hakkinde adal adəro himmatewo. Karapka kamuwabe zauro dunoa ye kəntəwoa ye garnyewo. Adə baslan duwo ngərməsshiwade fanden, kowonde fantə kuru manande gotin. Nduma be gənyi hatta nduso be duwo! Askərngəna!"

Kannu duwumbedə suro bənebedən samiro cijin. Kasamdə kambai. Kamuwadə kannudə dəriza kəlzana, sulitain kuru farzain. Kaime laa kotorowodən kamzəna kojin coro. Komiti Nzəliwobe sədiya Jummaibedə sakdəro bətərəm cado. "Dane nadən! Watəma au sawa? Are nyia asunye!" Jummaiye fetero təlam tululan gullono. Kamu laa suworu na samnbedəro cordowo. Kamu helmastabe, hawar zəmzəm fəl-a suwuramwa ofis helmastabe-a suwudə.

"Adəma dama duwo kamandə ngəlaro notuye," Aminaye wono dawulan dazəna. "Kəla awowa ruiye nonyenayen fate ye jere yero manayewo daji ilmude yiraiyen….

Wu sunyi, futu nownuwagai, Amina. Saa findi kozənadən naadən wuga casambo. Babanyidə daawama Islambe… "kumbinzəbe kəlan manazə hatta futu nyiya sədəna, abiro kuru futubin kasatsə Karapka Kamuwabe koksə kuru manadə tamojiwo: "Adə kumbinyi gana laa. Kərma falfalmben nduso isə kaanzə gulsaa."

Larai karəgə kəjiaro gəptə ciwono. "Wu saanyi mewutuluri. Wudə am kurawanyi talaa. Suro kənaban karako, kutttun cinge tajirwaro kowoko, kərawo ban cinge tada baro kowoko. Wudə tallama, sa təgamnyi luwo badizənan, wuga yafalu laaro dunon nyiyazaa wuga kuwulero cikko." Futu tiga liitarin roza kuru wahala kənzambin suranadə ye bayengono.

"Liitari kuradəro lenəmiya, ferowa colloramnza suktə collo sakcin rumin. Awoye zaunzədə kwanzasoye tandiga waza kollada la njisaain wala zəktana. Fero duwo kwanyibe ngawonyin nyiyazənadə liitarin rozana. Ngawon tiga ziyarangənadə, liita wuga tiyatazənadəye wono ti ye jili wugairo waljin wono. Bana Alabe-a Aminabe-an merəko. Shegənyi baro futu nonuwagai Amina wuro njissəgə wuro təma-a ro-a səkkə. Bananzə-a ngawo kəntanzə-aro abadanro tiro askərngəna. Amma kargə kəjinyibe kuranzədə cidawa Karapba Kamuwabe adəro rəptəgənadə. Awowa ngəwu kəndəgabe likəna. Wu adəgai karəgənyi kəji kəla kundondi karəgəye 'shitine dane'adəro rəptəgəkəna.

Abiro kwanyi dinadə kəla am zahirro aziyazənayen howunzayi. Abiro ferowa awulaksanyiga roza kuru njokkunzain su nyiyaben? Abiro Majilasdə wala kəla saa kalkal nyiyayen koksə ferowa awulksanyi faizayi?

Kərma fuwundon dangəna adə, na kwanyiben diya wuga aziyazənayen mangin. Konga jilinzədə howunza dalil sandidə ummadəro tajirwa."

Kamu shawa laa shim wulakcinna kuru kənza daataa sulowo. "Wu ye yafalu kwanyia rokko kulo barenyen. Kullum suwa fajer kuloro lengiya kəngal sukkuruwuna duwo isəkin, kuru faton kəmbu denge kazəmunzə tulngin. Awo adə dikkində ku saa mewuga kozəna. Wudə dunoyi ba kuru yimbarəkəna.

Wuga lusuransəna kuru wuga kuwami yaye lusuranshin. Nyama kulobedə kərəmnyeiya, səladiya wuro abima cinba. Sa Kəlakəldə koktənan, cidatəro wawoko, kuru kulonden cidawoko. Adə nankaro wu-a dulinyi-a kənan cejo."

"Danowo kərma hawar sawanyi Lamibe gulnzaakin. Shegənyi baro tidə sabisoro talaa. Kwanzə, futu fanəuwagai, kəntagəwa kozanadən kəla sədiyen shiga casano. Maidəro mbəltin duwo konu, amma ngawo shiga rəpsanayen, Maidəye tiga fatodən suro kawu yakkəyen suluwu kolzə sə tiro mbujiwo. Wono fatodə cuwu kungənadə kwa Lamibero cina wono; kuru kərma kwadə bazənadə, yalnzədə soluwu. Lamiye buruwunzə shararo cadonya sharaye wono Maidəma jireawo. Lamiye luworo wawono, daji yim kawu kəndegəmiadə darewa Lanroba yakkəlan kasho. Wu nadən awo waazənadə samma shadangəna. Cinnawa-a takkawa-adə mbuksa, baramdə-a ngawudi-adə wurza kuru karewa kəmbube sutokdə-a kannuramdə-andə bannaada. Kəla njimbe budubedə wartaro mazain duwo andi samma kashe culuwuye.

"Kərma sədiya ya difinoben dawu Bakaroben dulinzə yakkəa kasaru kuru sandidə zauro kəndəgaramza batti ye hangalzə ye tuskaata. Kərmadəroga, fatodə wurza nadən hotel garza. Na adə shi Maidə wakkil Alabe wa?"

Aminaye kamuwadəro leza boza sə amma fero laa wazənasə yillono. Ti ye hawarnzə cin wono. Aminaye tandiga kolzə ofis Helsmataben lezə napkono.

"Bəla samma tuskaata," wono kamu Helmastabeye sa rokko Mairo-a Jummai-aben isənan. "Kongawa ngəwuso tun suwa abima zawuyi. Kəmbeu deta nozayi. Fane-faneye wono kamuwa duwo soluwunyidə kwanzasoro sum sadə sa mbujaa. Kongawa laa "Karapka Kongawa Bakarobe koksa kəmbu deta jarapkada. Shangawa kəla kannubero gənjaanna zandezain duwo knnuye warrono. Kongawa laa ye abi kolodəro buruwon fizainmaro nozayi, kəndagə ra da. Konga laadə wono ngaltema ku gənyiga luwasar cingalzəyi, konga faldə ye kanjero kalla fiyono."

Kamuwadə kasudu gowada. "Adə shima kazigi naa kozənaro kamlan kəndəgabedə," Wono Aminaye. " Kongawa laa kamunzaga kəla dulinza kongaro kəmbu deta sakkəlinyen tandiga bakksandə nonuwa wa?"

"Kuruson wu ye radiwolan fangoko," kamu Helmastabeye wono, "darewadə dawartana, amma Komshina Darewabeye sandiro amari kənjoro wawono kuru darewa duwo tarikanzəndə wande zanga-zangawudə lezayi wono. Wono walawadə zauro zau kuru Majilasdə awo kalkaldəma nozayi. Duno faidataiya cida koljin sə mamariya səkkəna. Kuruson fitənadə hamzənyiga darewa zanga-zanga daptəwu kərye mashidən doza isain sanadə fanyena."

Aminaye Jummairo sawartəgə sadən tidə karastə dazəna karadiwanzə duwonzən duwo təlam tutulan wono. "Kotorowodən dəmba tətandəna, təga turuna, kəndəga na cabe. Izunu lenəm kənəmye." Kamuwadə kasudu gowada.

Jummaidə kamu askərbe dinaro takkanya jaapkono, "Izunu tina!" Wono.

"Aa ma'am! Wono kasudu gojinnaro. "Kwanyibe kalimawa anyi guljin kullum sa saaran ishiya." Njimdən letə askərbe lezə culowo.

Dunyadə ləmjinwoson, Aminaye kənəmmo majin amma faata tafakkar kada kəlanzən gaska sadindəro. Sa kənəmye tiga gozənadən, fero laaye tiga kowo kura laaye cisango.

"Fero laa zau fanjin. Fero laa suroye lezəna," kamuwa laa yilzain. Amina yaazənero fawono. Kənashin gənyiro asuwononya, Ngozi mataro lewono, kura Komiti Nəlewabe. Ngoziye ngərəgənzə gozə, awowo surobedə wuzə kuru səgasə na ferodə bowatədəro lewono. Ferodə, Zainab, ofis Helmastabedəro cado. Kamuwa laa faataye Ngoziga banaza.

Aminaye na sələm kəpkataadə shimmin zəga curo, kuru kəlewan sambusu moduwa cido. Ti rokkonzən am gadea deyen jeyada, darye salak Ngozi njimdən culowo, ci məməsshin. Aminaro kəlewan tada sambuna sə tatapciwo.

"Askəra Alaro," Aminaye sə ngawo sapsə yinzənayen.

"Tada konga ra fero?" kamuwa laaye cuworo.

"Tai," wono Ngoziye.

"Fero."

"A'a, tada!"

"Haiyaro andiga sakkaama. Askərngəna," Aminaye Ngoziro sə.

"Awo kangurnoye. Wudə cidayi milwaitye," Ngoziye wono kowonzən karəgə kəjiaro. Ya-a tada-adə tusu məradəzana. Tidə dunonzə ba.

Kamuwa laa raksa jeza tadadə sorinbadə njimdəro katəmo.

"Babanzəa samən," kamu falle wono.

"A'a! kalkal gənyi. Yanzə zəga," kemu gadeye kambigəwono.

"Wune, kənzanzə-a cinzə-adə jili yanzəbedə."

"Ngəwuro dəga gargamnzə nozə daji yazənga banazə," kamu falle wono.

"Shegənyi ba tiga njimalzə kuru tiga banajin."

"Kongawaso nonumi! Təmanəma Majilasku-a Maiwa-a Gumnawa-a am gade-a samma yanza baba wa? Au ca sandima shigai gana kuru bigə baa gənyi wa?"

"Abiro faltain?"

"Futu sandiga sargalinnan karga."

"Andiro gulle, ndu babadə?" kamu laaye Zainabga cuworo ngawo gana laa kədək sadənayen.

"Daryejiya nandiro guljin," Aminaye ci səkkə kuru kamudəro suluwu sə mayewono. Amma soworiya walta soworin. Zainabdə nonguzəna.

"Hawardə kuruwu," kowo ganan gullono. "Saa gana kozənadən maaranta Sakandəre Ferowabe Gumnatibedən wu fuwura. Yim babanyi cidan salamzanadən raksə kungəna maarantabe biyajinba sə wuga cutulowo. Daji faton napkoko kuru kəmbu denəm lado badiwoko......"

"Nda yanəm?" sə kamu laaye təgaskono.

"Nongəyi , wuro ada sa babanyibe tiga dəpsənadə saanyi uwu. Yim fal mənde, kəmbunyi samma ledəkəna fatoro waltəkin duwo, tada laaye botowu garlaa shiro 'Kərye Ferowa Debedən'saindən wuga kapkono. Fortamanyinyi kuritsə səgasə gardəro karawo. Shiga gake karaakonya wuga duwon ratsəgə awwa falgairo wuga dunon mawono."

"Yilləm bana manəmi wa?"

"Yilngəna amma cinyi zakkono. Wu suroaro asuwokonya hangalnyi tuskaatə. Awo kəndoye nongəyi . Gəratəro mangin amma babanyibe nozə wuga faton duwono."

"Abiro shiro tənyidən gulləmi?"

"Burwodən ringəna ye nongungəna ye. Awodə zau kalma duwo faidatəke bayengindəma nongəyi "

"Abi ngawodən waazə?" Kamu gadeye cuworo.

"Aminaro gulnge shararo lewono. Tiro woko wu gənyi fero burwobe duwo tada ngudi adəye bannazənadə. Kuwason ferowa bannajin. Ferobima sharan kəlanzən nasartəna ba. Sharadə wuro ayewu kərzəgə tadadəga salamgono. Suro fingiya raakəna amma kungənayi ba." So badiwono. Kamuwadə sasarayi kamanza wuzain. Shimolanzə cinzə karəgənzə kuttuaro wono," Kudə tadadəma ngubdolaro, kəmaduwuro, ndara yayero gəpkəgəkingairo fangin……."

"Wade adəgai gulləmi" Aminaye tiga manaro dapkono.

"Abi gəle range dikin? Jilibin shiro njiskəgəkin? Nda kəlanəm wuro gone. Babanzə ba, banamanyi ba. Awo bigənyi baro wuga zorrada. Tafakkarnyidən shiga gəpngiya daji gananzəman nuin. Ku suwadə kasoro mangin duwo tiyero. Dunoyi zauro ba kuru nandi mbeji. Bəla gadero kasəke lenye kəndəga bəlin baditəro mangin. Sa mukkonyi rozə təgamnyi yimbo badizənadən dawarroko. Shidə kakke, howuntəro bigənzə ba. Shide tigənyi. Nandi sammasoro tawatkəgəkin shiro ngəlaro njiskəgəkin. Wu-a nandi-asoro shidə awo. Tada adə noskunyi kuru yim kurajiya, shiro abiso gulləgəkin."

Sa laaro kədək codo. Aminaye tadadəro su sakkə sə. Zainabye kəla gəzəksə kasatkono. "Amma sandiro loktu ye tussa," Aminaye showori cono, laadəro njimdən soluwu sə.

Ngawo kəmolo yoksanayen kamuwadə suron sapkata. Ngəlaro duwaza. Tada laaye moduwa kuruwulaa moduwazə kuru su cido: Mainasara, su Hausan maananzə kənasarama.

Suro kawuske subedən mato liitaribedə hangallan kadio kamuwa uwu zəpsa Aminaga nganjiro bamgada. "Aladə dəmmaro leccinba," tiye wono, sa kamuwadə kapsəgədən. Tandidə fəskaro nowata, lamar nəlewabe-a lonkosabe-adən sandi mbeji. Falnzadə fero gana, ngamdə kuru kazəmu kadawu ba səmuna Dijen tiga bowozain, kamuwadəga kawulitə kəlaro gowono daji Aminaye ndusoro kərənzə sə.

"Andidə Karapka Naswa-a Milwaitwa-adən kashe kuru ngawo kəntande fəlegəyen. Awo gumnatiye sədənadə andiga sətaayapsəgəna. Təmandnelən gumnatiye cida jili adəgaidə ndaran yaye zaizaijin. Yim Lətəlinna karapkandedə cidaro gərratə sartə baa badijin kəla nəmbatti lamar nəlewabe kərye adəbe-a alwoshi biya ba-a cidawu nəlewabe cida nozana salamtə-aben.

Ngawo kawulinzəyen naswa yakkə Zainab-a tadanzə-a a goza liitariro wallata.

Darye, kufu yafaluye isa kamuwadəro fatoro walta sa mayeyada. Kazaadaladə fuwuro yilaan lezə, wono konga-a kamu-adə sabisoro rokko kasaru. Adəmaro sa Alaye Adam alaksənadən, Hauwa alaksə; ndaram suro kitawuwa tahirdən kamuye kongaro zanga-zanga sədə gulzayi.

Aminaye zəktənzadən ardizə kuru cuworo, "Cidawandedən awo laa lima au riwanəmma wa?"

"Aa," kam ngamdə laaye wono, "kamunyin kunten." Kamu laa suro jamaben fəlewono. "Kəlanzəlaro awowa kəndoye ngəwu səlina. Siffazəma faltəna, kuru karəgənzə kəji. Maamaladande katendebe samma ngalwozəna."

"Kamunyi" yafalu laaye fuwuro lezə wono, "nasha adinben awo ngəwu səlina. Haiyaro ca burwon kalkallo salijinba amma kərma kalkallo sədin. Filəmwando lawarngəna kuru lardə bargaadə alamanzə rukəna."

"Amma karapkanden dəwunnəma," kamulaaye yillono. Wu kamunzə. Nyamande kulobe-a kulowande-a warjin sə gulzəna."

"Aa, jire, ti kamuyi," kamdəye wono naptənzə sasainnaro kuru ci məməsshin. "Jire. Fatomanyiye burwon kamuwande karapkadən tuluwuye sə galasana amma kamuwa ngəwuso kamunyin kuntən waada, wuro nyama kulobe warnge au kunjowadə bannange sə galakono."

"Abiro?" kam cabedə fuwuro lezə cuworo. "Andiro gulle! Wande rinəmi. Kuwuidə cotto fərte."

"Wu ringəyi," kamdəye wono ci məməsshinna. "Fatomanyi wono kunjowa jili fal barenəwuin kuru nandiga dapsəyiga kasuwunzə bannajin. Nandiga kolza sədi gade fandəwuiya, farasi faidawa kulobedə suriya asartin. Daji sutok garzə kəmbuwadə gəratəro."

"Kəmbu gərtədə jamaro bigə gənyi wa?" Aminaye cuworo.

"Bigə, amma shi fal gənyi. Barewu galiwu ngəwuso sadin."

"Harajiwa bəlin biya kasannəuwa wa?" sə Laraiye cuworo.

"Bəlin gənyi. Andidə sabisoro harajiwa jili-jili biyanyen."

"Ndaran kungənadə fandəwuin? sə Laraiye waltə cuworo.

"Kəma Mai Ala, Kənjomadə kuru Yaruwomadə, basye banjin. Shi duwo andiga alaksənadə dalilwa sadin."

"Nandi yafalu," Aminaye galawono, "lenowo dawartənowo. Fatowu anyi zungundon diya galiwugada. Abima diwuiga talaa daawuin. Cinəu danəu dunyalan kəndəga ngəlaro mbəltədə wajib. Shitine-danendedə diyen hatta məradənde galzaiya. Kamubi yaye səraanaga lejin. Futu kongawaye kamuwa baga dawuinbadəgai, anidi ye rangye kongawa baga dəgaiyenba. Adə wala Alabe. Kongawa darajanyena ye raayena ye."

Darye membawa Karapka Banabebe kasha, Aminaye tandiga surunadə karəgənzə kəji, kuru Peter Akinga lewawono, shi duwo kazaadala cidanzə rozanadə, sa tiga lewaro isənadə. Aminaye kam kuruwu, njiatiadəro ci məməsshiwo, shimnzədə kime kuru tigənzən zunguaro asuwono. Ka cizəbe kazənadə timinzə dunoa bəldə fəlewono.

"Kəla kungəna maarantabe ngəwuyen Bərnyi Kura Kəryebero zanga-zangaro legaiye," Akinne tiro guljiwo.

"Abi waazə?"

"Darewadə kanje njittaa ammo gəpsaa kuru fuwurawa laa sata roza. Andi laa kokorinye fərəskaiya," sə bayengono.

"Nda Fatima?" Aminaye cuworo.

"Tiga litariro saradəna amma kərmadə ti jamiyelan səmerin.
Silinda kanje njittaa botowunzə sukkuruwu kange gana laa səringono...."

"Kuru abi?" Aminaye yillono, zəktənaro.

"Tiga darewa laaye bakkada amma kokorizə fərəssəna."

"Nda Rabeka?"

"Tiga baksa kuru cata. Tidə kuwami yaye rozana"

"....kuru Guloriya?"

Ti liitarin darewa tiga jezain. Ngawonzən tunu kura laa," Peter Akinye ci məməsshimaro bayengono. "Təmanyena tusshimba tandiga kolzain. Loyawande kəladən kərmaro cidazain."

Aminadə karəgənzə kuttu. "Awo yasaraye gənyi. Adə nəmzoli," tiye wono.

"Samno adə haram ada."

"Zau fanəma wa?"

"Aa!" wono. Beretnzə sutuluwu kəlanzən na tunu fəlastaadə filejiwo.

"Kanadi," sə Aminaye shiro lallejiwo.

"Wande shiwoltəmi! kura gənyi. Luwaladə dawarnyenba, adə tawadə. Bikkama kade. Fatimadə dunonzə kəndeye ba amma lewanzə zuwazəna."

Laila, banama kazaadalabe cidanzə rozanadə kuru tima kura karapka banabeye, darye kamuwadəga kawuliwono.

"Kamuwa koitanyiso, ngəwundoso shara kamu laa kəla kənzənaben Funtualan sharanzə sadində nowuwa. Ada ti-a kam laa-a bowadanya suro gowono. Ngawo tadadə tambunayen hukuma ganadə tiga səta kənzənaro howungono. Kongadəro abima sadəyi. Tadadə hujja kənzənayero shararamdən fəlazaa. Shara bəladəbeye tiro shara dongurlan tiga baknəm hatta nuiyaye kamzəgə.

"Kurawa anyiye adə wala sharable ada. Adə jir egənyi kitawuwa tahirdən kəranyema amma ndaraman na duwo kamuwaga adəgairo njokkunotədə ruiyende. Amma misalwa ruiyena suro ayawaben kamuwaga martawa-a daraja-an rozaye. Futu adində asunyenadən zaman Nawi Muhammad (Mbərshe Alabe Shilan Tawatsə)bedən kamuwa-a kongawa-a samma kalkal. Kamunzə burwoye Khaija (Ala tiga ardizə)də kasuwuma sua, ndara yayero lezə kasuwu sədin. Kamunzə gade Zainab (Ala tiga ardizə) ummadən makamzə kura. Kamunzə daryebe Aisha (Ala tiga ardizə)də shiyir sua kuru kura askərbe sua. Kudə Shara jirebedən howumnyenmaga kurawande ngəwuso mukkonza kəla aman jamabe ndalzanaye kamzain. Abiro talaawa kamuwa-a kongawa-a waladəye howunyin?

"Kənnindidə, gumnati lardəbedə kəla kungəna maarantaye səranyen zanga-zanga cidiye. Camman kasanyenba. Suro sammonbedən, darewa balimia yor kada andiro bətərəm təmzaa, andiga baksa fuwurawa laa cata. Ada kəla lamarwa kəndəgande-a fuwuyende-a lezənadən hakkinde manaye ba."

"Kurawa anyi andidəma dunya gadən kashegairo njokkunosain. Andi samma hakkinde kəndəga-a kəra-abe mbeji. Ilmudə awo karnoye gənyi amma hakki duwo ndumaye raksə kamanzəro dapcinba. Sandi kurawa anyi jahilwa…………

"Kamuwa koitanyiso, kolle nandiro kəla kusudəben bayen dike. Misallo, notunəm-a izununəm-a balan kwanəm lezə na Alhaji galiwuben kungəna təgərjin, kuru kungənadə futu səraanaro sərwattin-darye Alhajidə isə nyiro kusudə biyane guljiya, biyanəmin wa?" Au nyiro kwanəmbe ngəlaro cidane, kəmbu gana bui kuru kazəmuwanəm-a dinardwanəm-a lade kungəna notunəm balan sərwottənadə biyne sha, biyanəmin wa?"

"A'A!"

"Daji dunoaro dəgaiyowo: biyanyenba." Aminaya wuwononya shim degə cado. Kamanzaro ci məməsshaa. fuwurawa də mbeji Amina karəgənzə kəji. Kuru siyasadə fetero asuzana kuru kamuwadəga allamzaində yero kurnotəna.

Naadən, fuwurawa də kaiya ci tiloaro badiyada.

"Kəlakəl abadanro

Kəlakəl abadanro

Kəlakəl abaanno

Sabisoro hakkindero mbəlten!"

23

Aminaye kaku fantə badiwonə, kuru kazəmu gade cimo. Njululanzə cimgono kuru shimzə zau fit fangono. Kausu dawugaidə kəladəri badiwono kuru raksə dajinba. Kəlanzədə tewurdəro gənazəgəna. Cidawu karapka sanyawube uwu kasho, Kuranzaye kamuwadəga mayejin walta fanza-fanzaro leza shində fanzəna, kuru sandiro kungəna cina. "Karəngəman Gumnaga kəla kəlnyen kuru shiro langurotəgəye walawadə cinzə, harajiwadə fuluzə kuru kəntəwonzə faidatə kəndəga cidawa-a kamuwabe-a sasa. Gumnadə shi kam ngəla amma showoriwunzədə battiwa. Shegəyi ba andiga kərənyin......."

"Nandiga kərənyena," Lailaye təgaskono. "Amina dondi, daji susu kamuwabero Larai manajin, amma burwon, kawuli gana laa dikin. Darasəwa faidaa-a fuwutə haiyabe-a Karapka Kamuwabe Bakaron saa indi kozənalaən sadənadə ardinəwuiga, yayo nandiro gulngin ba nandiga ngawon kolzana. Səmanaro ada," am ngawoza lazaində sabisoro sandima baksain." Kuttunzədə, Gumnaye langorondo susundero diwin adəro njistadə zau dalil andi cidawu gənyi nanka. Andi kamuwa kuru meradəwande gade-gade." Aminaye waltə ngəlaro nanajiwo, "andi kongawan dəwunde ba dəwunde walawadən."

Aminaye lolotə badiwono kuru timinzə ye yelta badiwono. Naswadə bowoza tiro kurwun sadə diyal tamdanen tiga sorowu zakkada. Kundondinzədə hal kamuwabedə falzəna, kərmadə karəgənza nuna ye hangalnza tuskatəna ye. Kurawa Karapka fuwurawa beye karapkawa zande-a bikkewa-abe dawarza.

Ngawo lasha təwuneyen, kamuwadə kannudə walta fuza, daji Amina ngawo kurwundə səndənayen ngalwo səwandə, rokkonzan napkono. Laraiye hawar kənjodə kəlaro gowono.

"Tittimiyo, bəladeye Dimbidən galiwu laa mbeji kamunzə Shuwa-Arab shawa laa. Nəmshawanzədəro tiga 'gəmsun' buwozain. Kamdə sawurma lardəwa dunyabe gade-gade kadaro lejin. Kawu bəlawuranzə faldəro lezə kasuwon-a hajji-a sədindəro sawanzə amanmanzəro kamunzə bəlindəro njissəgə sə.

"Kamdə lezənaye kawu yakkəa, bənewonya sawanzədə 'gəmsu' ziyarawono, tiga mata badiwonanya gəraataro wawono. Sawadə ci məməssə wono, 'nyiro sulikin. Yalan bikkewa sawa-sawa jili anyi diuwa wa?'

"Galiwudə ngawo isənayen, kam sunotə sawanzədə bowozə sə. Bəne masana zawin duwo, kamudəye awo laa ajabba shi ba duwo waazənadə takkono. Sawa galiwube adə doiro səgasə suluwu lewono. Galiwu-a kamunzə-aye hal sawanzəbe adə sandiga yitaajapsəgə. "Ngəla," tiye wono, "nyi badə kamu laa nguro adən tada ajabba laa sambu" Sandi indiso kasudu gowada. Ngawo masanayen kamudə awo waazənadə asuzə kwanzəro dalil duwo sawadə səgasəna wono shiro awo wuro badizəgənadə gulngin sə ciwoso. Shiro awo sawanzəbe sədəndadə gullono. Kusoro," Laraiye tamowono, "sawadə bəladayadəro waltəyi."

Kamuwadə kasudu gowada. Laila fuwuro lewono, nganjinzə fuwuro hapsəgə dəmbər gəzəkkono. Showori kamuwadə lamarwanza njokkunoyedə gulzaye cono.

"Wu gədia lardəbedən kadiko" wono Ngoziye. "Karəngəro wuga Liitari Kuradən cidan salamgada. Wudə nas ye milwait ye…"

Kəlanzə dərijində , cizə dazə lewono, nasye tiga sorduwu tiga suru kuru kurwun ruwowono. Tiga asuzayi isə botowu Laraiben napsə tatapciwo. "Ngəwu fanəmiya awo am laasoye karəgə diwi-a nəmkəlado-a am gadero fəlezaaində gana asunəmin."

"Abi waazə?" sə Aminaye cuworo.

"Ngoziye kərma andiro kəndəga kamuwa gədi Naijeriyabe gulsha, təganasmaro sədawu zau-a futu kamuwa aziyajin-adə. Kamuwadə awo luwayabegai. Fato babadəbedə alama kasuwu na yuwum-lade sadingai. Ferowadə ilmunza laadar-a məradə yal fanzabe-aro sədawudə gənazaai. Adə, tiye, wono, səkkə nadən zawarwa ngəwudə."

Ngawo Ngoziyen, kamu Yarawabe, Mama Iyabo loktu gana laaro kəla kamuwa fətea lardəbeben manawono. Wono bəladeyanzən ferowa kajazain. Nasha laa kamzaiya daji ferowadə sa kəmursozaiya raksa kongawa mazainba. Wono kajada zau kuru ngəwusoro kərmuro sadin."

"Ndu kərma manazənadə?" Aminaye cuworo.

"Zawar laa na laa Bakaron 'Sədi Ndubema Gənyi' lan bowozaindən kadio. Kamudəye wono awo gade dioye nozəye nankaro nəmzawardəro karawo. Kwanzədə kasuwuma duwo cidama jamia siyasabero wallano. Ngawo karnowaben kwanyiye fero gade nyiyazə, ti fatodən kamu gadea gəreta napsainba wono. Kwanzəye tima kamu burwoyewodəro fanzə suluwu kolzə sə. Manadə shararo cado. Nadən, kam laa Alhaji Aliyu zawartinzə mbeji, tiga səkkə dəptə kasatciya tiro na ngəla majin sə wadə gowono….." Tiga zawartinzə faldəro gozə cado. Laraiye gade kərəntaro dawono.

"Wu sunyi Rakiya," wono kamu gurzam shinzən gam daata. "Wu kasuwuma saa kozənadən babanyi bawononya kaziginyiso ye badiyada. Warata yekkadanya, yeiyanyso kongawadə wuro burwodən abima kənjoro waada. Hujjanza ada, Islamlan kamu waratanzə ba. Kasangəyinge kuru a awo adə ruwogatadə Luwuran Kambodən wuro fəlezaa nge. Wuro aya laa fəleshaa amma wu Arawi nongəyi. Son yaye wu tadanzədəga waratanzə kəmbudə mbu nge sunge dawoko. Kəla himmanyiben wuro sədi gana laa codo amma wuro karewa gadeadə dapshaa amma karewadə gonge sədidə kolloko.

"Bəne fal barwuwaye kasuwudəro bətərəm sada kantinyi kallada. Daji kamu laa Kulu saindəye karewa lado badiwoko. Nonuwagai, tidə sundema kuru kamuwa faidatə karewanzə sundebedə səladin. Kausu dawu faldə, cidawu kostonbe kasuwudəro bətərəm sadə karewa samma camowo. Andiga cata. Fuwu Majistərebero legaiyenana sharadən jire basdə guljuwuko, amma sa Kulu bowoza kadionya, wu-a ti-a ngaltema kasuwu diyende sə angərwono. Majistəredə kamu laa, wono Kuludə kamu hal ngəlaa, kəraata, kuru kamu Katiwu Hukum Ganabedə, tajirwa sundebe futu razəgə lardəbe angəsshində nozəna. Wono wuma kashi bukəna duwo kattuwu kamgoko kuru su kamu martawaabe bannawoko. Majistəradəye wuga kəntagə yakkəro haa baro ciyoro. Aminaye manadə nozəna kuru wuga fərsənarin ziyarasəna.

"Abiabin awo adə waajin? Təmazana kamuwa kasuwubedə wa sundewuwo? Yimdən maana nəmadalye umma adən nowoko. Nəmadaldə galiwu-a kam dawua-aro, andi talaawadə sai yim cinowoga. Yim cinowobedə dunoamaro yasarakəna, kuru yim adəa, Alaye Kuluga howunjindəro shegənyi ba. Shada yikin kuru howumtənzən gayirtə ba. "

"Təmangən amsodə kənəngatəro zauro mbəltain yaye, kamuwa na adəbedə naa kozənaro mbəlta," wono Laraiye.

"Jirenəm," wono Aminaye kuru kəla gəzəkkono.

"Rakiya, abi sədinəmdəro waazəgə?" sə kamu laaye cuworo.

"Wu fərsənarində ngawo wuga kolsanayen, fasal sədidə ladəke bəlinno kasuwu badiyin nge, amma awo wuga zauro sətaajapsəgənadə, kawu wuga kolsainno, kamu cayedə, Kulu kəraminyi fal askərdəa ci kəlza su kakkadə sədibedə fallada. Nadəro lewokonya wuga duwada. Kuluga sharo yadəke kakkadə shadabe sədidəbe fələjiwuko amma Kuluye jawu laa fələjiwonya Majistəredəye wono kakkema jawuwo, Su Kulube banna kolngəyiga wuro howum camaro kurwowuwo gənasəyin sə wuro mamariya cikko.

"Daji faton kəmbu dengiya yadəke garajilan ladəkin. Kərmadə talla dapsana kuru kamu wugaidə kəmubu dejinga haraji biyangin ada. Ndaran kungəna harji biyaye fandəkin? Sasatənyidə adəma: Kəma Mai Alaga yasarakəna, kuru yimfal nəmadal fəlangin."

"Loktu kənmbe," wono Aminaye. "Kazigiwa fuwun mbezai. Bali wakkilwa laa bəlaro leza jeridawu kawulizain, gumnatidə nyanzə sulwuye mbejiya."

24

Dalil laye səkkə Amina kənəmmo tiyero. Bənedə duwan lejinba. Sa tiga kənəmye gozənadə, fajer kamtaro del kuru fawono. Fajerdəma date. Aminaye njilakə ofis Helmastabedən suluwu fili bolbedəro hangallan lewono. Sapsapno fowobeso samidən kamzana kozain, kasam amusu dunoadəye zəgain. Kəngal tambunadə kuwami yaye zəmzəmnzədə fantəyi, kuru kasamdən, so ngudowa suwabe casarində fantin Aminaye dazə Bakaro cintəndə curo. Fuwunzən kələsəgai ferrata, alagənzə shawa laa, adamganaye bannazəna.

Aminaye ngushidəro kumolo yoktaro wallatə, kuru naswadəye falnzaye tiro kurwun sərənbe co. Indi səndə kuru gapsənadə gənawono. Ka cinzəbe gana laaro dalzə, kabudi fitəgə sokku duwo tiga Komiti Sulwubeye bowozənadin. Manazaində, cintən jine fangadanya kədək codo. Səmo fuwurawa nozanabedəye 'Yeje Lene' ada, kufu darewa zanga-zanga daptəwube. Peter Akinye kamuwadəro naadəro filidən sapta sə yiljiwo.

"Kamuwa amanyiso," Aminaye wono, kokorizə kowonzədə lolokinbaro cido, "daryenzədə darewa zuzaa, amma martəgənowo wandowo yaanəwui. Naswa-a fuwurawa -a kəmursowa-a kamuwa suroa-a maskinwa-a kəmbuwa-a tadawa-a kudodəro tannəwuiya sursuri gademben bəladəro waltənowo sə showori cono. Shindon fuwunno lenowo kawu isaindəro."

Am sunza satanadə tənyi tarrata sokkudən kufu laa, kotorowo kəskabedə nganzaada. Aminaye sulsulando darebe fal suri, Lanroba-a matowa kura-kura arakkə darewan sambuliuna. Sapsə yingono kuru karəgənzə badaktədə katəra. Jiredə daryero tiro bayentəna. Yim adə shima yim hisawubewo.

"Kashewo Amina runzə kolle sandiya sadə" sə Mairoye Larairo showori cono.

Rammaa lenəmin. Aminaa danyen hatta tamoram. Kasheiya, darewaye andiga duza kuru kamuwa suroa-a am gade-a satain. Danye sandiga fainyenama ngelawo," sə Laraiye jaapkono, karəngə Aminabero gərtəyinna.

Aminaye kamuwa tiro kastaan kuru rizanadəro waltə sawartəgə. "Ya kamuwaso," wono. "adə loktunde majarawabe. Takkalwa ngəwu farnye konyena, kuru konyen, insha Allah, adə ye konyen." Samidə fowo sələm kurakuraye zaksəna, kuru kazəmuwa kamuwabedə kasambe gəzəkcin. Aminaye dankwalinzə mbərshearo səyero, wono, "Walabima namnyende. Dalilnde ritaye ba. Andi am lardəbe wala kəngama. Kuru daredə hakkunzədə am lardəbe yikkawo, sandi gənyi casanin. Wondowo rinəwui."

Amina-a Jummai-a Larai-a sak kotorowobedəro səgashaa kuru kamuwa gade napkada futu Aminaye sandiro gulzəgənagai. Darewa laaye dəmbasodə zuza kolza kamza kowada, Fijo faturolbe liwula sələmye laaye jaa, Lanroba ye jaa, alam kime gozəna kuru matowa kura-kura arakkədə ye ja-jaa. Kərmadə darewa samma kazəmu zanga-zanga wangobe samunadə sorin. Ngur-ngurrada, amma nduma təgəndəyi. Kam kuruwu yinifom kakiye kadawu ba laa səmuna kuru beret koksəna saknzadəro lewono. Manzar sələm koksəna, dawunzən binokulaa, nganjinzə bellan səyerəna kuru bel faldən ngurnenzəro labarbar səkəyerəna. Aminaye saknzəro danga yakkə gozə shiga daptəro. "Wushe kənshero," tiye wono.

"Askərngəna," Səfəritandadəye jaapkono. Kowonzədən nəmsawa ba, kuru mukkonzədə sak labarbarbedə nganzawono sa kowo rangatan wono, "Andi wala-a wada-a liwuyen."

"Andi na adən wala a wada- aso kəngama," Aminaye karaskataro jaapkono.

Tiro njissə gənyi. Nyiga taro kasha dalil nəlewa ba-a zanga-zanga-a kudəma nanka.

"Nduma na adən zanga-zanga sədəyi," Aminaye hangallan wono.

"Nəmjahil walabe hujja gənyi. Karapkando wurzana, nandi samno ngudiwa-a zawarwa-a kutərawu-be!"

"Wune, ofisa," Jummaiye təlam tutun wono na dazənaladən. Aminaga shitiro zuzəgə fuwu ofisadəben dawono. "Andi yinifomdo-a bəndəgəndo-aro rinyende. Abiro andiga lan samin? Andiga taro kadimma tiyerenba…………. Amma andi zawarwa gulləmga, daji yanəm ye falnza kuru nyi ngəriwu."

Ofisadə zahirro awo adəye shiga warzəna, amma Jummaiye sa kalaksəyindən sərzəyi." Batti gurzam goduye adə! Cinəm zakkəgəne kawu yikkəke nyiga baksaindəro. Nyiro baritəgəkin, wande wuga yikkən karəgənyi cizəyi!"

"Cizəye, ndumaye məradəzəyi. Arsasəndoga ci məməsnyinnaro mowokin dalil wu karəgənyi dunoa nanka," kuru Jummaiye nganjinzə bakkono.

"Aminaye njirominzə lezə kowo ganan wono, "Jummai, martəgəna cinəm zangne, wande sandiga kuletnəmi!"

"Nandi sammu cinowo. Lenyewo," ofisadəye cambuto.

"Ngəla, wuma fuwu gərngin," Aminaye shiro tawatsəgə sak kamuwadəyero sawarraatə. Awo laa feskawa kamuwa fuwubedən tiga səkkə naadəro wallatə. Jummaiye Səfəritandadəga nganzaza, shiga kanzəgəmben səta hapsə, gozə kotorowodəro lezə shiga kəmaduwu falalajindəro gəpciwo.

Tənyi tuska waawono. Darewa indi au yakkə njidəro sokkuruwu shiga kaduada, laa ye matonzadən gəpta soluwu Jummaiga rowada. Sa kowo ngələwuye fantindən Aminaye riyataro lawarjin. Darewadə ofisanza goza suro njibedən sotulwu, beret-a binokula-a manzar sələmdə-a samma ba. Labarbarnzədə fitsə gəzəkononya nji fiyetə. Dare gade kuruwu laaye lasfikaa lezə Səfəritanda tigən nji sakcindəro hazəgə cono, kanadinzə baaro shin, "wada manyen."

Aminaye səgasə kamuwadəbero lewono sa darewa zanga-zanga daptəwu mukkon balimia də sawu yakkəro tamuna wutain, Banama Səfəritandbedə fuwunna. Fəskan kange barua, shim kime kuru cikunduli buzazaa sorin. Darewadə nanzan bəndəgə korikori-a ngarwa-a silinda kanje njittaa-a mbeji. Ofisadə wada cin, "wu, Səfəritanda Darewabe, Osca Danagogoro, susu Komishina Darewabero, nandi kamuwa zanga-zanga diwuin adəro tartənowo woko. Tartəro wanəwuiyaa, nandiga taiyen." Dazə kuru darewadəro sawartəgə, wono, "nandiro wada yikəna, ofisawa-a kongawa təganasbe-a lenowo ngudiwa anyiga loktu banna ban taiyowo."

Banama Səfəritandabedə yilzə wada cononya dawu kamuwabedəro kanje njittaadə gəpsaa. Burwodən awo kanje sutuluyin adəga ajapsanaro wuzian. Daji kasau zaada, wadiska cakko, shimalo fəskanzan lurjin. Kamuwadə yilta badiyada, ngo karəgəkam, kuru sandi kada samnodən mbəlta luworo. Wada gade ofisadəye cononya, darewadə sak kamuwabedəro ngərəmjaa. Amina raksə surinba kuru shimzə shimaloye səmbəliunadə cintaro mbəltə. Awo laaye kəlanzə baksəna fangono, futu təmazənaga kozəna, kuru tallono. Bakta kənindimidə kate nganjinzəbedən napkono. Yillono, "Njimalnowo!" amma kowonzədə so nadə nga gozənadeye ləpkono. Shimzə shimaloan lanzə curonya, dare ngamdə, zawa shubea fuwunzən curo, sadən shinzə sunoa kurwowudə hapsə tiga bakkono. Talzə cukkurowo, amma daredə waltə tiga bakkono, yiljin, "Cine dane!" shin. Aminaye ngəlaro kəlitə kuru kokori tambartəm letəye sədin, amma suno kənzan shuadə kazəyi.

Kornzədən dadərəbdə sa laaro cado, daji darewadə kəmət shimbedə wallata. Na bozənadən, Aminaye Larai darea mbəltain curo, təmowu kaso badiwono. Daji kowo laa nukcin fangono, ashe bəndəgə baksa. Alama kənashingai Aminaye Larai mukkonzə indi hapsə, indiro katab yilayilan gozə, kuru cukkurowo.

Loktudə abadanro dəgaingai. Kowo laa zau fantəye botowudə fantin, Aminaye yintənzəro asuwono. Daji Banama Səfəritandabedə tiga mukkomben gərzə səsangə kuru wada cono. Darewadə fuwuro ngərəmza kuru kamuwadə sata yoksaa suro matowabadəro sapcaa. Banama Səfəritandabede Aminaga gərzə na kuranzə kuwami yayi tigə kəlia daatadəro cado; shinzə wofibedə sədiro dunoaro sutsuwu wono, Ala ngəwuro, Bətərəm NJi Kannuadə kənasarra. Barwuwa balimia samma baliminza mowoyena, tandiga taiyena kuru na kəlewan ronyena. Nduma dawunden zau fanzəyi. Izunu batada hetkwataro kalaktaye, Ala ngəwuro?"

"Izunu tina," ofisa tigə kəlidəye fəska kərrataaro wono.

Amina kəlanzə ngawo Lanrobabero tiga zuza sakkəna curo. Surodən Jummai, ci-a kənza-ason bu sakcin zauro wandaljin curo, amma kawu awo laa sədindəro tiro suro matobedən bone sa. Darewa shitidən napsa, kuru laanza ye nadin sunonza suronzən gənaada. Aminaye kasatsəyi wononya, falnzaye kasudu gowono. "Cinəm zakkəgəne! Ayewunəm. Kuwani yaye abima rumi. Yilləmin duwo hatta bu shimnəmyin falalajiya."

Banama Səfəritandabedə takka gəlasse dərebe-a fasinjawa ngawobea yeksənambedən lottuwu wuwono. Təmatəyin dərebadəro dane sə, farzə suluwu kuru Aminaro sulwu sə. Tiga sorduwu fuwuro sadə banazəgə karawo, kuru ngawonzən shi ye zəwa karawo. Dareliro lezaindən tiga shim diwin wujin, wande səgasənyiro tawattəgəro.

Darelidən, Banama Səfəritanbeadə ofisawanzə gadea zande kuruwu laa zandeza kuru kamuwadə fərsənari Bakarobedəro sadə sə. Fərsənari bəladəbe fal longdəro tandiga cado. Aminaga mukko dowoliwa uwubero sakkə tiga sosordaa gadrunro sadə, surodəro təmbalzaa cinna shubedə zakcaa.

Aminaye njissəgə njimdə wuzəyi. Tidə tai dazə zau duwo ngaltena jilinzə fanzəyi fanjin, yim Rasheed tambinman. Tigənzədə alama bataliya darewabe tiga gəwatsa kozagai. Fətərero bozəna, kokori awo batti waazənadə kəlanzən tuluworo majin. Susudəro, awo fuwun waajində takcin, futu kazigiwadə fuwuro səkkin, jilibiro howumdə sadin, kawu ndawuro tədində taksə. Adəgai takcin duwo tiga kənəmye gowono. Loktu ndawuro nadən bozəna au yimdə kasuwubimaro nozəyi, duwo kənəmzə bowotə laaye təgaskono. Ti shim kənəmben duwo Alhajiye tiga suriya səraana sa fangono.

"Shiro gulle bali isə. Wu duwonyi ba, kuru kam kururo wu dondi" hangallan wono. Aminaye təmanzədən njirtə dowolibedən kanjimalia sə karga sa sawartəna lejindən, kuru wono, "Sa cidanəm baa, martəgəne wuga rui." Suro kuttunzə adəyen bozənadə, Aminaye alama suro gadrun njimnzəbedən mbajingairo fanjin, tigənzə dadaskata kuru babakkata adəga kəla sədiyannaro wuzəyin.

Sokku dowolidə waltənadən, ləmzəna. Kowo fangowonya, Aminaye waltə zau fanjin adəgai duwo tigənzəro karawo kuru cinəm sakro naptəro mbəllatə. Shiga Gambon bowozain, kam ngamdə fəska sulsulla ci məməstə shawaa laa. Suwuli cinna gadrunbedən dazə tiga bowono.

Aminaye Gamboro mana "shitine dane"yedə-a awo duwo kamuwadəro waazəgəna-adə gulzəgəna. Manazainladən, tiro kəla cidanzə-a kəndəga cidabe-a gulzəgə, kuru ti ye tigənzəye tiro cina shi adə watəma gənyiro amma talaa cida kadawua sədin.

"Kwanyiro wotiya ruwongiya raakəna" Aminaye shiro guljiwo." Təmanəmdən wuro warak a alkaraa fandəmin wa?"

"Amma shidə bali ishin," Gamboye wono.

"Martəgəne awo gulngəna diye" wono ci məməsshinnaro.

Shim ngale sədə culowo. Mintiwa ganadə warak kada suro kakkadə ruwoben karzə, alkaram reta faidatenaa suwudə, suliro wono, "Kamuwao kəraatadə zauro kutərama." Aminaye ci məməssə kuru shiro lezə kamuwa gadedə suru, kuru waltə kəndəganza tiro gulzəgə sə. Burwon Fatimaro ruwojin.

"Ya Fatima,

Suro gadrun Bakaroben, nyi-a banawunəm-a ngawo kəntawunəm-aro lewayi zəmzəm-a jirebe-a. Dowoli laa wuga kəla fərsənaribe kəndəga battiyen allamshin, kuru wu ye shiro kəla kambəlide-a shi ye kambəli kəndəga ngəla suwudin-a raksə mbəltinye gulləgəkin. Dowoliwadə, asuwoko, sandi kufu cidawube duwo njeskata, sandi dawu am duwo alwoshi ganaawo bayedən kasaru. Wuro ada fərsənawa laadə dalil raksa yinifom fərsənaribe casawinbeyen au durwanzabe zuwazanyiyen de lezain! Kurunyidən tusshinba fərsənawaro kəmbunzama casawu sain, kuru raksa casawin baga sandiga kənaye cejin.

Yim Lətəlinna jengin yim duwo sharande badizaində. Andiga howungadaga, shegənyi baro nyi-a am gade-adə kambəlidə gowu konuwuin. Cida naadəro fuwunəmbedə shima kokorine kamuwa gade-a am gade njokkunoata-a done. Sokku shitine-dane diyenadən futu kamuwadəye lolotəgə-a himma-a fəlezanadəye kəlanəm fuzəgənaro waljin. Range nyiro gullinba dalil wuga kuwulero sakkəna, amma karəngənman hawar təmangəna.

Banawunde sammaro lewanyi jirebe gəmgəgəne wudə suro gadrunben yaye ngawo kəntanzadə tigənyin fangin, kuru noskunyiga hapsənəna.

Haza wasalam,

Amina

Fərsənari Bakarobe.

Wazəna suwadə, Aminaro ada Səfəritanda fərsənaribedə tiga ofisnzən suriya səraana. Kam gurzam, zairo gənyi, kursana nazəyinno təmawono kuru ti ye kam jili adəbe kawuli duwo cinzən suluyindəro dawartəna. Susudəro cari caucau, hal ngəlaa tiga ci məməsshinnaro kapciwo. "Abigai, kusatonde təganasbe? Martəgəne napne." Tiro gahawa kop fal co, kuru tidə halnzədə wofila yaye, cimowo dalil duno səwandiya sərana nanka. Alhaji Isa Dauda Səfəritandadə, tiro hangallan bayengono: "Nandi kamuwadə ca na adən gənyi nandiga rozain, amma dalil gadrun darewabedə səmbəliuna nanka, kawudəro na adəro nandiga cawudo."

"Abiro wuga kuwulero cikkəu?" Aminaye cuworo.

"Wai a'a! Malama, nzakkəyi. Nyiga nadəro carato dalil nyidə fərsəna zauro darajaa. Haiyaro, adə njim am darajaaro gənagatə." Tiro biskil-a gahawa-a co. Aminaye hangallan wupcindən kowonzə amusədən wono," Karəgənyi kuttuaro nyiro gulnzəkin bətərəm darewabedən kamu fal bazəna. Ada tiga satainde wawono kuru tidə tajirwaa ada".

Aminaye shim njimitkono. Shiye wono, kamu laa sunzə Jummaidə zauro zau liitarin am gade degəa amma sandidə zau gənyi. Karəngəman korowudə nyiga ziyarazain. Martəgəne kəlokəl ye sharadə tamoza. Jire bas sandiro gulle kəla am duwo awo adə sakkə waazəna kuru ndawu nyiga biyaza."

Aminaga gəzəkci. Ngaworo gərtəgə duwo shiga kuru badiwono. Ajawanzə curunya kawuli daryebedə nanjiwo "Asungəyi," Aminaye kasada banzə fəlewono .

"Fanefane mbeji," ci məməsshinnaro bayengono, "kəla dalil jire zanga-zangdəbe. Am laaye ada jamia siyasabe gawildə nandiro kungəna nzadə tuska dioro, laa ye ada gumnati lardə deyabe laa nandiga biyazə lardədə tuskanoworo."

"Haiyaro awo adə ajabba," Aminaye ci məməsshinnaro jaapkono.

"Aa. Adəmaro lamarwadə tawattəgəro bananəm məradəgaiye. Kəlakəl kənjo wanəmiya nyiga fitəna-a amana lardəbe kəmbu-aro howumnyen."

Aminaye fetero kasudu gowono, kuru hai fangaono ashe kasuduanzədə kuwanin yaye mbeji. Səfəritandadəye kawu lejindəro tiga galawono. "Tusshiya kwanəm isə nyiga surin. Martəgəne ishiya shiga rui. Muhim, wanee shima saawu kadarunəmbewo.

*

Raayi laaye wono kam rijinbaye kəlan kənasar təwunba. Am laa sandiro fəska kərzaaiya suzain. Laa sandiro yilzaiya lolozain. Aminadə falnza, amma kərmadə faltəna fəska kərta ndumaye tiga rizəyinba, yilta nduwaye tiga səkkə lolojinba, kuru kalimawa au manawa ndubemaye tiga səkkə nzasaranzəso faljinba.

Rizənyiro napsə tiga coworo. Tiro yilzaana lolozənyi, au wusanzaye tiga ranzə. Faizana dawu jezə ciyi. Awo sədəna awo waazəna-a samma sandiro guljiwo. Awodə samma kəlaro gozəna. Ngawo gadrunzə kolzanayen, awo sədənadəye tiga zauro kurnozərgəna, kuru lolotə badiwono.

Darye, walta tiga ofis Səfəritandabedəro saadə kwanzəa tadoro. Alhajiye hangallan tiga lewawono, amma awo surunadəye səkkə shiga lezənadə gərazəyi. Aminaye fəskanzə daskata-a kundulinzə tattəna-adə takkono. Kawu isənman tiro la nji wala awo kunduli lawutəye, kuru bu harrata tununzə bibinzəbe-a shinzəbe-aro na suro shuben baksana-adəro kərrataa.

"Nyiga fatoro yadoro kadiko," Alhajiye Aminaro gullono. "Am laaro manaakəna nyiga kasatsana kolzain kəlakəl yim jiredə gulləmiya. Korowanzadə kalkallo jaapnəmiya nyiga cotto kolzain"

"Andiro jaawu kalkal yimi ada" Səfəritandadəye ci cikko. "Kəlakəl yimiya nyiga kolzain kamuwa gadedə shararo sadin. Kwanəmbe duwan fatoro lenəmiya səraa. Na adə kamu jilinəm kəlanzə səraanabe gənyi. Ci nzəkkonzəye səkkə nyiga kolzain. Jamia siyasabe gawildəye zanga-zanga dawartə nyiro kungəna cinadə kasanne korowusodəro gulle."

Languro-a fai-aso kərənzəna, reta ajawa reta karəgəza. Ngawo loktu laayen

Aminaye kowo kəratsə wono: "Nəmbe raakəna, adəmaro mbəltəkində, amma ngawo kalaktaa au awo laaro ladoro dawartəkəyi. Abiro faida wuga kolleu kamuwadə ronəwuinye? Andi samma adə tudu baro kolsauwaga, ndarama lenginba. Rokko badigaiye, rokko tamonyen. Kuru wuga na adən ronowo sandi gadedə kolləwuinmaga. Ndarama lenginba hatta manadə shararo yadəwuin."

Cizə dazə sandiro askərzə. Alhaji Harunaye tiga rozəna mayejin, amma kasatsəyi. Susudəro, təmowu lewono.

Gamboye kajiri tasanzə fərsənaribedəman tiro bəri cuwudo, amma zakkata, shiro askərzə. Tasadə fərəmgonoya njimdə nga bəbəcin. Shangawa ngaloa kalunzə təmatər ngəlaro kayegatta kuru da dokul kada. "Adə bəri fərsənaribe gənyi"wono.

"Jirenəm!" sə Gamboye tawatciwo ci məməstanzə kwashiramma. "Kamunyi njiro dezə. Tiro woko rangnəm kəmbu fərsənaribe bumba."

"Wuro tiro ngəlaro askərne," Aminaye ardizənaro gullono.

"Kamunyidə zauro shiwotəna! Ngawonəm ngəlaro sətana. Martəgəne bərinzə bui."

"Wande shiwoltəmi, samma bukin," sə shiro tawatciwo. Aminaye shiro wotiya Fatimabedə conya tənyi liwunzə nganjibedəro cikko. "Martəgəne jamiyaro lenəmiya mukkonzəro yikke. Sunzə-a lamba nyimzəbe-a fetero ruwowata."

"Ku bəne yadəkin, wadə gowono.

25

Fuwu sharaben datə jezaində, awo Aminaga zəkcində wanee kamuwadə loy-anza mbeji ra ba. Awowa waazaində takcin wanee darewaye loktu kuruwuro manadə gərzaain; wanee sandiga fərsanariro kalaksain; sharatədə kəntagə kada gojin; daryenzədə wane je zawin.

Cinna shubedə fərəmgadanya dowoliwa indi tiga sordaa, kuwami yaye təngərisshinna lejin. Deyan, kamuwadə mato darewabero sapsaaində surin. Tiga coronya ngur-ngurtə badiyada, kuru Aminaye sandiro ci məməsshiwo. Dare, kuruwu laa mukkon ankoppa kadio. Ishində shiga mbərsazəyiro wujin. Tiro mukkonwazə hazəgə sə.

"A'a! Abiro wuro salaa figəwuin?" Aminaye wawono.

"Adə wada," Jaapkono.

"Amma ndaramaro kasəke lenginba," Aminaye waltə wawono.

"Adə wada," nanajiwo.

"Abi dalilworo wuro salaa figəmin?" cuworo

"Suro fərsənaribe adən," tawatciwo sədidə fəlejinna.

"Jahil zoli, karəgənzən gulji, ci məməstaro majin. Kasatsə mukkowanzə hajiwo, kuru tiga fuwu Lanroba darewabedə cado.

Fuwu Shararam Majistərebedən jama saptana. Kordən darewa yimifom ba-a yinifomma-a balimia tərəm saptana nadə jezain. Zəpkononya kufu fuwurawa be diwaldən saptana kurno gozana: 'SHARA KAMUWABED□ DAWARNOWO! KOITANDESO K□RMA KOLLOWO! K□RMAI NASARABE K□LAZAKKATAA ZORNOWO! K□RMAI ZAL□MBE ZORNOWO!' Tiga cor-onya, kafelo yelza, yillada, K□RMA AMINA-A KAMUWAD□-A KOLLOWO?" Darewadə ye luwalaro saknza nganzagda, kuru Aminaye mukkonzə ankoppadə samiro hapsə sandiga lewawono, amma darewaye sata sədiyaro cawudo.

Kwanzə-a Kulu-a am nozuna gade-a Shararam Majistərebedəro tamin curo, daji kuru mato darewabe kamuwa gozənadə fəlango. Darewadə tənyi sawu indi sadə, kate matodə-a cinna gadrun-a shararambedə-an daada. Kamuwadə lamdən kowada, Amina ye dawun. Rokko kamuwadəbendə karəgənzə kəji amma gadrundə kimit kəpkataa raksama tagəndinba, kuru zauro kalladə ye ngəwu. Aminaye takkadəro assadin gərtəgə shuwanzədə mukkonzə ankoppadən səta shiworo dawono. Kate shuwabedən Alhaji Haruna ishin curo. Fəskanzə limgata kuru ngamdə, kuru gəraatəro wono," Wune nongu duwo kəlanəmro kudəmadə." Aminaye fəskanzə saknzən sawarzə kamuwadə wuwono. Ngawo minti gana laayen, Peter Akin dawu darewabedə rezə sak takkabedəro səgasə lewono, beretnzə mbuksə tiga lewawono. "Naswadə nəlewanəmro shiwoltana," wono, fəskanzə nga shiwol.

"Kəlewayi. Kurwundə yakin," wono.

"Abigai kəndəga fərsənaribedə?" sə cuworo.

"Batti," Aminaye wono.

"Kamu fal bazənadə fanyena" Peterye wono.

"Aa, Larai," Aminaye tawatciwo.

Shimzə kəmzə sekan gana laaro kəlanzə təkkano. "Kuwami yaye loya nyiro fandende. Loyawa laa gənano ngəwu mazain andi ye rangnye tənyidəro fandenba laaye nyiga faitədəma faida baa ada."

"Nda Fatima?" Aminaye cuworo.

"Jirero, noinyende Peterye jirenzə gullono. Yim Səbdəa suwa Rabi, sawanəm loyadəa tadəna, amma daryenzədə nongəyi. Jamiyadəro waltə isəna amma andiro ada askərwa laa kare fatobea isa tiga dawu bəneben goza leyada. Tiga dəwutələsso barenyen amma tiga fandende. Nəlewanzəro ringəna......."

Dareye Peterga dawunben səta gərzə lewono. Sa Peterye kəlanzə mowor mbəltində shimnzə rəktə suluwunadə fuwurawa ye darewarodəro bətərəm təmzaa, gərazanaro sandiga lanzain dalil kuranza njokkunozana nanka. Aminaye təmaaro lawarjin. Suro gadrun bedəman, karəgə cizəna, kuru fuwurawa mukkon balimi badə-a darewa bəndəgə-a kanje nyitta-a ngar mukkona-aye katen luwala cijinno rizəna. Daji dare ngəlia laa fuwurawa dəro manazəyin suri, sandiga yitanyetsəyin. Sa nanza burwobero waltanadən, Peter dawunzan, daji hangalnzə bowono.

Daji, Marsandi liwula sarau botowu takkabedən isə dawono daji Aminaye loyawa sua indi, Sadiq-a kamunzə Rabi-a curo, surodən colowo. Kəndəganzə adəma, Rabiga surunadə karəgənzə kəjiwono. Ti-a Rabi-adə jamiyalan katenza karəngə, tadənyidə tussəna yaye. Rabiye matodə kolzə sak njim sharabero lejində wujin, rəktə-a kəlambərshe-a fəlejinna. Kazəmunzə kot sələm duto tela maskube kəla gəmaje bəl-a səket sələm-abero səkəmuna, tidə nəmloya dioro katambogai. Kwanzə, sulsulandodə gənazəna, Alhaji Harunaro manazəyin. Kotnzə liwula zaman kure səmuna daata kwanzəga inci kadan nəmkuruwun kozəna, Aminaye maamala katenzabedə taksə. Rabi tiga səkkə Aminaye ilmu loyabe kəradə jamiyaladən badiwono. Fatima-a Amina-a nəmsawa kəlzana, sabiso rokko kərazain. Sadiq Usman ye sawa karəngəbe fal, tiga kadaro nyiyaro mazəna. Shiga səraayidə tiro loktu cə showortə sə. Daji Zəmaa bəne faldə, mashidi kolzəna njim kamuwabedə kadujin duwo Rabi suro sulsulando Sadiqben napkata curo. Ngawo adəyen maamala kate Rabi-a Amina-abe hamgono, Aminaye kokarizə nəndəri fəlezəyison. Daryenzədə Rabi njim kamuwabedə kolzə Sadiq nyiyazə, daji kərma ofis kwanzəben nəmloyanzə sədin.

Cinna fərəmza Aminaga walta njim sharabero bowaoza kamuwa gadea samiro jawa. Nadə səmbəliunadə ajapkono sawu darewayedə kate kamuwadə-a cidawa sharabe-a jama bəlabe-a yekkono. Tewurwa kuruwu indi kamanza wuzain, faldə cidawu sahrabero. Tewur kənindimidən, loyawa uwu-a darewa indi Sharatəwu-a isapso. Ngawo tewur kəlakbedən, dəgali simintiyedən tewur-a kuris-a Majistəre shara kamtəmabe. Aminaye fuwu kamuwabedən napkono, sharadə baditə jejin. Sharadəye tuhumawadə kəra badiwononya, ti runzəgairo fanjin, alama awodəma samma kam gadero waazəyingai. Suro səmonzəben kowo laa fanjindəye wono," Samno haramgata…..naptə nəlewa təgastə…..nəmhalal-a kəntəwo-a kəryebedəro shegə yikko…….zanga-zanga.. samno haramgata…kamwatə……kadari kwabe ndaltə……gawo amari baa."

Sunzə bowotadə tiga hangalnzəro səkkə na dəgana-a ndu-adəro nowono. "Amina Haruna, tuhumgatə burwobe, yafaluwaga səkkə haraji biyaro watə-a dare kura aziyatə-a. Tidə fitənama. Yim koroyedən, darewaga banazəyi. Tuhumawandə na fallan kəllaiyenna banawunzədə ayewu kura sadəna kuru amana lardəbe zawuna." Kam manamadə dazə duwo waltə gozəgə kowno: Barganəmmin, manadə kudə kərəntə bas. Barganəmmin manadə gananzə yaye kəntagə yakkəro gərrəgəne belin baro daji andi ye rangnye ngəlaro kulashi diyen. Kuwami yaye na shadawabedən kawuliwadə samma fandende. Am tuhumgata laaye səgasana. Dalil tuhumgatə burwobedəye darero kəlakəl kənjoro wazənaye, loktu məradənyena tiga yikkəm bananzə fandoro. Suro sharadə tədinyen, tuhumawa bəlin kəlləgəyen."

Majistəradəye sak kufu kamuwabedə wuwono." Tuhumawa duwo sharamaye nandiro kərazəgənadə asunəuwa wa?" cuworo, kowo duwo ndumaro gozəgə gənyi alama zandegai.

Sa Aminaye jaapcindən ngurngurtə-a shi gərta-a ngawozən fanjin, daji dunoaro," Aa, asunyena." ada

Kowo jili cabedəman Majistəreye wono, Abi languronəm? Ayewua ra ayewu ba?"

Aminaye saptəgə duwo "AYEWU BA," Jaapkono, alama tiga zəksəyigai.

Majistəredə tənyidəro langurodə ruwozəyi. Tiga wuzə, manzarnzə sasa, alama jaawunzə abimaaro gozəyigai. Daji, kakkadə fuwunzəbedən awo laa ruwozə. Langurodə ruwonzəna kallan, Rabi cizə dawono, mukko kotnzəbedə sasa, karadiwanzə tewur fuwunzəbedən gənazə. "Barganzəga kurnozə, wuma loya kam tuhumtənabewo," wono nadawuaro amma kowo faraklan.

Jamadə ci məməskada, fuwurawa laa kafelo yellada, kuru kowo laa ye takkadən yillono, wono "K□NASAR TAWAD□!" Majistəreye jamadəro kədək napsa sə bariyatəgə. Aminaye sasarayi sə shim sekan gana laaro kəmzə, kuru sapsə yingono. Shimzə fərəmgononya, Rabia shim kəllada. Ci məməskono,alamaram koitanzəbedə kanjimali laa suruna sə takkono. Sa Rabi waltə badizənadən, ashe cidanzə sədin.

"Ala ngəwuro," tiye badiwono," kawu badingindəro, yikke ankopdə mukko Aminaben sotuluwu. Sharalan kamdə fitəna sədin au səgashinna duwo ankop təkkin. Darewa suro-a deya-a shararambedən fərsənawaga daptəwu mbeji. Kuruson təmangənyi tidə səgashin au fitəna səsanginno."

Majistərdə, hangalnzəye suruna sə kəlanzə təksə daji Aminaye ankopdə dawu mukkonzəben sotuluwu daji hai fangono. Taptawi ngawonzən fanjindəye fəlezəna kamuwadə awo adə-a datə Rabiye-adə sandiga zaizaizəna.

Sharadə gozə kowono. Rabi Usmanye cizə dazə wono, "Alangəwuro, tuhumawadə hangallan gake rukuna kuru wuye woko tandi tuhumatanadə kəla ayewu fallen tuhumatin-samno amari baa. Kuruson, Barganəmmin nyiga ngodongəna kərma howun kamne, fuwuro gərrəgəmiya tuhumugatəro wahala mərdətəyi gənatəyin, tanidə, howun kəlanzan kamtəyi yaye, tandiga kəndəga awuskatan suro gadrun samyebonyelan rozana. Kəla tuhumawadə de sulyen hujja lolojinba yikin."

Ngawo angər sharatəmayen, wono Shararam Kura bas raksə howum daryero kamjinyen, Rabiye wono, "Bakarodə shima na duwo ayewuwa gultəna tədənawo. Nyi Majistəradə kəntənwonəm sharala duwo howumteye mbeji tandiga salamnəmin au manadə Shararam Kuraro zuwanəmin."

Majistəre manadə fuwunzənye misalwanzə kasatsə kuru misalwa manawa jili adəgai howumzənaye cono, amma wono Rabiye, " hujja lolojinba duwo kamuwadəye ayewu sadəna gultənadə bas sadəye co."

Datə baro, Rabiye wono, "Tuhumawadə dam shitin, kamuwa adə futubiman nzəliwo-a nəmhalal kəryebe-a angəssayi. Hujja ba kuru hujja duwo ayewudə raktə tawattəgəye ba. Kam angəsamadə shima nadin gumnatiya angəssə kuru wurjin sə badijində. Burwonzədə, kamuwa anyi nyanza ba, mukkonzan balimi ba kuru kamuwa talaawa, bəla gana suro sədi aja falben raksa nzəliwo-a nəmhalal-a lardə kura ye dunoa ye adəga angəssain gultədə mana fowudəye. Barganzəga ngodongəna manadə sapsə yirzə."

Sharatəmadə yangro shimmin zəga curo, gərrazəna ye hanglnzə tustaata ye. Majistəredə jewono, amma ofisa darebedə manazəyi.

"Tuhumawadə cintəna," Majistəredəye wurmawono.

"Bargenəmmin, kamuwa ayewu baa adə," Rabiye wono, kufuro walzainba, raksa kufuro walzainba kuru adə nankaro raksa watə sawudinba."

Sharatəmadə sadən cizə yillono: "Mowonjinba!" njululu-a mananzə-adə rokko cinzən farzana soluyin. "Aminaye wono ummandedən kufu nowata indi, galiwu-a talaa-a. Tiye andiro zahirro wono tidə talaawaga dawarzə galiwuwa luwalazaində. Kadaro waltə gulzəna wono kufu kərmai sonotindəga wurtə nizam bəlin koktin. Tiye wono kufu kərmai sonotindəga watənzə-a rutənzə-adə abadanro ."

Rabi Usmandə zəktəyi. "Lardənden kufuso ba." wono. "Mana kufu watəyedə kalkal gənyi, nizam sharamdebero am andiga sonotənadə sakkə. Ummaden kabilawa-a jiliwa-a adinwa-a kufu-kufu-a mbeji. Səmana am laa kadarinza am gadea nəmgəwun kozənaye dimiya, Aminadə fetero yalnzə kadaria. Manayi kasannəmga, Ala ngəwuro, kufuwa ba, daji na adəlan watə ba. Barganzə ngodongəna manadə sapsə yirzə."

"Majistəreye tuhumadə cingono.

"Barwudə maananzədə biya," Rabi Usmanye wono, "kam kare kambe notunzə-a izununzə-a balan gozənadə. Maana adəro wungəgəmiya, am tuhumatənadə tandiro ayewu adə kərtəyinba. Karewa fatobe goza leza, amma ndatə gənyi, dalil kwanzaso mbezai. Kausu kuru ndumaye tandiga dapsəyi. Kwanzaye darewamaro gulzayi. Karewa anyi notunzaa daji maananzədə amari kwanzabe mbezai. Adəro kamuwadə sandi ayewunza ba."

"Adə nankaro tuhumadə cintəna," Majistəreye wono.

Aminye alama kənashingairo kərəngono. Ngawo yitatəgə bətərəmdəbe-a nəmzau fərsənarin kəndəgaye-adə, awodə alamanzədə kəske gənyi. Kowo Rabibe fulujin səraində fanjin awowa guljinsodəmaro njissə gənyi. Sharadə naadəro codo, kuru Sahratəmadə tuhumawa samma cinzanadəye shiga ajapsəgəna. Təmazəyi, kuru kamu kəntəwoa Rabi Usmangaiye shiga cilan wopsəyin.

"Kasanyena." Rabiye wono, kuru wono, "kamuwadə samno daptənadəman sapkata, amma adəye naptə nəlewaye təgassəyi futu ofisadəye gulzənadə. Kamuwadə kəlewa-suro samnonzabedən luwalaso ba. Ngo, Ala ngəwuro sharalan kam laaro zan gənatəyiya duwo naptə nəlewaye təgastəna gultin"

"Kasangənyi!" Sharamadəye wono, loktu adə kowo lafazəalan. "Kamuwa anyi kwanzaga aziyazana kuru sanidiro hakkiwanza dapsaana....maananyi kongadə faida laa na kamuben fondoro tiga nyiyajin," zaunzə fanzənaro bayengono.

"Suro sharambedə samma kasudu. "Mana kwabe faidawanzə jirebe au gade yaye nizam sharabedən ba," Rabiye wono, kasudu gojin duwo." Mbeji yaye, wanee faton. Barganzəga ngodongəna kasada banzədə ranne."

"Kasada ba rangata."

"Amina," Rabiye tawatciwo, darewaga kulashuwanzan bana au kawuli kənjodə məradətəyi. Mana banzədə tiro ayewuro waljin ba."

Majistəredə kasatənasə kəla gəsəksə.

"Tuhumgatə burwobedə kəla amana lardəbe kəmbuyen howuntinba dalil ngaltema fitəna səsangəyi, kəryedəga angəssəyi, la wala lardəndebe wala dustur lardəndebe, ngaltema səkkə zanga-zanga sadəyi."

"Haba!" Sharamaye wono, ajapsəna ye karəgənzə zatənaye. Karəgə kuttaro kəlanzə gəzəksə, amma son yaye dunoaro wono: "Aminadə, kadaro kuru jahirro, amsoye ciza kəriwa kərmai nasarabe bəlin-a kaliawa rannamasobe-a kərigəzə sə bowozəna. Suro korobedəman manadə falzəyi. Ti-a kufu fuwurawa be-a bana lardə deyabe sandiro sadə gumnati demkoradiyamben kartəna adəga wurzaro. Loya kəryebedə alamanzədə tuhumgatə burwobedəga ngəlaro nozəyi."

Rabi-a Amina-a walta shim degə cado, kuru loktu adən Aminaye nəmsawanzadə tawatsəgəna. "Ala ngəwuro, " Rabiye wono, kuru ku duwo kanjimali kowonzəro karawo; "Amina ngəlaro nongəna kuru awo raksə sədin ye nongəna. Wudə sanyi duwo andi indi jamiyalan ilmu loyabe kəranyenaye mbeji. Shi sharamadə awo shiga na adəro suwudənadə nozənamaga, gananzə yaye, daraja sanyande adəro kənjo nanka yayero, hujja duwo ngawonzə kəntanye cin. Shiga galengəna waltə maarantaro lezə futu kam howuntəye sələ duwo isə fuwu Majistərebe au sharaben dazə.

"Kuruson, mana kərmaro tədində, Aminadə kam lardəbe nəmbenzə manabe mbeji, kuru sharamaye raksə manawanzəbe tuska-a fitəna-a sawudinno tawatsə gənyi. Kamuwadə samno amari ba cododəro kasanyena, amma, Ala ngəwuro, tandiga ayewuwu burwobero howuməmiya raakəna. Manawa adəgai kadan ayewuwu burwobega kolzana, yim laan manadə kurwowuga shertəaro tədin. Izunu she, Ala ngəwuro, shi lardəro bəlaa lataadə ayewu shiro kurawo sharan notənadə gulnge. Sa am lardəbeye kəryədəga kərigəzainsa cizaiya duwo, kuru tuhuma lardəro bəlaa lataayedə sa kamye gumnati kokkataga wurjinsə nyajiya duwo, awo duwo tuhumgatə burwobedəye dəmmaro sədəyi."

"Kuruman, kaidu halaltəgəye wono abima ayewuro waljinba illa walaye cotto haramzəjiya duwo. Awo duwo kamuwadəye sadənadə suro nizam walabedən mbejiro hujja ena. Cidanəm nəmsharabe dimindən, nyiga ngəlaro mayengəna, Ala ngəwuro, takne diya, nagə wala adalbe muhim ye ferno yedə-wato kasada. Nəmadaldə, Rabi Usmanye nanajiwo, "shima wala kalkallo faidatə. Nyiga nadawu-a daraja-an mayengəna gayirtə baro shara kamne. Kolle nyiro darajaaro takkəgəke Ala ngəwuro, kudə lardəwa laan amsoro nəmadal sadinba daji lardənde adə sandiro gəretəyiya lamar sharabero tajirwa ye nongu ye. Adə umma demokəradiyabe."

Rabiye kalimawa anyi kəntəwo-a daraja-aro gullonodəro am suro njim sharabe ngəwusoga zahirro lezəna. Sharamadə bas sungultəna dawu njimbedə lawarjin.

"Datəgərammin, Rabiye wurmawono, "Aminaye wanee ayewu gana fal sədəna amma sharawudəye tiro tuhuma amana lardəbe kəmbu-a ayewuwa hujja ba-a kərzaanadə nizamnde sharabe awussana. Dalil hujjabima kəla am tuhumatənayen sawutəyidəga, nyiga manyengəna mana ba gulle. Wato, amnyidəga tuhuma samman salamne."

"Sahrawu darewabedə manazaiya saraana wa?" sə Majstəredəye cuworo.

Səfetodə cizə dazə kokori manaye badiwono. "Mana adə bikke makkarbe ye tamtama yero waljində kurunyidən wala angəstə. Manadə ca gana yaye kəntagə yakkəro gərrəgəyeiya raayena, daji kamuwadə na nzəliwoan rozaiya kulashiwande diyen kuru am səgasana ye taiyen, kurawa karapka fuwurawabe-a naswa-a kawu bətərəm darewabero səgasa maarantadə kolzanasodən kunten. Adəye andiga səkkə kulashi kalkal ye ke ye ngəla yero kəla mana adəyen diyen."

Sa manajindən Aminaye na jama bəlabe napsaində wuwono. Peter Akin-a Laila-a naadro njim sharabedən colowo. Kasudu gojiya səraana amma nasartə kəlanzə rangono.

"Kambigəwa-a hujjawa-a loya faitəmabedə ardinyende. Walaga awussə, hujjawa tuskazə kuru kaidawa walabe samma kəla suttiro gənawono."

Ku duwo, Rabiye kowonzə hapsə gəptə cizə dawono, "Kasatgənyi!" sə yillono sekanwa ganaro shiga dəwunnaro wuwono." Ala ngəwuro, sharatəmadə hakkinzə mana burwoza howunzanaben manadə ba. Sa manadə tədinladən shiro dama kasada baye tina amma manazəyi. Kərma na adə konyenadə, kawuliwanzə kasat gənyi."

"Kasada ba kasattəna," Majistəreye howum kamgono.

"Shegə baro." Səfetodəye wono, nyima manadə howumnəmin. Nyiga mayengəna kufu kamuwabe adəro howun kurwowu gənaane. Adə dimiga, daji waladə alama kəriwaro gəpkəgəmagai. Kamuwa anyi təganasmaro Amina, kəryedəro ayewu kura sədəna, kuru tiga salamnəmiya, nəlewa-a naptə nəlewye-a fandenba. Kamuwa jili anyi kudə lardədən tandima dawu am zauro ngudiwabenwo, kuru raayiwa batti ye tajirwaa ye ummadən tulowodə hakkunde sharabe-a sanyabe-a. Manamsoye ada kamu duwo kənəm tadanzəbe səraayi də ti ye leccinba. Ala ngəwuro, kənəmde saraayi ."

Majistəredə cizə dawono gadedə napsa sə, "Minti ganaro ofisnyiro gaakin, wurmawono. "Am tuhumgatadə napsa."

Njimdə kolzəna kaldən, Rabiye na Aminabero lemono. Tiro ci məməssəgə kuru kowonzədən kanjimaliaro wono, "Wande shiwoltəmi, Amina, tawadəro nyiga shartaəro kolzain. Adəma futu ayewuwu burwobe səmno amari baaro sadində. Majistəredə kam cibbu yaye tawadəro nyiro afuaro waljin.

Amma rizənadəgai, awodə sakro waljinba. Majistəredə wallatənya, koronzə burwoye Aminaga cuworo .

"Malama Amina, nyiga korowa laa korukin, amma adə awo howundəga ləzəna gənyi. Awowa laa nongiya raakəna. Abi raayinəm kəla ummadən hakku kamuwaben?"

Aminaye ajapkono, amma fəlezəyi. "Kamuwadə tandi hakkunzaa ye kuru hakki nəmadamganabe tandi yero tə. Wande tandiga lapsa zawuyi au njokkunozayi. Abi raayinəm kəla hakku kamuwaben? Tiye cuworo.

"Wuga tuhumazayi," Majistəreye kasudu gozə wono. Alkaramnzə gənazə, nguloudowanzə sarwalzə gəretəgə napkono. "Amina, shara adəro bayen kəla abiro awo adə cidəmyen dimin."

Aminaye tiga bowozanadə hujja kənjo nankaro asuwono, kuru maananzədə kamuwadə ngawonzə sata, daji sapsə yingono. "Wu nasha kamuwa talaawaben kargako dalilnzədə tandidə kufu duwo lapsana zawin, kuru hakkiwanza-a nəmbenza-adə kullumsoro dapsaain."

"Abi hakkiwanza-a nəmbenza-adə maananəm?"

"Lardəndedə memba Majilas Kəlakəl Dunyabe gənyi wa"?

"Memba."

"Lardəndedə Wowurma Letəgəram Hakkiwa Adamganabe Dunyabedəro mukko səkkəyi wa ?

"Shara adəlan korowa anyi cuworuko."

"Kam lardəbewoso hakkinzə kəndəgaye-a nəmbe aziyatə baye-a kaliaro ganto baye-a hakki nəmbe taakkarye-a adinne-a nəmbe karapkatəbe-a fomnobe-a, hakki cidabe-a ilmube-a nzəliwo naptəram jamabe-a. Jirero wuro gulle, hakkiwa-a nəmbewa-a fərtəbe anyi ummadən awussayi wa?

"Adəmaro wa nəlewa ba-a naptə nəlewaye ba-adə cuwudəu?"

"Nəlewa nduro? naptə nəlewaye nduro? Nəlewadə kufu ganaye kufu ngəwua notəm kuru rantə ga, daji dəmmaro naptə nəlewaye ba, kuru, naptə nəlewaye duwo kufu ngəwusoga njokkunotə-a lapnəm kəmbu-a daji naptə nəlewaye ba. Kolle ngəlaro bayenge..."

"Kərənne, Amina" Majistəredəye təgaskono. Wande shararam darajaa adə njim darasə siyasabero dimi."

"Siyasadə abisoga fasarjin ……"Aminaye wono kawu Rabiye tiga təgasshinno.

"Barganəmmin, susu Aminabero datə baro kanadi yikəna. Barganəmga mayengəna wande kawuliwanzəga jirero gozəyi. Biya kəji tafakkarnzəsobe fanjin, am kasəmbaa jili anyilan dawunaye halwa fəlezain. Təmangəna dalil duwo kawuliwa anyi sədində nowuma, kuru tiga asunəma."

Amma Aminaye cinzə zakcinba. Dama fal tiro gapsə futu awowa surində gultəro, kuru kasaccin. Tiye hangallan gozəwu kowono, "Darewadə zauro andiga aziyazana, kamu kamande fal ngəli ganaa ye kasadəa ye dalil baaro baksa casano, kuru susu kam ceji anyi shararo kudəu howumnəuindəro, andiga shararo cuwudəu. Abiabin kam ayewuaye kam ayewu kərzəgəna howumjin?

Wuma ngalwoma sə, Sharatəmaye gəptə cizə kasatsənyi wono. "Barganəmmin, kawuli adə nəlewa-a su darewabe-aro aziya. Tuhumgata burwobedə futu sandənaro kuru kurwowuro sai howumtiya. Wanee hangalnzə kalkal gənyi kuru hangalnzə jaraptə turu."

"Təmangəna tuhumgata burwobedə kəlawanzə. Notunyi kada kəla jili tuhumgata anyi notobe mbeji." Majistəredəye sə kuru Aminaro sawarratəgə. "Darewadə cidanza bas sadə. Sandiga surodən tulowo."

"Amma darewadə suro manadəben," Aminaye wono, Sharatəmadəga fəlejinna, "sandi surodən baro walzainba. Ummadən sandima kazaadala nəmadal ba-a njokkuno-a ranna-abewo"

"Darewadə dawu mana adəben tulowo," sə gullono

"Nda harajiwadə?" sə tiye cuworo.

"Nduso harajiwa biyajin. Wun kuten biyangin," ci məməsshinnaro wono.

"Sa harajiwa kalkalgənyilan, lardə adəlan kamuwa zanga-zanga sadəna. Andidə biyayenba gulnyeiya adadə nganganye," Aminaye wono. "Abiro galiwudə harajiwa talaaben kənəngatin? Gumnatiye wono kusuwade lardə deyabe biyanye, amma cidawu gumnatibe kusuwa anyi goza, kuru andiga showorzayi, kuru awo sandilan sadənadə ruiyenba. Susudəro kəndəga talaawabedə kuttujin. Daji jilibin biyanyen?"

"Harajiwa biya badə ayewuro nonumi wa?" sə Majistəredəye cuworo.

"A'a nongəna, amma futubi gaden kowonde fantin?

"Adə nankaro wa fitənadə dioro ciyeu?" sə cuworo.

Aminaye koro adə səraana. Kamuwadən səta jamadəro sadənadə wuwono, gana laa ci məməsshin, nadə sərin shim samma kəlanzən. Fuwuro isə kowo kəratkono." Kolle nandiro maananyi fitənayedə gulnge. Sokku ferowa sənana ayewu baa ngəlinza gana tandiga nyiyaza, kajaza, adə fitəna gənyi wa? Sokku ferowa kongawa ngaltema kəla kəlzanyiro nyiyazaa, kuru awo karəgənza be-a, hangalnza-a awo saraana-a wazana-a sammaro shiwolnza ba, adə fitəna gəny wa? Sokku kamu kənzəna sədə sa tiga sharaye cezə kongadə koljiya, adə fitəna gənyi wa? Sokku amsoro ngawo sədiben kəntalaa dano gənaam, kuru təganasmaro kamuwaro hakkinza adamganabega dapkəgəm, kuru tandiga cirro gonəmiya, adə fitəna gənyi wa? Sokku kongawaye kamuwanzaga njokkunoza ferowaga dəyingataro dunon mazaiya, adə kərawo wa? Sokku kamumaga naptə zawarben awussa kuru aziyazaiya, adə fitəna gənyi wa? Sokku kamuwaga cidaro dapsaiya, amma tandi gadega fanzan duzaiya, adə nəlewa wa? Sokku yafaluso sədinzan duza kuru harajiwa kurwowu gənazaiya, adə abi? Sokku suro nəlewayen fanden luwuye kəla lapnəm kəmbu-a nəmadal baa-a njokkuno jilijili-aben zanga-zanga diyeiya daji darewaye andiro fitaa, kanje njittaa futsaa, andiga baksa, falnde casaniya, adə fitəna gənyi wa?

Sa Amina dazənadə njimdə sərin. Dazə kəlanzə təksə, hangalnzə tuskaata, kuru kurwowuro yinjin. Daji kowo Majistəredəbe fangono.

"Ngəla, təmangəna awowa ngəwu gulləma au andiga ngəlaro sotonəma wa gulngin? Adəga kozəna gultədə nyiro herjinba. Daji wuro gulle, wadə suro nəlewaben lenəu fando- fandon naptaye gonəu wa?"

Aminaye sawartə kamuwadəga curo. "Səmanan ada fərdə shiga nji kənzaro yadəmin amma shiga dunon yikkəm sainba"

Sharamdən kasudu gowada.

"Nda fərdə ngudunzəaga?" ci məməsshinnaro cuworo.

"Sain," sə Aminaye kasudu gana gozə jaapkono.

Kasududə, waltə suro shararambe ngaso gozənadə, Rabi Usmanye cizə dawono.

"Izunu manaye mangin?" tiye ngodowono.

"Njikəna," Majistəredəye ci məməsshinna wono.

"Barganəmmin," Rabiye badiwono, "kawu howum kamnəminno, nyiro fəlegəkiya raakəna. Barganzəga ngodongəna martəgəne kawuliwa Aminabedə wande abimaro gozəyi. Susu tandi faiyinbedəro, dəmmaro gadero waajinbaro nyiro tawatkəgəkin. Nyimaye rumma, kamuwa anyi nəlewa saraana kuru kərman səta kəla fuwunnadə naptə nəlewaben dawin."

Majistəredə kakkadəwanzə na fallo sapsəgə howumnzə kəra badiwono. "Ngawo kəndəgaram manadəbe ngəlaro niingənayen, kuru kəndəga kamuwadəbe wuga lezənayen; ngawo wahala kada sasana-ayazawu soruna-a am duwo lezəna-a, təganasmaro tuhumgatə burwobedə kamu barganzə majislasmabe, kam zauro darajaa kuru memba ummadəye, sharatəwudə hujjawa kəla am tuhumatəna adəyen sawudəyi. Kuruson raksa hujja lolojinba ba kəla awowa tandiga tuhumanza sammayen sawudəyi. Daji tandi tuhumzana samma kəla ayewuwa sadəna sanadən salamngəna illa fal. Tuhuma samno amari bayedən, am tuhumazanadə shertəaro salamtəna.

"Kamuwadə fanza-fanzaro walta naptə nəlewaye napsa. Tandiro baritəgəkin wala kəngawuro wollowo kuru ayewu jili adəgaidə fuwun diwuiya howun kurwowu nandiro gənatəyin! Nəlewan dəgaiyowo! Ala andiga banasə. Adəma howunyi. Shararamdə cizə!"

Rabiye bərtə lezə Aminaga takumgono. Amina ye tiga takumgono, kasudu gojinnaro. Tidə njim sharabedə kamu bəlin cairo koljimno fangono. Dunonzə ba, kənanzəa , zau fanjin kuru səmbarəna yaye, awo dunonzəro dəganadə sapsə hangallan mbərshearo sak jamabe deyandəro lewono. Sa kamzəna kojindən fuwurawadə-a kamuwadə-adə tiro kafelo yelzaa. Sandiro fəskandi sədəyidəro kurnotəna sokku duwo fəskanza wujindən.

Aminaye sak Zainab Mainasara rozənayero lewono.

"Abigai?" sə Aminaye tadadə lejinnaro cuworo.

"Kəlewande. Nyiga kolzanadə fangəna," Zainabye karəgə kəjiaro gullono.

"Aa! Sabi liitarin nyiga salamgada? Aminaye cuworo?

"Ku suwaro."

"Lene faton wuga jene," Aminaye wono. Tənyidə, kəlanzə dərizə kuru shinzə dunobaro wallono. Katti təlala kausuiye warzənadəye shinzə dedə warrono. Sa nguzə mukkonzə ngərəm-ngərəmnzən gənazənadən, Rabi Usmanye səgasə nanzəro lewono. "Sharadə samma kozəna. Kakkadəwa məradətənadə susunəmro mukko yikkəkəna daji lene nyiga salamzana."

"Askərngəna," Aminye hangallan gullono.

Rabi Usmanye zəktənaro Aminaga wuwono. "Amina, dunonəm ba, kuru nyi dondi. Tusu ngəlaro məradənəma. Martəgəne fatoro lene mere."

"Lengin," Aminaye wadə gowono.

"Sokku loktu fandəm tusunəmiya, are kəla kəlnye darewadə buruwunye, kəla sandima Larai cesanoyen kuru diya biyaza. Nyima shada kurawo," Rabi Usmanye wono.

"Diya?" Aminaye nanajiwo, kuru ci məməskono. Adə yimdəbe nashanzə ajabba duwo tiye təmazəyidə.

27

Aminaye abi kamuwadəro waazəyinno səyinjin. Jilibiro kwanzasoye tandiga satain? Suro mintiwa-a awawa-yimwa-a magəwa-a kəntagəwa-a saawa-a fuwuyedən abi waajin. Jama tartaində wu-wujin. Sa darewadə na matonzabero gərtaandən laanza tiga lanzain, amma tiga zəksəyi. fuwurawa də kaiya yezain, farzain, darewadəga kuletsain. Sawarratə, kəmbu-kəmburo diwal batti kattiadə zəgain, sak lejindəma takcinbaro, katti kannua shinzə warjində takcin. Shiti kusur sarsarbe kajimnzə koriadə zəga, kuru karaamben lewono.

Daji kam laa ngawonzən səgashin, sunzə bowojin. Kowodə nowata, kuru Aminaye dazə kuru ngawo curo. Kwanzə. Isə dawono, səyejin kuru fuwunzən dawono. Aminaye jewono, kəlanzən abima ba. Tiga mayejindəma assadin awowa guljindəma fanjin. "Martəgəne, Amina are waltəne, nyiro ngəlaro njiskəgəkin. Awo waazənadə njesənyewo. Ba njessengəna. Martəgəne, nyiga fatoro yadəkin."

Aminaye kasatsə Alhaji Harunaye sak sulsulandonzəbero tiga cado. Cinnadə kazə daji ngore naptəram fuwubedəro sukkuruyin. Lezaində kamuwa-a hermanzə-a diwaldə sambəliuna fatoro lezain. Aminaga sorunadə, yilza kuru mukko hapsaa, kuru ti ye hapciwo. Dawu bəlabero lezaindən, fatoro gənyi lezainno asuwono.

"Ndara lenyen?" sə cuworo.

"Fannəm bəlinno" sə jaapkono.

Matodə diwal kawudə zəga yala bəlabero kowono. Dərebadə wofilaro kalaktə diwal kəskaadə gozə Nguro Gumnatibedəro karawo. Alhaji Harunaye dərebadəro gulzə kəmburamro lezə daji fuwu fato laaben dawono.

"Adə fannəm bəlin," tamtamso baro wurmawono sa tiga səkkindən.

"Askərngəna, Aminaye jaapkono, kanguranoro kuris sofabedəro cukkurono.

"Nyiro loktu njike tusunəmin. Bali manayen," tiga kalkallo wujinnaro gullono.

"Insha Allah," hangallan manawono. Alhajiye shiwoltənaro tiga wujin

"Hauwa nanzə laan ngawodən. Lenge tiga mangin" wono daji cinna ngawobemedən culowo. Ngawo minti ganayen Hauwaga səwudə sandiga fajerrawono.

Hauwaye Aminaga kururo kurnotəna, amma dunonzə badə curonya tiro naadəro kəmbu cono.

Kənama-kənamaro juwo, daji dumonzədə waltəna ishin fangono. Ngawo adyən, sofadən bowono, təgəndəmaro səmbarəna. Shimzə kəmzənadə awowa Zəma bikkabega waazənadə hangallan tiro fəletaa badiyono. Janbaki ka cinzəbero gənazəgə kuru kabudi futtəgə. Jinedə fangono, kənshe darewabedə curo, kuru fəska Səfəritanda-a banamanzəbe-a curo; wadanza fangono, sawu-sawuro darewa balimia-a zawa shube-a isana curo. Fuwuro bətərəm sadin curo, shinza dunoaro sutsaain, bəndəgəwa korikori-a silinda kanje njittaabe-a rozana, dawu kamuwa abima raksayi ye, ayewunza ye babero fukkataa. Wai! Kanje njittaaa burwobedə gəpsaana fanji....kamuwadə sasarain; səgasain, casarin.....suro hangalza adəyen.....darewadə sawawan zəga duzain, baksain, yilzaain, damben baksain, kuru satain.

Ngəwusoro Larai takcin, ti duwo ca burwon adəgain kamtainba. Kəlakəlnza burwobe suro njim budubedə takci; futu Laraiye fanzəro zuwuru lezənadə; Laraiye himmanzə cidaye; ndəlamnzə ilmube; kaiya notənzəa; titimiwa kori-a suli-a notənzəa; kəmbu notənzə. Kaime futu Larai nunayedə fuwunzəm shat kowono. Təganasmaro Laraiye dawu kamuwa casarinye, kamuwa sasarainyen surin, darewa bətərəmmadəga mbəltain, təmowu nəladodən kasoromajin. Daryenzədə, dalil raksə kolzə kamtinba nankaro, dolenzəro waltə dareye Laraiya mizanzə, kowo arsasəwabe fanzə, futu arsasəwadə ngawomben tiga sawandənadə suru.

"Ya ngudonyi, ti gana ye talaa ye kərmu kuttun nuində burwoman ruwotəna. Ba kozəna. Na adən fuwun mbəltəm kəndəgaso; kawu kada kənaaso, njokkunoso, lambiso, bəne njistəgənyi kəndəgaso, shiwolso ba kuru diya ba. Kəla goru nizam njipsəna adəye, yim fal, yim kəngalla fal, maaranta taktəye fərəmnyenalan dayingataro: Dawudi Ilmu Kəraye adə Larai nankaro.

*

Suwadə Amina duwan fazəyi. Kəlasərənzə rozəna amma sa kwanzəye tiga bowozənadə zauro səmbarəna.

" Abi kəla fatodəben gulləm?" Alhaji Harunaye cuworo.

"Fatodə kura, askərngəna."

"Awowa məradənəmadə ngəwuso fandəma."

"Askərngəna."

"Amina," badiwono, sofadən napsə, "nyiro dama kənindimi njikin nyi kamunyilan kəndəga nowata dəgairo. Kərmadə sawaso jamiyalan ba, samnoso suro jamiyaben ba, kamuwan jaraptəso ba. Napnəm hakkuwanəm nyi kamunyibe diye." Loktə adən sərin. "Məradəwanəm laa mbeji wa?"

"Jeridawa wuro zuwanəmin wa?"

"Aa."

Alhaji Harunaye lejinsə cizə dawono. Tiga wuzə kuru hangallan cuworo. "Wuro gulle, suronəm kəntaga ndawu?"

"Yakkə gana laaa, təmangəna."

Ngawo magə kadayen, waya bakkono. Bilkisu baksəgə katenzan diwalwa gana laa kuru Aminaga ziyararo majin. Sadən cinnadən ci ngəlaro məməsshima daata "Kwanyi-a wu-adə sa zanga-zangayedən andi Dubailan," sə tiro bayenjiwo.

Njim tusubedən napsa, daji Aminaye awo waazənadə tiro gulzəgə.

"Abi nyiga zauro sətaajabsəwo?"

"Jirero Majistəredəye nandiga salamjinno təmangənyi."

"Nda darewadə?"

"Sandiye arsasəa isaindəro təmangənyi kuru kəndəga adəgain nəlado fəlezaində."

"Wu karegəaro managam sana. Kawulinəmdə səbbunəmma wa kawu shara napcinno?"

"A'a, Aminaye wono. Dəmmaro wuro dama sadə managindəro təmagənyi."

"Abigai kəndəga fərsənaribe?"

"Batti."

"Nyi luwumadə karəgənyi kəji."

"A'a andi samma fərsənari kuralan. Ummandedə fərsnari kura na suwuramwa jili-jili faidata amma kokozana askərwa-a darewa-adə sandima dowoliwawo."

"Nasartendedə shiwoltəma wa?"

"Luwaladən nasartende, kərigədən nasartena. Karewade-a koitawande-a fattaana amma karəgənde gənyi, daji kuwami yaye dunondea. Duno-a duno-ba-a nizamdəbe jarapnyena. Luwala adən nasartana amma tamdane. "

"Fuwun abi waajin?"

"Kərmadəro abima gulnginba. Bone-wanero kolnge guljin. Kamuwadə wahala ngəwu sasainno nongəna amma kərmadə raksa hakkinwanzaro mbəltainro nozana. Bəlinno badinyen, duno gade manye, kasadəa – himma-a dunoagəye kuru mbəlten. Zanga-zangande-a shitinə dane-adə səbbu zanga-zanga gadeye. Talaawadə kəndəga kureye futu walawa zaman kurebe-a adawa-aye gulzanaro kəndəgadə wazanadə asungəna. Amso candi mazain, wala-a wada-a, karəgə kəji-a nyama-a, lambi galtə-a, kwasawa-a kəna-a batəgə-a. Kazaadalawandedə raksa candiwa anyi sawudinba, sandiga dunye, nizam məradə ndubeso galjinma garne kuru liwuye."

"Abi kazigi min nyiga zəkcində?"

"Futu fasal bəlin kambəlinadebe dawartə?" Wu Məsələmdə kuraye nəmadalba sədin rukiya ngawo kalaktəgəro wuro mowonjinba. Nawi Bargaaye wono, 'Ndu yaye nəmadal ba sadin suriya kokorizə falzə.'" Təmangəna datəramnyiga halazəgəna.

"Kwanyibe wono wudə raayima."

"Ngai gənyi, wudə kam duwo zahirra sasarana. Abi yaye kəndoro mbəltəkiya, kokoringe zahirro walngin, kəlayi -a am kornyibe-aro ferno dunoa baditəro. Kəndəga-a kambəlidə-a Ala-an yasarakəna. Wahalan duwo kəndəga ngəla-a kalkal-a gartin, daji kamye bananzə faidaa cin. Abiabin cinde zangyen kazigiwa anyi andiga wusainna?"

"Təmanəma abiro lardə adən lambigate?"

"Awowadə kalkallo diye, kuru kalkallo kəndodə fuknəm wartə məradəzəna."

"Fuknəm wartə jilibi?"

"Candi fal duwo naptəram ummabe samma faljimna, kuru kəndəga bəlin suwudin; nəmadal-a nəmbe-a nəmkalkal-a kərawo-a asutə-a daraja-a andi sammaro suwudin. Fuknəm wartə haiyabe duwo məradəwa ambe galjin; amro sədi cin, kəmbu-a kəndəga ngəla-a yafalu so-a yalwanza-aro cin; cida-a kəndəga ngəla-a cidawuro cin; təma-a ilmu-a citəbəlinmiro cin, kuru dama kada kamuwaro cə fuwutəgə ummabero bananza sadin. Anyin fuwundə, fuknəm wartə duwo ummadega bəlinzəyin."

Sandi indiso sərin napkada. Alama moduwa sədə dawonogairo Aminaye hangallan wono: katabwa gargambedə kədək yaye; sandidə cotmaro kalla ba gənyi. Sandi duwo səmo ngaadə fanzain."

Ngawo kawu yakkəyen, Hauwaye suwa isə tamtammaro cuworo, "Lorusa, hawardə fanəma wa?"

"A'a! Abi?"

"Gumnati falzana."

Aminaye karegə kəji Hauwabe adəro abima fəlezəyi, amma radiwodə kazə kaiya askərladə fantəro. Kərənjin adəgai duwo kaiyadə təgassə hawar kərmai kare bəllabedə bu fita balan samowunaye wurmaada. Kowo laaye futu katabwadə səlinaro zəga wono.

"Dusturdən fuwun cidatinba.

Wala askərbe koktəna.

Majilaswa Dawube-a Kəryewabe-a wurrata.

Sharawa askərbe kəryewoson koktin.

Samno samma-adinben nguron dapkata.

Darewa-a Askərwa-aro kəntəwo zanga-zangawu bəndəgən baktaye tina.

Mairuwun səta fajerro sadəna fomno ba.

Darewa-a Askərwa-aye raksa sharatə baro tuskawuga rozain. Raksa fatobi yayero izunu baaro tamin kuru abi yaye sandəna sandə wada kudo nankaro."

Aminaye sapsə yinzə. Carero wallanoga, kərmai faltədə awo gade. Kərmadə tiga lezəyi. Laftanar Kanar Abubakar Usmandə shima Kontoma Askərbe Kəryebewo, Alhaji Harunadə Fatowa Majilaskube kolzə fanzəro kadio. Shidə gumnati faltədəye shiga zəksəyiro tiye asuzəna, amma susudəro hangalnzə farak.

"Askərwa anyi andiga casaninba," sə beyengono. Kuru təmangənyi kadarinde samoyinno." Aminaye ngawana bas gəzəkso. Ngawo magə falyen, sa Laftanar Kanar Abubakar membawa majilasnzəbe wurmazenaden, Alhaji Harunadəga Komishima bəlin Razəgə Wuratəgəbero galawono.

Kajiridə, Kulu ci məməsshima kadio. "Kwanyiga Gumnati Dawube bəlindəye Ministaro galawono," karəgənzə kəjiaro wurrmawono. Fatima-a

kufunzə-adə kaiwuwa faida baadəro gulnzəkənyi wa? Nda sandi? Lardədə
səgasa kolzana!" Kasudu gojin duwo hatta simalo shimnzən luwo badiwono
kuru cingano.

"Amina, adə nyiro dama kuru bəlinno baditəye. Dama kada kungəna
fandoye mbeji. Warne loktudə."

Aminaye kanadin jaapkono, "Wudə suroa jenge yembukiya duwo kəla awo
dikinyedən showortəkin."

Burwoman awo laa ngawo kərmi faltənayedə fanzəna mbejiya sokku
Lailaye Aminaro bəne waya baksəgənan. Kowonzə lolojin. "Suro jamiyabedən
lamardə batti. Askərwa kada fomzain. Laccarawa laa satana laa ye fanzan au
ofislan sandiga bakkada. Ndarason ritə-a nzəliwo ba-a. Peter Akinga rozana.
Cidawu karapkabe duwo kəla dusturdə rozanayen zanga-zanga sadənadə
rogada."

"Kərma nyi ndan?" sə Aminaye cuworo.

"Wu na laan gəratəkəna."

"Nda Fatima?"

"Ti-a Danbaki-a lardədə kolzana. Bature sandiga sutuluwu."

"Nda Muktar?"

"Nongəyi. Laftanar Kanar   Abubakar Usmanye shiga sata sə kakkadə
izunube cina."

"Abiro"

"Kawu kərmai faltindən, kakkadə Jeridan baksə wono kərmai jili askərbedə
fuwutə dapcin, daji Kontoma Kəryebedəye wono awonzə sədənadə tuska.
Təmanyena shi lardə mashidən, nadən Nasarariro ləzə hijira siyasabe sədin.
Batureye wuga sutuluyin wono, kasannəm luwodə riwoko. Fantəgəyen."

Adəma darye duwo Aminaye hawar sawawanzəbe jamiyendən ngawo
kəntagə yakkə kərmai faltənayen, sa ngal surobero lezənan fangono. Njim
liita jetəbedən, jerida wujin duwo, daji foto duwo hangalnzə gərzəna curo.
Kwanzə-a Bature-a Laftanar Kanar Abubakar Usman-a fəlaza, ci məməssain.
Kasada laa duwo nyamawa sədiya sədibedə samma sədiya sanyaram lardə
deyabebe mukkoro sakkənayero mukko sakkə. "Adə katab kura duwo
fuwutəgə dəmtəa suwudin,'" kwanzəye gullono sa hawaraada.

Ngawo sala mairuwuben, Aminaye telbijin lawarjin duwo kam laaye cinna
bakkono. Hauwaye fərəmgononya Bilkisu gadiwanzə india karawo. Yiryirajin,
tiga bowozə kənshenzə burwozə wurmazəyidəro kanadi cono. "Sabisoro
nyiga kapkəgəyen," Aminaye wono. "Nda hawar Rebeka-a Guloriya-abe?
Tussəna fantəgəyende."

"Sandi indiso kəlewanza. Rebekadə ngawo sandiga kolzana kallan Zururo
lewono Guloriya ye na ngəntəmzəbero lewono. Sandiga fantəgəyen kuru
lewanza zuwazana."

"Hawar Fatimabe fanəma wa?"

"Aa, Bikka bəne tiro maanakəna kuru karəngən manasəyin sə wadə gozəna. Ti cida laa tamtamma səwandəna isə kələdən zandenəwuin wono."

"Kəla abiyen?'

"Nongəyi? Ngawo kəm sədənayen, Bilkisuye kowo lolojinlan badiwono, "Amina, kawuli kawnyi Kontoma Kəryebedən kudəko. Barganzəbe majilasnzən nyiga Komishima Lamar Kamuwabero galajin" Aminaye abima fələzəyi. Ci bas məməssə Bilkisuro showoridə nanazəgə wono, gadiwanzədəga gənazəgəna wujin. Daji manawano, "Kərənne, Bilkisu, dotə adəro askərngəna, amma wudə adəgairo zəktəkəyi. Martəgəne Kontoma Askəbedəro gulle range lardənyi kərawoma adəga falfallo wurnginba."

Bilkisudə zahirro kəjinzə fanzəyi. Kəlanzə təkono. Sərin codo. Waya bakkono. Aminaye gowononya sadən fəskazə shawa adə ci məməstə gaden gadeye waskono.

"Tiloti, ajabma kəlama…..Fatima, kowonəm waltəke fangənadə karəgənyi kəji." Fatimaye futu ti-a Danbaki-a fərəssanadə bayenzə, kuru fasalnza fuwube ye bayengono. Daji kəndəga Aminabero wallatəgə.

"Dalilnəm təmtəyedə asungəna. Amma adə kərənne: wuro cidama Majilas Kəlakəl Dunyebeye wurmasəgəna wono nyiro na raamman Shada Darajabe nzadin. Aminaye ca burwodən wajinsə badiwono, amma ngawo zande kuruwu laayen, Fatimaye tiga səkkə kasatkono. "Adə dama shigai ba duwo dunyaro awo waajində fələtaaye, Bakaroga faraskəram dunyabero hagəm, kambəlidəbe daraja haptəgə. Dama dinargai adə wande basarnəmi," Fatimaye kambigəwono. Aminaye kasatsəna sə kuru kawuli ye ruwojin sə wadə gowono. Son yaye, sokku Fatimaye kəlele Londonlan tədin sənadə, Aminaye Bakaron tədəyi mbu, na awodə waazənadən" wono.

Fatima-a Amina-a loktu ngəwuro zandezana, raayiwa kəla cidawa fuwuyedən. Daji, sokku Aminadə manaro səmbarənadən, sawanzəro wono: "Wu rokkonəmmin, Fatima. Kambəlidə gowoye konyen! Awonde gade bas. Karəgənden fuwuye duwo yikke sambimma. Wu dunonyia kuru katab fuwubedəro dawarrata………..karəgənyi kəji dalil nasarten nongəna nanka…..dunya ngələdə mowonjin.